présenté par
l'Ambassade de Suisse
au nom de
PRO HELVETIA

LA MOSAÏQUE

Du même auteur

AUX ÉDITIONS DENOËL

Les Collines d'argile
récits, 1974

La Lagune
roman, 1974
Prix Hermès

L'Opéra de brousse
roman, 1977
Prix de la Fondation Schiller

AUX ÉDITIONS TCHOU

Vivre la musique
essai, 1977

AUX ÉDITIONS BALLAND

Le Fils éternel
roman, 1978

Le Grand Homme
coll. « L'instant romanesque », 1980
Prix de la nouvelle de l'Académie française

La Chute de l'ange
roman, 1981

Le Dragon dans la glace
roman, 1983

Edgar Poe
1984, et coll. « Points Biographie », 1985

AUX ÉDITIONS DE L'AIRE — LAUSANNE

L'Herméneute ou le Livre de cristal
récit, 1982

CLAUDE DELARUE

LA MOSAÏQUE

roman

ÉDITIONS DU SEUIL

27, rue Jacob, Paris VIe

PQ
2664
· E4943
M67
1986

ISBN 2.02.009312.X

Et l'on saisissait alors le but de l'artiste : la mosaïque, dans sa matière comme dans son esprit, naissait
puis se développait à partir de ce foyer de vie au-
dessous duquel figurait cette maxime d'Héraclite :

Tout ce que nous avons vu et pris, nous le laissons.
Tout ce que nous n'avons ni vu ni pris, nous l'empor-
tons.

allait l'abattre. Il éleva tranquillement les yeux, vit que
le soleil tout entier logeait dans la lame. Celui qui brandissait l'arme conta plus tard que le visage du païen
s'était alors illuminé d'un sourire et qu'il avait hésité à
le frapper car il ne trouvait plus aucune haine en lui. A
cette hésitation s'ajouta un écart du cheval, prolongeant
à l'infini la fraction de temps où le poète Publius, les
yeux toujours fixés sur le glaive, considéra que le soleil
même mettait fin à ses jours. Dans une vision récur-
rente et lointaine comme un souvenir altéré, l'azur
dilaté du ciel et les nuages qui s'effilochaient dans leur
course silencieuse lui apparurent sans limites, comme
s'il était juché non sur son cheval mais au sommet
d'une très haute montagne ; puis, derrière les naseaux
fumants de la bête, derrière le visage neutre de l'agres-
seur, il vit avancer, sur le chemin de berge, une vieille
femme suivie d'un enfant ruisselant de lumière.
Déséquilibrée par le courant, sa monture qui baignait
jusqu'au poitrail dans les eaux boueuses de la crue
s'enfonça davantage, avec cependant tant de mollesse
que ce balancement sous le glaive incendié l'éleva très
haut au-dessus du fleuve. Il prononça ensuite des
paroles que le meurtrier répéta le soir à ses amis —
" Ces couleurs, ces merveilleuses couleurs... " — et il
entendit une voix venant de la rive, une voix qui sonna
clair contre les collines, comme si la campagne se rédui-
sait soudain aux dimensions d'un amphithéâtre : " Les
sacs ! N'oublie pas les sacs ! " Liés par une corde au
troussequin de la selle, deux sacs pleins de rouleaux de
cuir enduit de graisse — tous les écrits que Publius
Optatianus Porphyrius y avait serrés avant de fuir —
ballottaient contre les flancs du cheval. La lame du
glaive traça un demi-cercle dans l'espace, Publius se
retourna et il sut aussitôt qu'en détachant sa vue de
l'arme il venait de commettre une ultime erreur. La

10

LA MOSAÏQUE

peur, qui l'avait épargné jusqu'alors, le glaça. Il craignit tout d'abord pour ses sacs, comme si leur destruction dépassait en importance la sienne propre, puis il craignit les ténèbres qui allaient envelopper les beautés du monde après que ses yeux se furent refermés sur elles ; il s'inquiéta encore de l'avenir des hommes sur cette terre et du sort de la concubine qu'il avait abandonnée dans la maison livrée à l'ennemi. « *Sous la terre, je ne serai plus rien, mais ce fantôme aura un nom : Esclave de Cynthie ; car une grande passion passe le fleuve qui borde la mort...* » Quelque part dans l'œuvre du poète, ces mots parmi la multitude évoquaient la pure idée d'une femme qu'il avait lui-même mise en terre sur les hauteurs d'Antioche, femme de sa vie rendue à la lumière des dieux. L'éclat du glaive passa très près de lui mais, à l'instant crucial, le cheval du tueur à nouveau drossé par le courant du fleuve fit un écart, la lame se retrouva pointée inutilement vers le ciel dans le calme automnal. Tout parut quiet à Publius qui vit au loin une maisonnette rose et un onagre attaché à un if. Ses paupières s'abaissèrent un instant, des larmes lui vinrent aux yeux (l'assassin confia plus tard avec mépris qu'au moment de mourir le païen avait laissé échapper un sanglot) : jamais plus il ne verrait de maisonnette rose ni d'onagre attaché à un if, et cela lui sembla plus triste que l'extinction de générations entières. Un des chevaux hennit. Au milieu de ce fleuve brun qui charriait infatigablement ses boues du passé vers l'avenir, deux êtres seuls au monde survivaient à l'espèce humaine anéantie : l'un s'apprêtait à tuer l'autre. La monture affolée de Publius s'avança davantage, perdit pied, il s'en fallut de peu que le courant ne ravisse le poète à son ennemi. Le glaive fut plus prompt que l'eau. De la racine du nez à l'occiput, il fendit en deux le crâne du poète dont le corps bascula enfin dans l'Arno sans que

11

l'onagre, là-bas, n'eût troublé d'un tressaillement sa méditation animale ni la paix campagnarde.

» Marcus, fils du gouverneur Scudilo à qui l'on avait, par soumission, laissé la victime, lava son arme dans l'eau, puis l'éleva au-dessus de lui en signe de victoire. Un peu de honte troublait sa face car il venait d'abattre un homme âgé, sans défense, qu'il ne connaissait guère et pour lequel il n'éprouvait aucune haine. Mais il avait obéi à son père. Baignant à présent jusqu'à mi-cuisses dans l'eau rougie du sang de sa victime dont le fleuve semblait impuissant à emporter la dépouille, il regarda les sacs se détacher du troussequin, partir à la dérive, puis couler à pic. Retourné sur le dos par un remous, comme mû par son propre rythme, le cadavre de Publius flottait dans le sillage de son cheval, se rapprochait de lui dès que le jeune Marcus tentait d'arracher sa monture aux flots. Le mort poursuivait le vivant. Tandis qu'il luttait avec son cheval contre un tourbillon limoneux auquel la bête envasée ne parvenait à se soustraire, le fils du gouverneur lâcha, pour éloigner le corps du poète, un chapelet d'injures que l'on entendit de la berge. Le corps dériva doucement vers le milieu du fleuve, tournant sur lui-même, puis il fut happé et disparut entre deux roches.

» Prenant pied sur la grève, Marcus Scudilo annonça simplement : " Le païen est mort. " Il dit ces mots à voix si basse que ses compagnons — de très jeunes gens, fils de nantis, dotés d'esclaves personnels et vivant dans l'oisiveté sur des terres où leurs pères avaient de petits droits locaux — l'entendirent à peine. Ils observèrent gravement le fils du gouverneur, tous juchés sur leur monture ; la chasse finie, leurs regards trouvaient une mélancolique innocence. " Qui était cet homme ? " demanda l'un d'eux. Le tueur ne répondit pas. Il avait mis pied à terre afin qu'on ne vît point qu'il tremblait. Il faisait froid, la buée sortait à pleins jets des naseaux des bêtes. Marcus Scudilo avait dix-sept ans. Au nom du Dieu des chrétiens, son père lui avait ordonné d'aller abattre un homme de cinquante-deux ans ; ses camarades l'observaient gravement, car aucun d'eux n'avait encore tué d'être humain et la métamorphose que venait de subir leur ami les troublait. Aujourd'hui, le visage imaginaire du jeune tueur disparaît dans la nuit des temps ; avec des millions d'autres visages spectraux reclus dans la poche noire du passé, l'assassin appelé Marcus Scudilo — dont seul un pilastre gravé et une liste d'enrôlement volontaire dans les troupes d'Honorius attestent l'existence nominale — rejoint l'armée d'ombre des massacreurs massacrés : le fils du gouverneur fut vraisemblablement tué dans la guerre perpétuelle qu'un empereur lâchement retranché derrière l'impénétrable fortification des paluds de Ravenne décida de mener contre le Barbare Alaric. Seul demeure le crime, ce geste transmis de génération en génération comme un mouvement perpétuel qui élève le bras puis l'abat dans un scintillement d'acier. " Qui était vraiment cet homme ? " A cette question, Marcus Scudilo s'abstint probablement de répondre parce qu'il n'en savait pas davantage alors sur Publius Optatianus Porphyrius que l'historien n'en sait de nos jours sur son meurtrier : un nom, de vagues indices d'état civil, un embryon de biographie.

» Quelques jours auparavant, son père le gouverneur lui avait appris que cet homme qui, depuis dix-sept ans, ne sortait de sa demeure que pour chasser offensait par ses mœurs la morale chrétienne. " Il vit en polygamie, il se livre quotidiennement au stupre derrière ses murs. Bien qu'elles ne se montrent jamais, nous savons qu'il possède cinq femmes pour lui seul dont il use et abuse en des orgies dont nos espions nous ont conté les péripéties. Ces femmes lui servent aussi d'esclaves car il n'a que trois eunuques pour le servir. " Marcus Scudilo avait demandé à son père ce que l'on savait de plus à son sujet. Ainsi apprit-il que le poète Publius venait de l'empire d'Orient d'où il avait été exilé après la mort de Julien l'Apostat. Mais Marcus ne savait rien de l'Apostat ni de l'empire d'Orient, à peine davantage des femmes, et il se débattait dans un lacis de questions informulables. " Qui était vraiment cet homme ? " Exilé avec maints autres quand s'abattirent sur le faible et magnanime Jovien, successeur de l'empereur Julien, les objurgations menaçantes de saints hommes tel Grégoire de Naziance, Publius Optatianus avait embarqué à Antioche pour Rome où il aurait séjourné quelque temps en parcourant la Campanie. Jovien mort prématurément, le décret d'exil devint caduc, mais Publius décida de rester en Italie où, de Milan, régnait à présent sur tout l'empire d'Occident le probe Valentinien.

» Marcus Scudilo n'écoutait son père qu'à demi, il regardait distraitement le miroir limpide du bassin où circulaient les nuages. Pour se réchauffer, père et fils marchaient de long en large sous la galerie de l'atrium. Avant son retour à Rome, le précédent gouverneur avait parlé à Scudilo de la richesse de Publius — richesse venue d'une rente allouée par Julien et sauvée *in extremis* de la confiscation. Grâce à sa fortune, le païen avait pu s'installer en Étrurie où il avait acquis des terres et construit sa villa sur les ruines d'une ancienne demeure. Les espions du gouverneur rapportèrent que, le poète ayant édifié à proximité un temple destiné au culte d'Astarté, réplique miniature de celui de Gargara dont il avait été hiérarque au temps de Julien, les femmes dont il s'entourait en étaient les prostituées sacrées. Mais le fils du gouverneur ne savait rien d'Astarté, il ne savait rien d'Aphrodite ; il ne connaissait de Vénus, si pieusement adorée par ses aïeux, que les temples transformés en basiliques ; il ne savait rien de la mort ni de la volupté. Les sombres nuées d'automne passaient et repassaient sur l'eau de l'impluvium, leur incessant mouvement emportait la villa comme les rêveries du jeune Marcus Scudilo. Il entendit à nouveau la voix de son père, il vit le poing paternel frapper la paume ouverte. " Je te confie cette mission. Prends quelques amis sûrs, rendez-vous à la villa du païen et tuez-le. Tue-le de ta main ! "

» On pénètre dans la maison de ceux qu'on tue, car il faut aussi tuer la maison où tant d'eux vit encore. Le soir du meurtre de Publius, le gouverneur Scudilo envoya ses hommes dans la demeure du poète afin que tout y fût saccagé. " Que cet endroit de la colline soit comme à l'aube des âges ", leur commanda-t-il. Puis il se rendit sur place alors qu'il faisait déjà nuit. Les vents du crépuscule avaient lavé le ciel, le gouverneur se hissa sur son cheval, il alla trottant sur la cendre blanche du chemin vers ce halo qui rougeoyait l'ombre des pins. Le froid était vif, le sentiment de justice accomplie permettait à l'homme d'oublier un instant les mortels dangers dont les Barbares, tapis dans les taillis de l'Histoire, menaçaient l'Empire. Chevauchant sous la Voie lactée — sous ce ciel sans appartenance qui sera là encore quand ses os et ceux de tous les êtres à venir auront été réduits en poudre —, le gouverneur Scudilo, déjà spectrale statue équestre, portait vers un dérisoire champ de bataille la martiale roideur du général d'Empire qu'il avait été sous Constance. Lorsqu'il parvint à quelques centaines de mètres de la villa, une rumeur âpre s'en élevait, si puissante que les murs eux-mêmes semblaient gronder. La porte était abattue. Quand le gouverneur pénétra dans la villa, il trouva ses hommes chargeant le mobilier pour l'entasser aux quatre coins de l'aire avant de l'incendier, ainsi qu'il en avait donné la consigne. Les tentures jetées par-dessus les brasiers bougeaient comme de gigantesques formes vivantes démantelées par les flammes, et le sol scintillait de mille feux. Fasciné par ce miroitement mouvant, pareil à celui de la mer en plein soleil, le gouverneur Scudilo resta longtemps sur le seuil du péristyle. Puis, avisant un personnage lié à une colonne, si proche du feu qu'il serait bientôt brûlé vif, il ordonna qu'on le lui amenât. Il s'agissait d'un artiste syracusain dont la réputation s'étendait jusqu'en Campanie. Il avait travaillé dans sa jeunesse comme maître d'œuvre pour la décoration intérieure du pavillon de chasse du gouverneur Casale en Sicile, déclara-t-il fièrement à Scudilo, bien qu'il fût à peine capable de se tenir debout tant la chaleur et la fumée l'avaient éprouvé. Il montrait un visage affreusement boursouflé. Indiquant à ses pieds la mosaïque, qui tel un pan de firmament étendu sur la terre allumait ses feux dorés à la surface du péristyle, le gouverneur demanda à l'homme s'il s'agissait de son œuvre. Il acquiesça. Lui et ses compagnons travaillaient depuis deux ans au pavement du péristyle, mais l'idée et le thème de la mosaïque étaient sortis de l'imagination de Publius. Quand on lui demanda pourquoi lui et ses compagnons n'étaient jamais apparus à la bourgade, il répéta ce que le maître de céans lui avait dit d'un ton de commandement, le jour de leur arrivée : " Vous jouirez de toutes les commodités ; quand vous voudrez des femmes, vous en aurez, il n'y a rien au-dehors, tout est ici, à l'intérieur. "

» La face du gouverneur Scudilo s'assombrit. Il laissa l'homme, fit lentement et en s'arrêtant souvent le tour du péristyle. Ainsi découvrit-il que cette douce scintillation au cœur de la mosaïque irradiait d'un soleil conçu d'une multitude de cubes d'or. Autour de lui, dans un ciel à la fois diurne et nocturne, les planètes dévidaient leurs abstraites spirales. A la périphérie, bordant la colonnade, immédiatement accessibles à la vue du visiteur, des scènes de chasse, de banquet et d'amour représentaient, en une frise incomplète, les plaisirs terrestres. Mais l'œuvre demeurait dans son ensemble inachevée. " Elle n'est pas finie, hélas ! " répéta plusieurs fois l'artiste en restant immobile entre deux colonnes, les yeux fixés sur son travail, indifférent à l'effervescence vociférante qui bouleversait à présent toute la villa. Le centre désert du péristyle où s'épanouissait la figure solaire désignait à la fois le cœur de la dévastation et creusait un vortex où s'anéantissaient rumeurs et mouvements. Quand le gouverneur fut revenu près de lui, l'homme éleva un regard radieux puis, tendant le bras, il prononça ces paroles fatales qu'un témoin rapporta ensuite : " Vous voyez : personne ne marche sur la mosaïque ! Pas un pied ne s'y pose ! " De fait, l'œuvre semblait protégée par un invisible obstacle que nulle violence ne franchissait. Scudilo sourit méchamment, appela l'un de ses sbires et, désignant l'artiste, il commanda : " Remettez celui-là où vous l'aviez attaché. " L'homme poussa un hurlement. Les flammes léchaient sur toute sa hauteur la colonne où il était lié peu avant. Puis le gouverneur demanda qu'on lui amenât les prisonnières : deux esclaves et une affranchie du nom de Lycinna, la dernière concubine de Publius. Il voulut que les premières fussent décapitées devant lui, ici même, là où selon l'expression de l'artiste, " pas un pied ne s'était posé ". Sous le froid rectangle du ciel, les deux têtes de femme tombèrent. Puis, livrant l'affranchie à l'ardeur de ses hommes, il exigea d'eux qu'ils en abusassent tous et qu'on l'écartelât entre quatre chevaux hors de la villa avant de jeter ses restes dans l'Arno. Mais cela ne suffi-

17

sait pas. Il ordonna encore que l'on ensevelît entièrement le centre du péristyle, que l'on déversât sur le soleil et sur les corps décapités une couche de terre qui s'élevât jusqu'à la plinthe des colonnes. Comme certains relevaient l'absurdité d'un tel travail puisque les murs abattus et les toitures calcinées tiendraient bientôt lieu de linceul à la mosaïque, il répéta son ordre avec tant de véhémence que, pendant des années, l'instant de folie du gouverneur Gaïus Quintus Scudilo resta dans les mémoires et fut cité dans les annales du municipe. Il se calma lorsque les premiers couffins de terre arrivèrent. Il fallut aux hommes la nuit entière pour accomplir ce travail. Mais au matin, alors que Scudilo appréciant la sépulture déclarait pour lui-même à voix haute et satisfaite " Maintenant, l'œuvre est achevée ", le soleil se leva sur l'Étrurie, reconstituant dans l'azur ce que le gouverneur venait d'abolir sur la terre.

» Rien n'est jamais ôté aux richesses de la planète. La figure ici détruite se reconstruit là-bas, ce qui meurt en un lieu revit en un autre, la sphère où nous vivons ne perd jamais de poids. Publius avait lui-même dessiné les plans de sa villa et il en occupa tout l'espace ; tout l'espace jusqu'au dernier angle reçut visite de son être, jusqu'à la moelle du tuf dans le sein des colonnes, jusqu'à chaque goutte de l'impluvium et aux particules sèches de l'ombre qui baigne les chambres des esclaves. Milanion, l'architecte chargé de diriger les travaux, ami et confident du poète, répétait à qui voulait l'entendre que Publius souffrait d'une imagination inaltérable et insatisfaite, qu'un goût immodéré pour la précision le rongeait. Pendant dix-sept ans, les travaux se poursuivirent par intermittence. Cependant, soit que Publius ne pût se résigner à conclure, soit qu'il fût obsédé par la perfection, sa villa ne trouva jamais de forme définitive. Après la mise à sac par les hommes du gouverneur Scudilo, elle tint lieu de carrière où chacun vint se pourvoir en matériaux, de sorte que l'âme de ses pierres alla peser en d'autres murs. Ces événements nous sont connus grâce aux chroniques et aux archives. Ils se déroulèrent en l'an 387 de notre ère, dans une région de collines que cent millions d'années plus tôt l'Apennin forma en s'affaissant et qui porte aujourd'hui le nom de Toscane. »

1967

Comme l'expliquait maintenant le prince Aldobrandini au docteur Bembo, l'archéologue Thomas Bald se rendit pour la première fois sur le champ de fouilles de Testa di Becco, dans la banlieue de Florence, un jour de janvier 1964.

« Il faisait un froid de loup, le professeur Arnolfo Panatti, secrétaire de la mission archéologique lombarde, et le conservateur de la Bibliothèque laurentienne, un ami de Thomas, nous accompagnaient... » Ayant réglé son pas sur celui du prince, Bembo marchait, les mains croisées derrière le dos, les yeux au sol, et les pans de sa blouse blanche ouverte flottaient autour de lui. De temps à autre, les deux hommes interrompaient leur marche pour se dévisager avec étonnement ; ils semblaient alors prendre conscience d'une sorte de parenté, de fraternité, que l'abstraite présence de celui dont ils évoquaient le souvenir établissait entre eux. Plus de six mois s'étaient écoulés depuis ce que l'on appelait pudiquement les « événements » et, pour la première fois, poussé par le désir de parler enfin, le prince Aldobrandini s'était décidé à gravir la colline jusqu'à l'inquiétante demeure du docteur Bembo. Au dernier moment cependant, alors que le taxi s'engageait déjà sur la voie privée de la clinique, pris d'hésitation, il avait prié le chauffeur de le laisser là, en pleine campagne ; puis, au lieu de suivre la route normale, il s'était lancé dans la pénible ascension d'un chemin de croix embroussaillé, s'arrêtant à chacune des quatorze stations pour souffler et mesurer le poids de plus en plus douloureux de la vieille croix qu'il trimbalait sur ses épaules. Parvenu au sommet indemne, il avait trouvé sur le seuil de son établissement le docteur qui paraissait l'attendre avec impatience. A présent, il s'étonnait du sentiment de liberté et de plaisir, presque de jouissance après une si longue réserve, que lui procurait l'évocation de ces temps à la fois anciens et si proches où il vivait dans la compagnie quotidienne de l'homme qu'il aimait le plus au monde, pour lequel il eût été prêt à sacrifier passé et avenir mais dont, cependant, il n'avait jamais pu sonder le cœur. « Thomas a vécu treize ans chez moi, docteur Bembo, et pourtant, je ne sais presque rien de lui... »

Plusieurs années avant sa première visite à l'ancien champ de fouilles, l'archéologue Thomas Bald avait acquis la certitude que la villa du poète antiochien Publius Optatianus Porphyrius se trouvait au lieu-dit Testa di Becco, sur l'emplacement d'autres vestiges mis au jour hâtivement avant la guerre, puis abandonnés à leur sort. Ces vestiges, datant du règne éphémère de Maxime, constituaient partiellement la base d'un mausolée édifié deux siècles plus tard à la mémoire d'une certaine Lycinna, mausolée détruit à son tour vraisemblablement pendant l'invasion des Vandales. Bien qu'il ne fît aucun doute pour Thomas Bald qu'en creusant au-dessous de ces ruines il trouverait ce qu'il cherchait, il refusa toujours de se rendre sur un terrain que l'extension de la zone industrielle de Florence rendait inaccessible aux recherches ; cela jusqu'au jour où le prince Aldobrandini lui laissa entendre qu'il pourrait obtenir sans trop de difficultés l'autorisation de reprendre les travaux.

Les anciennes fouilles occupaient la partie sud d'un vaste terrain vague bordé d'un treillis métallique aux mailles déchirées par les pinces des enfants, abattu ou béant par endroits, pitoyable comme l'ensemble du lieu. Des ordures de toute espèce jonchaient le sol de l'excavation et se confondaient à des vestiges où l'on reconnaissait, de loin en loin sous la terre éboulée, l'amorce d'une voûte, la base d'une colonne émergeant des immondices, un improbable muret percé d'une porte et d'une fenêtre éclatées, des fragments de marbre sale et poreux comme des ossements parmi les vieux pneus ; comparé à ces ruines elles-mêmes ruinées, le cimetière de voitures voisin, avec ses carcasses empilées jusqu'à des hauteurs acrobatiques, semblait presque gai. Thomas Bald et les trois hommes qui l'accompagnaient s'introduisirent dans la place par l'une des brèches ouvertes dans le treillis, et la désolation du champ de fouilles abandonné les laissa un instant abasourdis au bord de l'excavation. Un soleil froid, étonnamment lointain, éclairait le terrain vague d'une lumière nébuleuse, des camions passaient en ferraillant dans leur dos et un silence glacé se refermait comme une porte givrée sur chacun d'eux. Cerné de larges avenues rectilignes bordées d'entrepôts, de petites fabriques ou simplement de murs de parpaings derrière lesquels s'étendaient d'autres espaces vides, le terrain mesurait un peu plus d'un hectare. Seuls les poids lourds traversaient cet urbanisme interrompu, on ne voyait âme qui vive, un mince filet de fumée d'une blancheur pâteuse s'élevait de la cheminée de la station d'épuration. Aucun des quatre hommes ne se décidait à descendre dans la fosse.

« Je crois que nous n'osions pas descendre par peur

de ne pouvoir remonter. C'est aussi simple et aussi absurde que cela », dit le prince Aldobrandini au docteur Bembo qui, ayant décroisé ses mains, avait placé l'une d'elles en visière et observait dans le contre-jour un homme déjà vieux, étique, en train de s'acharner à courir sur la pelouse.

Indiquant l'ensemble du terrain vague, Thomas Bald demanda alors au secrétaire de la Mission archéologique lombarde combien d'hommes il mettrait à sa disposition pour fouiller cette étendue. Puis, selon le prince, il sauta dans la fosse sans attendre la réponse et s'éloigna entre les vestiges. « Combien d'hommes... Entre cinq et huit, je suppose », répondit le professeur Panatti à voix beaucoup trop basse pour être entendue. La question l'embarrassait car, si le ministère se montrait favorable à la reprise des fouilles, c'était à condition que le prince Aldobrandini acceptât de financer une grande part des recherches.

« L'importance du personnel dépendait de moi, non de la mission archéologique ; mais je ne voulais pas que Thomas le sache, je craignais qu'il refuse mon argent et qu'il abandonne... », dit Aldobrandini en regardant, dans la même direction que Bembo, le vieil homme qui maintenant courait bel et bien, mais piteusement, courait en tenant à la main un cerf-volant d'un bleu électrique qu'il tentait en vain de lâcher dans la brise et qui, chaque fois, retombait. Le docteur approuvait de la tête, l'air de signifier « C'est bien, continue. Même si tu n'y arrives jamais, continue... » — tandis que le prince se détournait d'un mouvement coléreux, sans trop savoir si l'approbation muette de Bembo concernait l'insensé ballet du vieillard ou son propre récit qui, tout à coup, lui parut non moins insensé et vain mais qu'il poursuivit cependant, le dos tourné, comme s'il refusait aussi de se parler à lui-même.

Thomas Bald resta près d'un quart d'heure à examiner les vestiges. Ses trois compagnons, qui suivaient ses allées et venues du haut de la fosse en piétinant et se battant les flancs pour se réchauffer, ne consentirent à le rejoindre que lorsqu'il les appela. « Les restes de la villa de Publius ne sont pas là-dessous, déclara-t-il catégoriquement. Quelque part dans ce terrain mais pas là-dessous. » Il semblait si sûr de soi que chacun resta accablé parmi ces rognures de demeures vidées de leurs entrailles, ces chicots de parois déprises de leurs marbres. Nul ne songea à l'interroger sur sa certitude. Selon le prince, ils regardaient autour d'eux avec amertume et fatigue, comme si de leurs mains ils venaient de creuser cette fosse pour n'y rien trouver. Puis tout à coup, levant les yeux, ils aperçurent la sombre silhouette d'une femme dressée contre le ciel blanc au bord de l'excavation. Elle les observait avec curiosité et, leur sembla-t-il, un peu d'ironie. Le prince Aldobrandini la reconnut aussitôt, mais il resta sans réaction. Bald remonta d'un bond le talus et la rejoignit. Ils échangèrent quelques paroles que les autres ne purent entendre car un camion passait à ce moment-là. Puis, se détournant, Bald se dirigea vers l'autre extrémité du terrain vague. La femme resta un instant encore sur le talus à les dévisager avec un sourire à la fois moqueur et compatissant avant de disparaître aussi furtivement qu'elle était apparue. Pendant que les trois hommes sortaient à leur tour de la fosse, l'archéologue arpentait le terrain méthodiquement, les yeux au sol, comme s'il possédait le don de voir à travers la terre. Il s'écoula encore un long moment au cours duquel le prince, le secrétaire et le conservateur, sceptiques et silencieux, le regardèrent déambuler, s'arrêter, repartir, revenir sur ses pas sans prêter attention aux ordures qu'il foulait. Il disparaissait parfois derrière un monticule, restait invisible quelques minutes, et le terrain vague, apparemment vide, prenait alors les proportions gigantesques et désespérantes d'une banlieue qui s'étendrait à l'infini des villes.

« Devant ce spectacle désolant, je pensais : Thomas ne trouvera jamais ce qu'il cherche sur un terrain d'une telle surface et avec les faibles moyens que je peux mettre à sa disposition ; nous avons l'un et l'autre atteint nos limites et, pour peu qu'elle existe, la mosaïque de Publius demeurera sous la terre », dit le prince Aldobrandini au docteur Bembo. « Le parfum de la femme flottait encore dans l'air parmi les odeurs de mazout et de moisissure — malgré mon peu d'intérêt pour le beau sexe, le parfum des femmes m'a toujours inspiré des idées dangereuses —, et tandis que je humais ces effluves, quelque chose se passa en moi, une sorte de folle exaltation : je pris la décision d'investir dans les recherches une somme beaucoup plus considérable que prévu... »

Lorsque Thomas Bald retrouva les trois hommes transis de froid, il rayonnait. Ayant repéré plusieurs points où commencer à creuser, il avait esquissé un plan du terrain, marquant d'une croix les emplacements choisis. Comme le professeur Panatti demandait quels indices lui permettaient d'être aussi affirmatif, il rit en humant l'air autour de lui. Le soleil corpusculaire et brumeux inclinait au-dessus d'eux sa lente trajectoire vers la cheminée de la station d'épuration. A Bald qui soufflait dans ses mains engourdies, le conservateur de la bibliothèque Laurenziana demanda tout à coup et sans raison, d'un ton exagérément préoccupé : « Cette femme, qui était-ce ? » Bald feignit l'étonnement ; puis il fouilla dans sa poche, en sortit une carte de visite. « Elle s'appelle Dada Saltabecca. Elle est propriétaire d'une boîte de nuit ou quelque chose du genre, non loin d'ici. Elle m'a invité à venir y passer une soirée... » Il considérait la carte d'un air amusé et rêveur, comme si de plaisants souvenirs lui revenaient à la mémoire. Le professeur Panatti se plaignit du froid. « Dada Salta-becca, hum... répéta plusieurs fois le conservateur d'un air entendu. Eh bien, ce n'est rien d'autre qu'une putain, mon cher ami ! Tout le monde la connaît à Flo-rence, elle a mené une existence assez tapageuse. Depuis qu'elle s'est rangée, on la surnomme la Vénus des garages, parce qu'elle a installé son établissement dans d'anciens boxes rachetés à une compagnie de transports. » Les quatre hommes s'arrachèrent à l'en-gourdissement et à la fascination lugubre qu'exerçait sur eux le lieu-dit Testa di Becco. Franchissant un à un la brèche du treillis, ils retrouvèrent l'anguleuse perspective de béton où la limousine du professeur Panatti reposait comme une allégorie de la solitude urbaine. Le conservateur de la Bibliothèque lauren-tienne poursuivait son soliloque au sujet de Dada Salta-becca ; quand il constata que personne ne l'écoutait plus, que chacun voguait très loin dans une méditative absence, il s'immobilisa au milieu du trottoir. D'une voix beaucoup plus forte, il lança cette phrase que le prince fut bien obligé d'entendre : « Vous serez peut-être intéressé d'apprendre que Mme Saltabecca est l'amie de l'ingénieur Marcello Valverde, à qui appar-tient ce terrain comme tant d'autres et auquel vous aurez nécessairement affaire, prince Aldobrandini ! »

« Ainsi s'acheva notre première visite au lieu-dit Testa di Becco... », dit le prince au docteur Bembo en s'arrêtant une nouvelle fois, mais définitivement sembla-t-il, comme si une pensée paralysante l'avait soudain figé là en une éternelle résignation. « J'étais un homme âgé lorsque j'ai décidé de financer les fouilles de Testa di Becco, poursuivit-il néanmoins après un temps ; maintenant je suis un vieillard, mais je ne regrette rien : grâce à Thomas, qui n'a jamais soupçonné le service qu'il me rendait, j'ai détruit mes demeures insalubres. Avez-vous jamais aimé longtemps, passionnément, sans aucun espoir d'être payé de retour, Bembo ? Je pense que oui. A partir de cette terrible expérience, et aussi lorsque le malheur vous a conduit à une certaine discipline de vie, presque toutes les actions et les pensées humaines vous semblent des clichés... » Devant eux, mais à présent plus bas sur la pelouse, le vieil homme jouait toujours avec son cerf-volant. Raide et déjeté, il courait jusqu'à ce que la délicate aile bleue s'abatte dans l'herbe, puis, la ficelle rembobinée, il recommençait inlassablement. Une tristesse noire étreignit le prince. Il ferma les yeux, demeura ainsi coupé du reste de ce monde dément, si fin, si fragile que le docteur Bembo craignit pour lui. A présent qu'il avait atteint cet âge où l'homme sage est censé se résigner à mourir, où la mort lui devient une proche réalité, cette résignation, considérée à travers les derniers feux de la vie, lui apparaissait telle une inacceptable démission ; devant l'inextinguible soif de vivre qui altérait encore le prince, sagesse et philosophie n'étaient plus que l'expression dérisoire d'une défaite généralisée. Quand il rouvrit les yeux, il vit tout d'abord les deux femmes qui venaient à eux nonchalamment, Fiora et Luella Capodilista, la mère et la fille allant côte à côte mais séparées par un abîme visible, toutes deux un sourire imprécis aux lèvres, la moitié du visage occultée par des lunettes noires. Aldobrandini eut la tentation de fuir. Mais dans le calme de cet après-midi sur les collines s'élevaient maintenant, inattendues et séraphiques, les voix *a capella* d'un madrigal de Gesualdo. Lorsque Bembo aperçut les femmes, il se rengorgea, prit l'allure de quelque puissance tutélaire régnant sur la folie comme sur les excès de la raison et, saisissant le prince par le bras, il l'entraîna en marmonnant : « Laissons-les, allons chercher refuge dans mon bureau. » Avant de franchir le seuil de la clinique, Aldobrandini entendit distinctement ces paroles du madrigal qui s'échappaient d'une fenêtre :

> *Io pur respiro in cosi gran dolore*
> *E tu pur vivi, o dispetato core ?*

Alors, sans y penser, tandis qu'ils gravissaient les marches basses de l'escalier tournant, il dit spontanément : « La police m'a convoqué la semaine dernière pour la vingt et unième fois depuis la disparition de Thomas. » En pénétrant dans l'espace lumineux qui servait de bureau au docteur, comme il se trouvait nez à nez avec l'imposant portrait d'un aïeul suspendu audessus de la table de travail, il se rendit compte que sa notion du temps devenait de plus en plus confuse.

« 1967... murmura-t-il, comme si cette date actuelle était sans aucun rapport avec le présent. Trois ans déjà ont passé depuis le début des fouilles. Le premier coup de pioche a été donné en septembre 64, j'ai l'impression que c'était hier... Il faisait encore très chaud, j'avais embauché une vingtaine de terrassiers et des étudiants milanais en plus du personnel que la sous-direction de l'archéologie au ministère de la Culture avait généreusement mis à notre disposition : cinq hommes, docteur Bembo, cinq ! » Le docteur servit à boire, le prince Aldobrandini s'assit en face de l'obsédant portrait. Il tenait par le pied, avec une distinction précautionneuse, son verre où le cognac rayonnait comme un quartier d'ambre. Dès la première gorgée, il reçut un coup de fouet et se sentit prêt à reprendre son récit. « Thomas avait terriblement peur de ne rien trouver... », dit-il.

31

Puis il dut s'interrompre car une boule d'angoisse lui obstruait la gorge. Le docteur Bembo ne prêta pas attention à ce soudain silence, il hochait la tête interminablement en poursuivant ses pensées. « Oui oui, nous finirons par voir clair dans tout cela... », assura-t-il sans aucune conviction, regardant distraitement par la fenêtre les jets d'eau tourner sur les pelouses maintenant désertes de la clinique.

1965

Dino s'allongea sur l'herbe et il pria de toute sa volonté pour qu'arrivât enfin ce qu'il souhaitait tant. Puis ses yeux plongèrent dans une lumière pure et vaste où figurait, dans le ciel creusé du couchant, un infime repère, l'étoile vesper à peine scintillante, aux confins de la clarté mourante. Cet astre diurne ranima son espoir, il y amarra son regard et vit s'en détacher un disque lumineux qui fonça sur la Terre : quelqu'un venant d'ailleurs, qu'il appelait à grands cris silencieux, arrivait pour le ravir à cette planète mortelle. Le grand vaisseau de feu allait se poser là bientôt, ouvrir pour lui les portes de son sas, offrir à son ardent désir d'évasion les champs stellaires.

Il ne se passa rien.

Son camarade, lui aussi couché mais à plat ventre, l'interpella en chuchotant : « Regarde, il y en a trois... » Dino fut pris d'angoisse : savoir que l'on est là jusqu'à sa mort, avec ce corps incapable de voler, entouré d'êtres humains et d'objets toujours pareils — père, mère, tête, bras, jambes, rues, voitures, maisons, formes toujours identiques, choses d'ici-bas —, quelle épouvante ! Bientôt, il ferait nuit, puis jour à nouveau et après-demain allait succéder à demain, l'hiver à l'automne, le ciel ne se déchirerait jamais pour révéler ce qu'il cache de merveilles, les mains seraient toujours des mains avec autant de doigts et, plus tard, celles de la fiancée auraient aussi des doigts, les femmes seraient des femmes comme les mères sont des mères, les choses que l'on ferait avec elles ne seraient jamais rien d'autre que ce que les pères font aujourd'hui avec le peu de membre dont ils disposent sous l'œil de ce Dieu à jamais crucifié. L'enfant avait fermé les yeux, la vie défilait dans son esprit comme un ruban monochrome. Lorsqu'il les rouvrit, il vit son camarade allongé près de lui, observant attentivement le fond du vallon, mais il le vit sous un angle si abrupt qu'il lui parut tout déformé. « Oui, il y en a trois aujourd'hui... » répéta-t-il, braquant sur le lieu qu'il indiquait la grosse jumelle suspendue à son cou.

Sur le terrain desséché de la vigne, piqueté çà et là de touffes vertes, miracle jailli du sol à la dernière ondée, trois gros lièvres broutaient paisiblement. Beaucoup plus bas dans l'échancrure du bois de pin, coulait une portion d'Arno que longeait une route invisible où glissaient, silencieuses comme des ombres, de rares voitures. Les deux garçons ne voyaient d'elles que des éclats de carrosserie qui filaient entre les arbres telles des flèches de silence dans la lointaine rumeur de l'autoroute. « Crois-tu qu'il va venir aujourd'hui ? » demanda Dino d'un ton blasé en se recouchant sur le dos. L'image des trois lièvres flotta un instant devant ses yeux, mais comme si elle appartenait au domaine du souvenir. Il s'efforça de conserver l'impression vertigineuse d'avoir déjà vécu une situation identique dans une vie antérieure ; un grand nombre d'années le séparait de l'instant précédent, il voyait à présent la ville et le faubourg sinistre où il vivait anéantis, ses parents morts depuis longtemps et lui-même rejoint par une irresponsable vieillesse. Il ne voulait plus rentrer chez lui. Il imagina qu'un fléau dévastateur s'était abattu sur la terre où il ne restait plus que quelques survivants ; une ruine remplaçait le triste immeuble qu'il habitait, la fenêtre disloquée de sa chambre béait sur un désert : le monde était un désert sans limites où allait se jouer une fabuleuse aventure, car rien n'existait encore et il restait à inventer ce que nulle imagination ne pouvait encore soupçonner. Pourtant, quelque chose de captivant restait en suspens dans l'immédiat et justifiait la présence des deux enfants en ce lieu, l'attente d'un événement précis qui se confondait à celle, beaucoup plus vague, de l'espérance en l'inattendu : l'arrivée du chasseur.

Depuis deux semaines, les garçons se rendaient chaque jour sur la colline. Ils grimpaient jusqu'à une éminence rocailleuse dominant une vigne en jachère, ils se dissimulaient dans les hautes herbes roussies par la canicule et qui exhalaient une puissante odeur de grange. Là, ils attendaient le chasseur.

Dino ne le connaissait pas, mais son ami l'avait rencontré un jour qu'il vagabondait dans le bois de pins. L'homme chevauchait une puissante moto sur un chemin de terre cahoteux et escarpé. Moteur coupé, il avait laissé rouler son engin jusqu'à une cinquantaine de mètres de la lisière. Très occupé à s'approcher de la vigne où un plantureux lièvre posé sur son cul, les oreilles pavillonnantes, mâchouillait sans défiance, le camarade de Dino ne l'avait pas entendu arriver. Au dernier moment, s'aplatissant derrière un arbre, il avait observé la manœuvre du chasseur. Le lendemain, il raconta la scène à Dino, mais en omettant l'essentiel ;

34

en sorte que le qualificatif d' « extraordinaire », qu'il utilisa à plusieurs reprises avec enthousiasme sans toutefois dévoiler la nature de l'événement, intrigua le garçon que les histoires les plus insolites laissaient d'ordinaire indifférent. Maintenant, il n'en savait pas davantage, l'orgueil lui interdisait de poser des questions et il feignait le détachement. Il pensait parfois que l'autre mentait, que le chasseur n'était qu'une fabulation ; mais ce soupçon ne le tracassait guère car, quand bien même fût-il fondé — ce dont il n'aurait jamais la preuve absolue —, il était décidé à revenir et revenir indéfiniment sur les lieux attendre le chasseur. Aussi, à force de monter sans résultat sur la colline, il en vint peu à peu à souhaiter que son ami ait menti et c'est pourquoi il ne manifesta ni impatience ni réelle curiosité quand il demanda : « Crois-tu qu'il viendra aujourd'hui ? » L'autre haussa les épaules et ne répondit pas. Dino reprit sa position initiale, allongé tout de son long, le regard suspendu à l'étoile vesper. Après quelques instants d'immobilité, il se sentit peser sur la terre d'un poids plus considérable, devenir plus lourd, plus corporel qu'il ne s'était jamais senti l'être ; il lui sembla que s'il demeurait ainsi, dangereusement passif, il allait s'enfoncer dans l'humus et y disparaître. Le chant des oiseaux prenait une amplitude douloureuse, l'enfant se boucha les oreilles, ferma à nouveau ses paupières hermétiquement afin qu'aucune lumière ne passât plus. La sensation d'enfoncement s'accrut, d'une tout autre qualité à présent : il ne s'enfonçait plus dans la terre mais à l'intérieur de son propre corps aux proportions soudain immensurables, sans périphérie, dense et boueux, d'une touffeur organique et, enfermé dans cette matière originelle, il entendait cogner sourdement son cœur. Effrayé, il décolla brusquement les mains de ses oreilles et, se redressant, il s'arracha à lui-même. Accroupi près de lui, son camarade le regardaît bizarrement.

« Je sais qui est le chasseur, moi, je le connais », dit-il. Cette remarque mit Dino mal à l'aise. Il n'avait jamais été question entre eux de l'identité du chasseur, il préférait ne pas la connaître. Il sentit que tout pouvait redevenir banal d'un instant à l'autre. Son camarade souriait maintenant avec ambiguïté, toutes sortes d'expressions mauvaises lui brouillaient la face. « Tu ne veux pas savoir qui il est ? » demanda-t-il ironiquement. L'enfant pressentit alors que l'autre avait mesuré la supériorité de son caractère sur le sien et combien son imagination était supérieure à la sienne. « Tu ne veux pas savoir ? » insista-t-il avec méchanceté alors que ses yeux se plissaient. Dino soupira. « Tu es trop niais », dit-il avec dédain en se renfrognant. Son ami ricana. « Eh bien, je vais te dire qui est le chasseur : c'est un type qui travaille dans les ruines. Il habite la villa Strizzi, chez les Capodilista. Je peux même te dire son nom : il s'appelle Bald. »

Dino fut surpris. Il ne comprit pas immédiatement ce que son camarade entendait par « un type qui travaille dans les ruines » ; puis une illumination l'éclaira. « Ah ! c'est l'archéologue ! Je vois ce que tu veux dire », fit-il en souriant. A la frontière du faubourg nord de la ville et de la zone industrielle, entre un cimetière de voitures et la station d'épuration, s'étendait un terrain vague où l'enfant allait jouer autrefois. Puis, un jour, des hommes arrivèrent et se mirent à creuser la terre. Ce labeur énigmatique dura quelque temps puis il s'interrompit pendant des mois et le terrain redevint vague. Mais depuis plusieurs semaines, une activité intense s'y déployait à nouveau et l'on avait mis au jour d'autres ruines. « L'archéologue, si tu veux », dit le garçon en retournant s'allonger dans l'herbe pour braquer sa jumelle sur le bois de pins. Tout à coup, il leur sembla entendre un bruit de moteur puis ce fut à nouveau le silence. Les trois lièvres dérivaient lentement sur la gauche de la vigne, l'air fraîchissait, la terre exhalait une chaleur de corps endormi. Un long moment s'écoula, le ciel s'assombrissait. « Attention, le voilà ! » s'écria enfin l'observateur. « Et il n'est pas seul... » Le cœur de Dino se mit à battre. Il crut qu'il allait vomir et, pendant quelques secondes, il se dit : Je ne bouge pas, je ne regarde pas, je vais être déçu. Il roula sur le côté et se trouva allongé contre le flanc de son compagnon dont les mains tremblaient en tenant la jumelle.

Le chasseur était là, debout dans l'ombre clairsemée d'un pin, adossé au tronc, un homme de haute stature, athlétique, sa chevelure grise et abondante doublait son crâne de volume. La juvénilité paisible de sa silhouette contrastait bizarrement avec sa tête chenue. Dino n'avait jamais vu de personnage aussi singulier, qui se situât si loin à l'opposé de ceux qu'il connaissait. Puis il aperçut, en retrait dans le bois, la jeune fille qui l'accompagnait. *A priori,* elle l'intéressait beaucoup moins que le chasseur mais le fait qu'elle accompagnât cet homme mystérieux l'auréolait d'une grâce particulière ; tout à coup, il eut l'intuition qu'une même vibration parcourait ces deux êtres et qu'un lien qui n'était pas de parenté les unissait. Il emprunta la jumelle pour mieux observer la fille. Il la trouva grande, maigre, le visage très pâle et beau, quoique singulièrement dissymétrique. La bouche n'était qu'un trait. Sans doute était-elle attirante mais, bien qu'elle n'eût pas plus de dix-sept ou dix-huit ans, elle avait les traits tirés, la mine fatiguée. Au milieu de cette fatigue s'ouvraient de grands yeux caves, brillants, qui frappèrent Dino par leur fixité ; les paupières ne semblaient jamais s'abaisser sur eux et, comme chez certaines statues antiques, ils existaient non pour voir les choses de ce monde mais pour contempler la perfection des divinités. « C'est la fille que tu regardes, hein ? demanda son camarade tout contre son oreille. Elle s'appelle Luella, elle est folle. Je la connais aussi... »

Ces paroles à peine prononcées, un événement d'une extrême promptitude se produisit dans la vigne. Pendant que le garçon examinait la jeune fille, le chasseur s'était approché de la lisière, tranquillement, comme s'il ne prêtait qu'une attention distraite à ce nonchalant déplacement. Parvenu à moins de dix pas des lièvres qui ne semblaient pas l'avoir entendu, il regardait ailleurs, immobile, les mains dans les poches, totalement indifférent. Quand Dino le découvrit ainsi, il constata pour la première fois que l'homme ne portait aucune arme, que rien d'apparent sur lui ne le désignait comme chasseur. Mais les deux garçons n'eurent pas le temps d'apprécier cette scène dans le détail, car elle ne dura que quelques secondes. L'homme s'élança soudain en avant comme un fauve, se rua à une vitesse inouïe sur les trois lièvres. Deux d'entre eux filèrent par la gauche dans le sous-bois et le troisième commit l'erreur de vouloir traverser la vigne. Il ne parcourut pas vingt mètres. Dino vit le corps immense du chasseur lancé à travers l'espace puis un cri rauque retentit et tout s'immobilisa. Le chasseur gisait étalé sur le sol, face contre terre. Il resta ainsi prostré quelques instants, le dos soulevé par une respiration houleuse. Un calme de plomb pesait sur le vallon, la nature offusquée par la violence se tenait coite. L'enfant bâilla d'ahurissement. Il n'avait pas vu le lièvre disparaître mais il lui semblait que ce grand corps couché dans la vigne renfermait des trésors de puissance comme tout l'accablement des défaites. Un rire en fusa tout à coup et l'homme se redressa : le lièvre gisait sous lui. Il le saisit par la nuque et, l'élevant devant lui, le brandit tout gigotant dans la direction du bois de pins.

La jeune fille apparut entre les arbres et rejoignit le chasseur en courant. Sans la quitter des yeux, celui-ci saisit la tête du lièvre, lui imprima un tour complet. Quand les vertèbres cervicales se rompirent, les deux garçons pétrifiés dans les hautes herbes crurent entendre le bruit amplifié d'une allumette que l'on craque et le silence qui s'ensuivit s'éleva comme une flamme froide au-dessus de la vigne. « Tu as vu ça, tu as vu ça... » psalmodiait le compagnon de Dino. La jeune fille et l'homme s'en revenaient sans hâte vers la lisière, le lièvre empoigné par les oreilles ballottait contre la jambe du chasseur. Un recueillement qui sourdait des profondeurs de la terre, de l'impénétrable mutité de la terre, avait pris possession du vallon. Le chasseur marchait encore dans la vigne quand Dino se leva. Il avait envie de courir à sa rencontre mais il dit d'un ton maussade : « Il faut que je pisse. » Son camarade resta couché, le crépuscule détrempait les collines et là-bas, le long du fleuve, les voitures circulaient à tombeau ouvert, leurs phares allumés déjà. Le garçon pissait face au tronc et le monde déployait devant lui son triste dépliant. Rentrer chez lui maintenant, après ce qu'il avait vu, équivalait à aller s'enfermer à l'intérieur d'un corps qui ne grandirait jamais. Il entendit le moteur de la moto, il vit briller l'éclat d'un chrome dans la pénombre ajourée du sous-bois, imagina la croupe de la jeune fille sur le cuir de la selle, le dos massif et violet du chasseur. Il frissonna en songeant : On n'a pas vu une goutte de sang...

1966

« Entre 1522 et 1530, on ne sait pas exactement, Michel-Ange travaillait à la sacristie de San Lorenzo et à la Bibliothèque laurentienne », expliqua Fiora Capodilista au docteur Bembo qui entendait cette histoire pour la énième fois mais l'écoutait avec toujours la même patience. « Il voyait souvent Agostino Dini qui le recevait sur ses terres, il n'y a donc rien d'extraordinaire au fait qu'il ait accepté de dessiner les plans de la villa Strizzi, vraiment rien d'extraordinaire, et je ne vois pas pourquoi l'on met tant d'acharnement à contester la chose, poursuivit-elle. A-t-on jamais tenté de contester ma filiation maternelle avec la maison des Forzatè de Padoue qui remonte pourtant au XIIᵉ siècle ? Non, docteur Bembo, non ! A vrai dire, on s'en fiche. Mais dès qu'il s'agit de donner quelques sous pour la réfection d'un bâtiment historique aussi admirable que la villa Strizzi, tous les moyens sont bons pour se défiler, jusqu'au mensonge et à la calomnie. Souvenez-vous de ce misérable expert venu il y a quatre ans, qui s'est installé ici pendant six semaines à mes frais pour décréter que les deux tiers de la bâtisse avaient été remaniés au XVIIIᵉ et au XIXᵉ, que l'impureté de l'architecture ne justifiait pas un investissement des Monuments historiques dans des travaux de restauration, puis qui finit par s'en aller en déclarant d'un air supérieur qu'il fallait accuser en premier lieu Maria Medea

40

Castelli qui remplaça en 1750 l'escalier donnant accès à la terrasse par le double degré que vous connaissez, en second lieu les Bombicci qui achevèrent la construction de l'aile gauche au siècle dernier. La villa Strizzi impure, abâtardie ! Vous la connaissez de fond en comble, docteur Bembo, vous pouvez témoigner qu'elle est sans doute la plus parfaite de toute la Toscane dans sa sobriété et son austérité. Peu importe que l'on retrouve ou non les plans originaux : je suis certaine qu'ils furent dessinés par Michel-Ange. Quand mon mari acheta la maison en 1949, il en était convaincu lui aussi et Roberto avait beau être banquier, il était aussi un esthète, un authentique connaisseur. Si finalement il se décida à acheter la villa aux Chieretti, ce fut autant pour la pureté de son architecture que parce qu'elle avait appartenu à ma famille pendant trois siècles... »

La femme s'interrompit abruptement, comme qui prendrait conscience d'avancer depuis quelques instants au-dessus du vide. Elle jeta un coup d'œil circulaire au parc, tout son corps se tassa dans la chaise longue. Pendant ces affaissements, il semblait qu'une lente et séculaire agonie la minait, mais une agonie qui ne viendrait jamais à bout d'elle car elle constituait son existence même. « Ces chênes verts, ces cèdres, c'est la Castelli qui les a plantés il y a deux cents ans, dit-elle d'une voix très différente, prégnante et mélancolique. Elle a aussi planté les cyprès de l'allée principale. Êtes-vous déjà allé sur sa tombe, docteur Bembo ? Vous devriez y faire un tour, elle est enterrée au petit cimetière de Santa Maria Novella. Mais vous savez déjà tout cela, mieux vaudrait que je me taise, que je ne fasse que jouer et jouer encore. Bald a raison quand il dit que les mots finissent toujours par humilier celui qui les prononce... »

Néanmoins, Fiora Capodilista ne résistait pas au

41

charme de cette humiliation. Hantée par le sentiment qu'il lui restait peu de temps pour exprimer le fond de sa pensée, elle doutait également que cette pensée ait un fond. Ce qu'elle voulait expliquer maintenant au docteur Bembo, c'est qu'elle ressentait douloureusement la villa Strizzi comme le prolongement d'elle-même, la décrépitude de la villa Strizzi comme la sienne propre. « Après tout, je suis une musicienne, pas une littéraire, c'est à travers la musique que je m'exprime », dit-elle malgré elle. Le docteur Bembo la regarda en hochant la tête, elle baissa les yeux. Il acquiesçait, magnanime, de sa grosse tête de géant obèse. Elle pensait qu'il ne la croyait pas, que son regard scrutateur proclamait : « Vous mentez et vous le savez. Vous ne parvenez pas davantage à vous exprimer par la musique que par la parole, vous *tentez* seulement de le faire. » Mais naturellement bon et courtois, Bembo ne songeait pas à lui adresser ce reproche. « Bien entendu, bien entendu. Avez-vous joué aujourd'hui, Fiora ? » demanda-t-il. Elle confessa avoir joué trois heures le matin, de cinq heures à huit heures, afin « d'accueillir le soleil en musique ». Le docteur se mit à rire. « La musique vous angoisse, vous devriez de temps en temps vous éloigner d'elle. J'imagine que vous travaillez encore *Gaspard de la nuit* ?... »

La femme se disait qu'elle n'avait jamais connu d'être plus monumental que Bembo — même Bald à côté de lui paraissait fluet —, mais que dans ce corps maintenant secoué par le rire, boudiné dans le fauteuil de rotin, transparaissait une délicatesse dont la nature la déconcertait souvent. « C'est vrai, *j'essaie* de jouer *Gaspard*... reconnut-elle. Vous savez, docteur Bembo, il me semble que je progresse. Je m'obstine, je m'obstine. Peut-être arriverai-je un jour à jouer Ravel correctement. Bald exècre *Gaspard de la nuit*, il ne peut plus supporter cette œuvre et je profite de son absence. Où qu'il se trouve, dit-il, il m'entend jouer. Surtout Scarbo. Il m'a avoué qu'il l'entendait jusque sur le champ de fouilles et que l'individu qu'il détestait le plus au monde était Maurice Ravel. »

Elle prononça ces paroles sans le moindre humour, Bembo la regarda plus attentivement, d'un œil professionnel. Il s'étonnait toujours qu'elle persistât à appeler son amant par son patronyme. En revanche, il trouvait symptomatique et inquiétant qu'elle imputât à Thomas Bald une idée fixe qui l'obsédait elle-même depuis des mois. Depuis combien de temps au juste ? se demanda Bembo en observant la femme par-dessus ses lunettes. Fiora Capodilista tenait sa tête appuyée contre la toile de la chaise longue ; les yeux clos, elle semblait dormir. Devant ce front lisse, légèrement luisant de crème, scellé comme une urne, le docteur mesurait le consternant enfermement de l'être en lui-même. Entre l'intérieur et l'extérieur, presque rien ne circulait. Que pouvait espérer d'une telle forclusion l'esprit même le mieux informé des dernières techniques d'investigation ? Pendant quelques instants, aucune parole ne fut échangée. Bembo se sentit soudain très seul. L'air était doux, plein de chants d'oiseaux, mais une odeur indéfinissable, écœurante, pourrissait l'atmosphère. Sans quitter des yeux le front de la femme, le docteur respira profondément : cette odeur — il n'en connaissait que trop l'origine — semblait à présent émaner de là, de ce beau front de femme, comme si tout ce qui avait trait à *Gaspard de la nuit* et à Thomas Bald, les deux préoccupations majeures de Fiora Capodilista, fermentait sous l'hermétique ossature. Il se leva, posa sa main sur ce front impénétrable. La femme tressaillit mais n'ouvrit pas les yeux. Le contact sur sa peau de la main étonnamment fine et fraîche de l'obèse lui semblait angélique. « Bembo, dites-moi sincèrement, suis-je en train de... murmura-t-elle. J'ai peur. C'est à cause de Luella, vous comprenez, de Luella et de Bald... »

Le docteur ne pouvait se résigner à retirer sa main ; il regardait distraitement la surface du miroir d'eau où ondulaient des reflets mordorés, les filaments d'un or épais sur l'eau brunie par les mousses. Le liquide croupissait contre la margelle de granit ; cette psyché aquatique où jadis se mirait la linéaire splendeur de la villa Strizzi et qui ne réfléchissait plus aujourd'hui que sa propre opacité évoquait, dans l'imaginaire de Bembo, la trouble profondeur des âmes, les peurs et les cauchemars des deux femmes qui vivaient entre ces murs. Il eût été simple d'avouer enfin : Depuis que je suis entré pour la première fois dans cette demeure, il y a cinq ans, je vous aime en silence, Fiora. Ou encore : Oui, vous êtes en train de devenir folle, et cette folie vous livre à moi chaque jour davantage... Mais au lieu d'exprimer l'une ou l'autre de ces pensées, il dit d'un ton doctoral : « J'ai trouvé Luella très bien ce matin. En la voyant si calme, je n'aurais pas imaginé que Bald pût être absent. »

Fiora Capodilista échappa à sa main, bascula son buste en avant et se trouva assise inconfortablement, les genoux très hauts, les reins cambrés ; ses fesses moulées par la toile distendue de la chaise longue touchaient presque l'herbe. Elle tendit son visage en avant avec une moue de dégoût, huma l'air. « Cette abominable odeur ! Je ne m'y ferai jamais », dit-elle. Puis brusquement : « Vous regardiez le miroir d'eau, n'est-ce pas ? Il stagne. Souvenez-vous, lors de votre première visite, vous avez été émerveillé par sa limpidité. Il n'y avait pas un souffle d'air, la façade s'y reflétait impeccablement. Vous avez constaté : " On a envie de se tromper, de s'introduire dans cette image plutôt que dans la réalité. " Eh bien maintenant, nous sommes tous à l'intérieur de cette image. Et quelle image !... »

Elle montra l'eau vaseuse, les algues couleur de thé. Bembo faillit lui rappeler sa proposition d'envoyer l'un des jardiniers de la clinique, mais il se souvint à quel point celle-ci avait offensé l'orgueil de la femme. « Avez-vous jamais regardé attentivement le tableau qui se trouve au bas de l'escalier, dans le hall d'entrée, docteur Bembo ? demanda-t-elle en se levant à son tour. C'est le portrait de mon aïeul, Agostino Dini, à qui l'on doit l'existence de la villa. Un homme exceptionnel, il valait tous les condottieri de l'époque. Sa ressemblance avec Bald ne vous a pas frappé ? Elle est pourtant évidente. Jonathan Fairchild l'a remarquée au premier coup d'œil, mais il est peintre. En partie à cause de cette ressemblance, j'ai proposé à Bald de venir s'installer à la villa Strizzi. Je le lui ai proposé presque *immédiatement,* sans réfléchir, notez bien. Ce tableau est coupable. Il a été peint par Baccio Bandinelli, il a donc une certaine valeur et j'ai décidé de le vendre. »

Bembo lui fit alors remarquer que le regard de Bald était plutôt tourné vers l'intérieur, tandis que celui de l'aïeul projetait son moi directement vers l'extérieur — un authentique regard d'homme d'action. « Bah ! c'est une observation de psychiatre », répliqua Fiora Capodilista avec humeur.

Debout au bord du bassin sous un soleil d'une douceur émolliente, ils contemplèrent la perspective graduelle des collines voisines où les cyprès élevaient de loin en loin leur noirceur de fer de lance. Le plus beau pays du monde... songea Bembo non sans ironie. Il se demanda si Fiora Capodilista oserait lui suggérer d'acheter le tableau, il était à peu près sûr qu'elle y pensait en ce moment. Il se trompait. La femme se tourna vers la façade lumineuse de la villa Strizzi, regarda d'un œil dubitatif les chaînons d'angle en *pietra serena,* de proportion si parfaite qu'ils niaient paisiblement mais sans concession les préoccupations humaines, et elle songeait à ces quelques mesures trop difficiles à jouer où la tonalité passe soudain du majeur au mineur, comme l'on glisse parfois de l'éveil au sommeil, sans s'en rendre compte. Elle sortit en sursaut de sa rêverie quand Bembo lui proposa timidement : « Ce tableau, si vous vouliez me le vendre... Je le verrais bien dans mon bureau, à la clinique. »

L'embarras soudain du docteur tenait à sa crainte que la femme ne découvre l'ambiguïté de sa proposition. Elle le regarda d'un air faussement étonné. « Quoi ? Ne me dites pas que vous souhaitez avoir tous les jours la tête de Bald sous vos yeux ! Du reste, je ne peux pas vous le vendre après ce que vous avez fait pour Luella pendant deux ans. Et comme je ne peux vous le donner puisque j'ai besoin d'argent... Laissez-moi réfléchir, c'est très gênant. » Mais elle ne paraissait pas gênée, elle le dévisageait avec une attention un peu moqueuse. Ce qu'elle devinait de ses pensées, Bembo n'en savait rien ; il aurait voulu parler franchement de ce qui le tracassait, il ne savait comment s'y prendre et cette incapacité portait une ombre sur sa vie.

Peu de temps après l'arrivée de Thomas Bald à la villa Strizzi, à la fin du printemps 1965, Fiora Capodilista avait organisé un déjeuner en l'honneur de l'archéologue. Bembo et le peintre Jonathan Fairchild furent invités. Le docteur se souvenait bien de ce jour-là, il avait accepté de se rendre au déjeuner à contrecœur, persuadé que Fiora, sachant qu'il l'aimait, l'invitait par malice. Chacun attendait que Thomas Bald parlât de lui-même car nul ne savait rien de cet être énigmatique ; mais il ne fut question que de la reprise des fouilles interrompues dix ans plus tôt par l'extension de la banlieue nord de Florence, de l'usine de pneumatiques que l'industriel Marcello Valverde projetait de construire sur ce terrain et de l'intercession personnelle du prince Aldobrandini auprès du ministre de la Culture qui avait permis la réouverture du chantier. Son érudition, sa bibliothèque et ses collections d'art valaient souvent au prince d'être comparé à Frederico Montefeltro, duc d'Urbino. Bald s'était lié d'amitié avec lui peu après la guerre et, accédant ainsi à sa bibliothèque, il put poursuivre ses recherches sur le poète latin Publius Optatianus Porphyrius. Or Bembo ne pouvait expliquer aujourd'hui à Fiora Capodilista pourquoi, dès cette première rencontre, il ressentit pour Thomas Bald une sympathie inconditionnelle. Il lui avait suffi d'un instant pour percevoir que l'archéologue appartenait à cette espèce d'hommes en lutte perpétuelle contre la société et qui, trop préoccupés d'eux-mêmes et capables de ne se consacrer qu'à des idéaux abstraits, s'enferment toujours davantage dans la solitude. Mais au cours de ce même déjeuner, Bembo comprit brutalement que sa passion pour Fiora Capodilista n'avait aucune chance d'être un jour partagée. Par une étrange disposition d'esprit, il décida alors qu'il vivrait désormais cet impossible amour par l'intermédiaire de Bald. En très peu de temps, cette identification ambiguë instaura entre eux une amitié muette, souterraine et complexe, assez intime toutefois pour justifier la présence du tableau dans le bureau du docteur. « Ce n'est pas le portrait de Bald que je vous achèterai mais celui de votre ancêtre, Agostino Dini », dit-il enfin à Fiora Capodilista qui le dévisageait encore, mais à présent sans la moindre raillerie. Tout à coup, elle éclata en sanglots.

Bembo demeura stupide à ne savoir que faire ou que dire. Un élan le précipita vers la femme qui le repoussa sans ménagement. Alors d'une voix sévère et tonnante, il ordonna : « Ça suffit à présent ! Cessez cette comédie ! »

Fiora Capodilista s'arrêta aussitôt de pleurer, mais elle se mit à divaguer. « Quel malheur est entré dans cette maison, docteur, pardonnez-moi, mais pourquoi justement ici, pourquoi chez moi ? gémit-elle. Toutes ces ténèbres autour de nous ! Regardez : c'est le printemps et pourtant il y a toutes ces ténèbres... Pourquoi notre histoire est-elle si cruelle ?... » Elle posait sur Bembo un regard implorant. Il la prit par les épaules et tous deux se mirent en route vers la villa, lentement, aussi lentement que les larmes coulaient des yeux de Fiora Capodilista. Tandis qu'il regardait ses pieds fouler l'herbe haute de la pelouse, le docteur éprouvait le sentiment étourdissant de marcher ainsi depuis des temps immémoriaux et la fébrile certitude qu'ils marcheraient encore dans les siècles à venir, serrés l'un contre l'autre mais séparés par des années-lumière. De sa voix la plus convaincante, il dit : « Ne vous tourmentez pas, Fiora, nous finirons par voir clair dans tout cela... » Puis il sentit que la femme souhaitait à nouveau parler et qu'il devait l'écouter sans impatience. « Je partage tous les soucis de Bald, vous le savez, commença-t-elle plus calmement. Il n'y prête pas la moindre attention, il ne me voit pas, ne m'entend pas et, quand il me regarde, c'est la preuve de mon inexistence que je découvre dans ses yeux... »

Bembo connaissait les difficultés auxquelles l'archéologue se heurtait à présent. Marcello Valverde, propriétaire du terrain, réclamait un loyer exorbitant que nul ne pouvait contester, pas même les Monuments historiques, car les soutiens politiques dont il jouissait lui conféraient un pouvoir quasi discrétionnaire dans la zone industrielle ; depuis quelques semaines, on parlait à nouveau d'arrêter les fouilles, définitivement cette fois-ci, et Valverde attendait les prochaines élections pour placer à la tête de la municipalité un homme dévoué qui sache démontrer avec autorité au ministère les nombreux avantages économiques que la construction d'une usine apporterait à la région. « Le prince est à nouveau intervenu mais en vain. D'ici l'automne, Valverde aura gain de cause », poursuivit Fiora Capodilista. Puis elle enchaîna sans transition, comme si l'évocation d'Aldobrandini offrait la clé donnant accès à une chambre interdite qu'elle observait depuis longtemps par le trou de la serrure. « Bald m'humilie, il m'humilie chaque jour un peu plus, docteur Bembo. Il me rend vile à mes propres yeux. Peut-être le suis-je vraiment, peut-être me vois-je par les yeux de Bald telle que suis en réalité. Il sait faire apparaître tout ce qu'il y a de mauvais en moi, la jalousie, la suspicion, la haine... Il est convaincu que je suis une médiocre pianiste, il ne me l'a jamais dit mais je suis sûre qu'il le pense... »

Ils étaient parvenus devant la grande porte. Dès qu'ils l'eurent franchie, la femme s'arrêta et, pendant quelques secondes, elle promena un regard étonné sur l'escalier monumental, le recouvrement de marbre fissuré, la rampe au pilastre brisé, elle observa avec incrédulité les lambris moisis par l'humidité des hivers, comme si elle pénétrait chez elle pour la première fois. Puis elle se mit à rire. Bembo tressaillit. Le grand hall de la villa Strizzi hébergeait une présence vibrante et multiple, les mânes rassemblés de tous ceux qui y avaient vécu et que le rire de la femme secoua de leur torpeur fantomale. Là, sur le dallage en damier de marbre bicolore aux angles éclatés par les sabots de ce cheval emballé qui, un matin de l'été 1620, entra au

49

galop dans la villa après avoir désarçonné son cavalier, rougissait encore le sang du condottiere Domenico Montemartini, poignardé par son fils aîné. Fiora Capodilista s'approcha du portrait de l'ancêtre. Bembo éleva les yeux et, sur la fresque lépreuse qui courait sous le plafond de la cage d'escalier, il vit une naïade sortie du pinceau de Meucci bouger imperceptiblement son corps nu à demi effacé. Le chant des oiseaux résonnait jusqu'ici, mais telle une image sonore effacée elle aussi — le chant des oiseaux d'antan dont bruissaient les forêts mythologiques. « Vous le savez, certaines mauvaises langues affirment que tout de suite après la guerre Thomas aurait entretenu des relations... des relations avec le prince Aldobrandini... »

Fiora Capodilista semblait s'adresser directement au portrait goudronneux et inquisitorial d'Agostino Dini. Bembo la rejoignit devant l'aïeul, stupéfait, car pour la première fois, il entendait la femme appeler Bald par son prénom. « Ce sont des ragots », dit-il. Puis il retira ses lunettes et considéra le tableau plus attentivement. « Bald et le vieil Aldobrandini... susurra Fiora Capodilista qui repartit d'un rire amer. En voyant Bald pour la première fois, j'ai tout de suite pensé qu'une paix ample et tranquille logeait en cet homme, mais une paix capable d'élans irrépressibles, comme la houle après la tempête, quand le ciel est pur, la mer encore soulevée par les vents. Cette paix, docteur Bembo, je l'ai voulue. Je l'ai voulue à tout prix chez moi, à la villa Strizzi, et d'une façon plus intérieure, en moi. Quand j'ai vu Bald dans l'allée de cyprès, je me suis dit : toi, tu finiras tes jours ici, nous finirons ensemble sous la douce tutelle de ta paix. Mais c'est la guerre qu'il m'a apportée, une guerre pareille à la paix que j'attendais, ample, tranquille, irrésistible !... »

Bembo demeura silencieux. Une phrase lue ou

entendue il ne savait plus où lui trottait par la tête : « *Les chercheurs d'or remuent beaucoup de terre et trouvent peu d'or.* » Une torpeur morne les figea longtemps devant Agostino Dini, puis un lointain bruit de moteur leur parvint. « Ah ! Voilà Fairchild, dit Fiora Capodilista. Vous souvenez-vous de ce déjeuner où Jonathan a demandé à Bald de poser pour lui ? Le pauvre travaille toujours à ce portrait, il n'arrive à rien, tout lui échappe : la bouche, le nez, la tête tout entière... Cela doit faire maintenant un an et demi qu'il s'acharne. » Au-dehors, une portière claqua, un moment s'écoula avant que les pas de Fairchild ne crissent sur le gravier. « Oui, je me souviens, je me souviens très bien », dit à mi-voix le docteur. Il se souvenait en effet mot pour mot de ce que le peintre avait dit à Bald au cours de ce repas, car cela l'avait frappé : « Vous avez une tête de brute, parfois vous avez l'air d'un vrai voyou. Si je pouvais vous peindre tel que je vous vois en ce moment et qu'un flic tombe sur cette toile, il vous bouclerait immédiatement. » Depuis lors, Bembo avait rencontré plusieurs fois Fairchild à Florence et il avait appris du peintre que, contrairement à la règle du silence qu'il semblait s'imposer dans la vie quotidienne, Bald ne cessait de parler pendant les séances de pose, en sorte que Jonathan détenait vraisemblablement les secrets de cet homme, mais pour ainsi dire à son insu car, tandis qu'il peignait, il était trop absorbé pour écouter vraiment.

Le docteur restait à présent comme médusé par le regard accusateur de l'aïeul — une accusation portée sur l'ensemble de l'humanité et sur Celui qui l'a créée — et il entendit à peine ce que Fiora Capodilista lui souffla à l'instant où Fairchild apparaissait bruyamment dans le hall : « Peut-être vous vendrai-je ce tableau, docteur Bembo, peut-être. Je dois y réfléchir... »

51

1960

Le miroir d'eau de la villa Strizzi était achevé depuis seulement quelques jours quand Fiora Capodilista décida de rendre visite à Jonathan Fairchild. Elle n'avait vu ses œuvres que dans les musées, ne savait rien de lui, sinon qu'il était considéré partout comme un grand artiste et qu'il vivait depuis cinq ans dans la chapelle romane du hameau abandonné de San Leolino, sans eau courante ni électricité, dans un lieu que seuls les bergers fréquentaient. Cette dernière précision ne correspondait pas exactement à la réalité car quelques Florentins, amateurs de solitude, possédaient des maisons de week-end dans les parages, assez près de San Leolino pour qu'ils pussent entendre, les nuits où le vent soufflait dans leur direction, les imprécations que Jonathan Fairchild hurlait aux étoiles dans ses terribles soûleries. Ces imprécations, dont elle avait eu l'écho, la retinrent longtemps d'aller rendre visite à cet homme aperçu plusieurs fois dans une rue de Florence ou de Sienne. Mais quand le miroir d'eau fut rempli, quand la façade de la villa Strizzi apparut à sa surface, Fiora Capodilista jugea dans son émerveillement qu'une telle beauté ne pourrait laisser un peintre indifférent ; triomphant de sa timidité et de sa crainte, elle informa son mari, le banquier Roberto Capodilista, qu'elle s'en allait trouver Fairchild pour lui commander quelques dessins de la villa Strizzi.

Trop préoccupé par la mauvaise marche de ses affaires, Roberto Capodilista ne pouvait à cette époque s'intéresser à une telle fantaisie ; le soir au dîner, lorsque Fiora lui parla de son après-midi à San Leolino, il n'y prêta pas davantage attention, il écouta distraitement, soucieux seulement de cacher ce qui, sur son visage, pouvait transparaître de ses problèmes. Ils étaient attablés sous les voûtes de la loggia à la lueur des photophores, frôlés par une nuit bruissante et tiède dans l'odeur balsamique des pins et des cyprès. Le ciel était noir et vide, la campagne alentour tout enténébrée. Un chien hurlait à intervalles réguliers, ces hurlements rejoignaient la voix basse de Fiora Capodilista, lugubre composante sonore de l'obscurité sans étoiles. Chaque fois que le chien hurlait, Luella levait le nez de son assiette, regardait silencieusement sa mère tandis qu'au-dessus d'elle les phalènes obnubilées par la lueur des photophores se cognaient contre la chaux des voûtes. (Des mois plus tard, quand Fiora Capodilista évoquera cette soirée avec le docteur Bembo ou avec Thomas Bald, ce seront le regard grave de sa fille, le mouvement précipité des ombres et les hurlements lointains du chien qui s'imposeront à sa mémoire.) A l'autre extrémité de la table, derrière la flamme des chandelles, son mari disparaissait à demi sous un tulle lumineux. « La route ne va pas jusqu'à San Leolino, il faut emprunter un chemin de pierre à peine carrossable, j'ai laissé la voiture en bas et je suis montée à pied, dit-elle. Jonathan Fairchild a une jeep... »

Cette jeep fut pour elle la première preuve tangible de l'existence du peintre. Elle la trouva au milieu du chemin, à une cinquantaine de mètres de la chapelle. Le hameau en ruine — quelques pans de murs broussailleux, un puits, la charpente d'une toiture effondrée et des tuiles brisées, éparpillées comme les plumes d'un oiseau abattu — disparaissait sous la végétation. Élevée au centre d'une aire déboisée d'où la vue embrassait les collines environnantes, la chapelle, étroite et haute, tendait de toutes ses pierres vers le silence du ciel. Fiora Capodilista en fit le tour, appelant en vain, puis elle entra. De l'intérieur, la nef prenait des dimensions insoupçonnées : ayant pénétré dans un bâtiment modeste, on se trouvait soudain dans un espace vertigineux. Une mezzanine de bois en occupait la largeur, très haut au-dessus du chœur, un escalier de meunier sans rampe y grimpait périlleusement. Cet escalier éveilla aussitôt la curiosité de Fiora Capodilista, elle se demanda comment Fairchild le descendait quand il était ivre. Deux vilaines ouvertures vitrées orientées au nord béaient dans des murs qui s'élevaient sur une douzaine de mètres de hauteur et de la mezzanine, construite plus près du toit que du sol, une chute eût été mortelle. Ce nid d'aigle constituait la partie habitable du lieu et l'atelier occupait toute la surface au sol. Une lumière cuivrée filtrait de plusieurs meurtrières ouvertes dans l'épaisseur fortifiée de la pierre et rencontrait, au centre de la nef, comme deux fleuves confluent sans mélanger leurs eaux, la clarté verticale et froide des baies. Il régnait là une quiétude et un recueillement inattaquables. Comme Fiora Capodilista l'expliqua le soir au dîner, elle se sentit soudain très proche — plus proche qu'elle ne le serait jamais — d'une plénitude recherchée en vain depuis toujours dans la musique. Elle se laissa choir dans l'un des deux fauteuils, devant la structure grêle d'un chevalet vide et près d'une chaise de bois grossier — cette même chaise où, quatre ans plus tard, Thomas Bald prendra place tandis que Fairchild, sur ce même chevalet, travaillera à son portrait. Laissant son regard errer dans le volume de la nef, elle demeura sans penser à rien pendant quelques minutes, presque heureuse, jusqu'à ce que l'un de ses innombrables moi lui fît comprendre qu'il était inutile d'espérer même frôler le bonheur, que cette plénitude merveilleuse et ce recueillement qui la comblaient ne lui appartenaient pas car elle ne les méritait pas. Sentant la porte ouverte dans son dos, elle craignit alors que Fairchild ne la surprenne chez lui, installée sans gêne dans son fauteuil, comme une *nymphe offerte par la Providence*. Elle se leva, appela une fois encore. Alors le silence lui parut plus substantiel, presque lumineux.

« Je n'avais pas d'autre désir que rester là, seule, blottie dans un coin jusqu'à la fin des temps », tenta-t-elle d'expliquer à Roberto Capodilista qui maintenant plongeait une lame dans la pulpe d'une grenade. « Tu vois, je ne demande pas grand-chose à la vie », ajouta-t-elle avec trop d'humilité, en sorte que le banquier se sentit obligé de manifester quelque attention. « Au contraire, tu demandes tout », dit-il. Et ce furent les seules paroles qu'il prononça jusqu'à la fin du repas.

Fiora ne resta pas immobile aussi longtemps qu'elle l'eût souhaité. Elle ressentit tout à coup l'urgence de sortir de l'atelier et, lorsqu'elle se retrouva au-dehors, étourdie et aveuglée dans un chaos de rumeurs, d'odeurs et de formes, elle entendit une voix d'homme retentir quelque part derrière la chapelle. Elle parvint devant un bois de chênes verts dont les dernières branches cachaient en partie le mur arrondi du chœur de la chapelle. Lointaine, la voix psalmodiait en modulant dans un sabir incompréhensible où elle reconnut bientôt des consonances anglo-saxonnes. Fiora Capodilista s'avança dans le bois jusqu'à une murette de pierres sèches et là, elle vit l'avion.

Quatre ans plus tard, au début de l'été 1965, quand elle présenta Jonathan Fairchild à Thomas Bald, elle souligna que, lors de sa première rencontre avec le peintre, elle avait trouvé celui-ci assis dans un avion, en pleine forêt de chênes, récitant des vers de T.S. Eliot. Elle vit donc l'avion et l'homme installé aux commandes, entouré de tôle rouillée jusqu'aux épaules, la tête seule dépassant, comme s'il siégeait là, le manche à balai entre les genoux, depuis un jour quelconque de l'année 1944 où l'engin, touché par un shrapnel, était venu s'abîmer sur la colline. Coincé entre deux arbres dans une telle position qu'il semblait près de s'envoler — n'eussent été les ailes arrachées où demeurait, parfaitement visible, la cocarde britannique —, le fuselage presque intact pointait au ciel un nez encore nanti de son hélice et Jonathan Fairchild adressait ses poèmes aux nuages.

« Quand il découvrit l'avion, peu après avoir acheté la chapelle, il trouva les squelettes des deux pilotes dans le cockpit », dit Fiora Capodilista en se haussant sur sa chaise pour observer, par-dessus le halo des photophores, la réaction de son mari. Il n'en eut aucune. Roberto Capodilista avait mangé sa grenade, il fumait en fixant le mur noir que la nuit élevait contre les arcades de la loggia et, chaque fois que le chien hurlait, il tressaillait imperceptiblement. Repoussant l'un des photophores, elle l'observa plus attentivement et, alors, elle vit qu'une ombre s'épanouissait en cet homme, une ombre qui l'emplirait bientôt tout entier. Elle n'en éprouva aucune appréhension mais, au contraire, une sorte de soulagement. Croisant le regard intense et dur de sa fille, elle comprit que Luella, si jeune fût-elle, devinait elle aussi ce qui se passait chez son père et qu'elle en imputait directement la responsabilité à sa mère. Ceci traversa l'esprit de la femme en une seconde, car depuis des années — depuis la première caresse —, elle mesurait avec une clairvoyance d'augure le délabrement qui n'avait cessé de s'aggraver dès l'instant où Roberto avait posé ses lèvres sur les

siennes pour la première fois : cette volupté ne signifiait pas un commencement mais une fin. « Jonathan a
retiré lui-même les squelettes tout habillés de la carlingue, dit-elle avec provocation, sans se départir de
son sourire. Quand il a empoigné l'un d'eux, tous les os
ont dégringolé au fond de l'avion et les vêtements sont
tombés en poussière... »

Fairchild avait coutume de passer quelque temps
chaque jour dans le cockpit de l'avion à méditer, à
chanter ou simplement à boire, selon son humeur.
Lorsqu'il aperçut la femme qui le regardait d'un air
amusé, il resta d'abord pantois, puis sa colère éclata. Il
bondit hors de la carlingue, marcha droit sur elle. Mais,
devant la mine soudain terrorisée de Fiora Capodilista,
il se calma d'un coup, devint tout rouge, lui montra
l'avion d'un geste penaud et bafouilla en mauvais italien : « C'était un avion de reconnaissance britannique... », comme s'il l'avait lui-même abattu en jouant
avec un canon... Ils regagnèrent la chapelle sans
échanger une parole.

Dans l'atelier, la femme lui expliqua le motif de sa
visite. Il la regarda, ahuri, puis il éclata de rire. « Des
dessins de votre maison ? Allons donc ! Et pourquoi pas
aussi un portrait de votre chien ? Savez-vous que les
personnages les plus en vue de la planète rêvent d'être
un jour peints par moi et qu'ils paieraient des millions
de lires pour ça ? Et vous me demandez de dessiner
votre maison ! » Il lui offrit cependant à boire. Quand
son hilarité se fut apaisée, il continua de la regarder
d'un air goguenard. « La villa Strizzi n'est pas
n'importe quelle maison, elle a été construite en 1530 et
c'est Michel-Ange qui en a dessiné les plans, dit-elle
enfin. Il n'a pas jugé humiliant, lui, de dessiner les
plans d'une maison patricienne... » Le peintre la considéra différemment, avec curiosité, et il fit une remarque

si juste, qui exprimait si bien ce que la femme ressentait souvent, qu'elle ne trouva rien à dire : « Je suis sûr que, d'une certaine manière, vous ressemblez à votre maison. C'est donc vous que je vais peindre. »

Ils se trouvaient chacun assis dans un fauteuil, presque côte à côte. Il attendit sa réaction en l'observant à la dérobée. Elle lui offrait un profil si pur, à la carnation si délicatement nimbée de lumière qu'il en oublia bientôt tout le reste. Un peu de la beauté transcendantale et abstraite de la nef imprégnait le corps de la femme dont la vie charnelle rayonnait sur l'ensemble du lieu ; et de cet échange naissait une métaphysique sensuelle, une qualité esthétique de l'instant si émouvante que le peintre eût aimé voir ces secondes se prolonger indéfiniment. « Eh bien, d'accord... » répondit Fiora Capodilista après une longue réflexion. Fairchild se leva brusquement, se mit à marcher de long en large. Puis, tout à coup, il proposa à la femme de lui montrer quelques-unes de ses œuvres anciennes auxquelles il tenait beaucoup et qui n'étaient pas à vendre. Il la pria de le suivre. Ils grimpèrent directement sur la mezzanine, Fiora Capodilista collée au mur, les yeux baissés sur les marches pour ne pas voir le vide.

« Nous sommes arrivés en haut et, brusquement, nous nous sommes trouvés devant son lit, dit Fiora Capodilista en fixant avec provocation son mari. Nos regards se sont croisés, nous avions tous les deux envie de... Il a vacillé, du moins, je crois, et nous avons failli basculer l'un sur l'autre. Puis il est allé chercher un classeur et m'a montré des eaux-fortes... »

Jonathan Fairchild montra ses œuvres rapidement, sans commentaire, puis il referma le classeur et ordonna presque méchamment : « Redescendons. » Les baies déversaient à profusion une clarté grêle et infaillible qui coulait de marche en marche. Fiora Capodilista descendit le vertigineux escalier pas à pas, comme si le vide montait doucement à sa rencontre. « Comment faites-vous pour redescendre quand vous êtes ivre ? » s'entendit-elle demander dans un murmure. Le peintre ne répondit pas ; il ne semblait pas avoir entendu et elle n'osa ni se retourner ni répéter sa question. Quand ils eurent atteint les dernières marches, il dit : « Je bois en bas, puis je monte me coucher à quatre pattes, comme une bête. » Elle hocha la tête silencieusement. A présent qu'elle se retrouvait sur le sol ferme, tout lui semblait sans importance, à part cette chaleur dans le ventre, la paix et le silence de l'atelier qui l'isolaient à nouveau en elle-même.

« Après la visite de la mezzanine, je suis retournée directement m'asseoir dans le fauteuil », dit-elle en s'adressant à la fois à son mari et à sa fille qui demeurait attablée dans une position hiératique, ses avant-bras maigres et bronzés posés dans la lueur insulaire des chandelles, obtuse, rébarbative. « J'avais des pieds à la tête envie de jouer, une envie impatiente, douloureuse comme une crampe. Et tout à coup, avec son air faunesque, Fairchild m'est apparu tel un saint. Un saint profane, fruste, sensuel, mais un saint qui vivait une ascèse incomparable dans ce monde de jouissances immédiates, de matérialité et de veulerie », poursuivit Fiora Capodilista en considérant sans aucune gentillesse son mari qui acquiesça machinalement, plaça sa main devant sa bouche et bâilla. « Et moi aussi, je suis une sainte, Roberto ! Lui et moi, chacun par notre fidélité à notre art, par notre obstination, nous sommes de la race des saints, et tous nos péchés, toute notre faiblesse ne nous ôteront pas notre sainteté... Voilà ce que je pensais — et je le pensais avec tant de conviction que j'étais prête à me mettre à genoux devant lui et à lui baiser les pieds... »

Mais il ne se passa rien de tel. Ayant retrouvé l'usage

de la parole, Fiora Capodilista constata simplement :
« J'aime votre atelier, sa paix, son recueillement. »
Fairchild regarda autour de lui avec une moue dubita-
tive. « Vous ne pouvez pas le savoir, mais il se passe ici
des choses terribles et insignifiantes, madame, dit-il
d'un ton confidentiel. Parfois, je me place là-haut, où
nous étions tout à l'heure, je regarde mon chevalet, la
toile en cours, l'atelier dans son ensemble. Il n'y a que
les murs et la lumière qui soient vrais. Vous croyez que
je crée des formes ? Vous vous trompez : je détruis tout
avec un beau courage. » Pendant ce temps, il avait pris
place devant elle sur un siège pliant ; à grands traits
nerveux et désordonnés, il commença sur un cahier à
dessin l'esquisse d'un portrait. « Il faut d'abord que je
vous rassemble dans quelques lignes de force, que vous
ne vous échappiez pas de tous côtés ; dit-il. Le plus difficile est de trouver ces lignes. Après, elles ne sont plus
nécessaires, on peut les négliger... » Dès que Jonathan
Fairchild eut parlé de ces lignes où il voulait l'enfermer,
la femme songea au lit où ils avaient failli rouler un instant plus tôt et son regard monta jusqu'à la mezzanine.
Il a raison de vouloir me « rassembler », songea-t-elle,
je m'éparpille pour un rien. Fairchild lui demanda de
conserver cette expression et de ne plus bouger. Il dessina encore pendant quelques minutes puis, lançant sur
les genoux de la femme un croquis où elle n'osa même
pas espérer se reconnaître, il déclara : « Je dessinerai
une bonne centaine d'esquisses comme celles-ci avant
de commencer le portrait. Il faudra que vous veniez
tous les jours ici dès demain, entre seize heures et dix-
huit heures. »

Quand ils sortirent de la chapelle, les monts absor-
baient dans leurs plis une ultime portion de soleil. Ils
assistèrent à cette disparition toujours recommencée
avec l'émerveillement béat de qui aurait voyagé long-

temps aux confins du cosmos et retrouverait la Terre. Puis Fairchild proposa à Fiora Capodilista de l'accompagner en jeep jusqu'à sa voiture. Le peintre conduisait comme une brute. Pendant qu'ils dévalaient le chemin de pierre, la femme, cramponnée à son siège, aborda la question du prix du portrait. Fairchild dit que, compte tenu de l'intérêt plastique du modèle, il consentirait à un arrangement ; puis il estima un prix très approximatif qui parut exorbitant à Fiora.

« Quinze millions de lires environ, c'est tout à fait ridicule ! Cette somme suffirait à restaurer une grande partie du toit et à refaire tous les frontons des fenêtres, dit-elle à Roberto Capodilista. D'ailleurs, je n'ai pas envie de ce portrait... »

Depuis quelques instants, le chien ne hurlait plus. Le dernier domestique, maintenant homme à tout faire, desservait avec une lenteur et une placidité méridionales. Fiora Capodilista commanda à sa fille d'aller se coucher ; son mari se leva, il alla s'adosser à la balustrade et demeura ainsi, appuyé contre la nuit, bras croisés, face à son ombre immense qui oscillait sur les arcades, comme si elle allait soudain s'affaisser sur lui et l'étouffer. Il ne semblait savoir que faire ni où aller. « Tes ancêtres ont tous été peints, dit-il. Tu ne peux pas te soustraire à ce rituel, toi, l'artiste de la famille... »

Oui, les ancêtres étaient là, alignés dans le panthéon obscur et lézardé de la villa Strizzi ; forclos dans la lourdeur ouvragée des cadres, ils attendaient patiemment Fiora Dini-Capodilista. Elle frissonna, quitta la table à son tour. « J'ai invité Jonathan Fairchild à dîner demain soir », dit-elle. Le banquier approuva avec une indifférence que plusieurs dizaines de millions de lires n'auraient pu ébranler. « Je ne serai pas là, mais cela n'a aucune importance, vous parlerez d'art sans moi. A propos d'art, où en es-tu à présent ? »

Roberto Capodilista aimait la musique, comme il appréciait sincèrement la peinture et l'architecture, par un goût inhérent à un patrimoine culturel séculaire et raffiné ; mais il ne faisait allusion aux arts que lorsque ceux-ci devenaient l'objet d'un marché le concernant directement. Il avait organisé et financé plusieurs concerts pour sa femme sans jamais s'enquérir de ses préoccupations artistiques profondes car il considérait que son ingérence dans un domaine si personnel serait nuisible autant à elle qu'à lui. Fiora Capodilista qui ne s'attendait pas à une question aussi directe mit un certain temps à répondre. « J'ai momentanément abandonné Scriabine pour travailler Ravel, dit-elle enfin. Notamment une des œuvres les plus difficiles du répertoire... »

Roberto Capodilista ne posa pas d'autres questions. Mais tandis qu'elle continuait sur sa lancée à parler de *Gaspard de la nuit,* la femme eut soudain le pressentiment qu'il existait une occulte conjonction entre cette œuvre avec laquelle elle allait vivre pendant des mois et l'ombre surprise tout à l'heure sur son mari, le pressentiment que la voix secrète de cette musique lui soufflait un terrible avertissement.

Première lettre de Publius Optatianus Porphyrius écrite au début de son exil, en 370, à Oribase, médecin de Julien l'Apostat. Publius semble avoir toujours ignoré qu'Oribase était déjà mort, assassiné dans une rue de Tarse par des chrétiens fanatiques alors qu'il se rendait sur le tombeau de Julien.

CCCLXXIV. « Il me plaît de t'écrire pour parler du passé puisqu'il ne reste que lui. A présent que je suis en exil par la faute d'une femme, je pense à la diversité infinie des infortunes qui frappent les hommes et aux multiples façons qu'un caractère fort a de transformer celles-ci à son avantage. Je ne serai pas hypocrite, Oribase : dans cette lettre, je te parlerai de Julien mais, à travers lui, il ne sera question que de moi.

» Je l'ai connu en 353 à Athènes où il était en exil, lui aussi par la volonté d'une femme. Mais cet exil allait dans le sens de ses désirs tandis que le mien est le fruit amer de la trahison. Dans sa mansuétude, l'impératrice Eusebia qui connaissait les goûts de Julien pour la philosophie, les religions et les sciences parvint à convaincre Constance de l'envoyer en Grèce. De la cour de Milan, où l'empereur le retenait prisonnier, où il vivait quotidiennement dans la crainte de subir le sort de son frère décapité dans sa geôle comme un vil brigand, Julien passa à la lumière de l'Attique. Il avait vingt-deux ans et moi vingt-six. Nous nous rencontrâmes à l'Académie, ce fut tout de suite l'amitié. Pourtant, nous étions lui et moi condamnés, Oribase : notre refus du siècle venait du siècle qui nous refusait. A Athènes, je méditais déjà sur ce refus, sur cette condamnation, mais dans une forme poétique ; plus tard, quand Julien Auguste installa sa cour à Antioche, j'y songeais en termes politiques et religieux. Maintenant, la condamnation prononcée et le refus consommé, quand il m'arrive d'y penser encore dans ma retraite d'Étrurie, ce sont ces mots qui me viennent : " Tout sera jugé et dévoré par le feu qui vient. "

» Dans mon péristyle où travaille l'artiste sicilien que j'ai fait venir de Syracuse, je regarde souvent le soleil à travers un verre fumé. Il préside aux révolutions périodiques et les surveille, il délimite, distribue, suscite et manifeste les métamorphoses et les saisons qui apportent tout. Bien avant que Julien abjure le christianisme et soit initié au culte solaire, nous savions cela. J'étais païen par ma famille, sûr déjà de ne jamais trouver de religion à ma convenance — une religion dont la sagesse tiendrait à distance les abus des dieux sans abolir leurs bienfaits. En préférant Homère, Hésiode, Aristote et Platon à Christ, mes parents restaient dans la tradition et faisaient le choix le moins mauvais. Quant à moi, à l'instar de mon maître Diogène, je me sentais sans cité, sans maison, sans patrie et la tyrannie d'un Dieu unique m'était suspecte. A Athènes, Julien qui devait être moine se détourna de ce Dieu unique dont les théologiens lui avaient enseigné la toute-puissance pour chercher dans le panthéon grec des dieux dignes de son adoration. Nous étions jeunes, j'admirais sa ferveur, mais ne pouvais la partager entièrement. La religion qu'il adoptait soudain afin de combattre l'obscurantisme des chrétiens brillait pour lui de tous les charmes de la nouveauté ; pour moi, elle était celle de tous les jours. Les philosophes, les sophistes, les maîtres d'éloquence de l'ancienne Hellade nourrissaient mon esprit, mais les dieux ne m'inspiraient plus de sentiment, excepté celui auquel nul ne peut rester indifférent, qui est la vie même et sans lequel nous sombrerions dans les ténèbres glacées, *Sol invictus*, Gardien des astres. En son honneur, Julien écrivit quelques années plus tard son discours sur le roi Soleil ; aujourd'hui, je lui consacre cette mosaïque qui rayonnera dans toute ma demeure et au-delà.

» " Le Soleil, me confia un jour Julien avec l'expérience qu'une obscure jeunesse vécue dans la réclusion, la félonie et le meurtre avait mûrie en lui, le Soleil est celui de tous les dieux que j'ai supplié le premier. " Si mon exaltation semblait plus pondérée, nous partagions ce sentiment : la haine de l'époque, de l'esclavage chrétien, de l'obscurantisme des sectes. La barbarie se rencontrait partout, à l'intérieur de l'Empire comme à ses frontières, les Germains s'apprêtaient à passer le Rhin, les Pictes et les Scots envahissaient la Bretagne, les troupes de Sapor menaçaient les frontières d'Orient. A la cour de Constance régnaient la concussion, la luxure, la prévarication et les eunuques menaient l'empereur à leur guise. Seule, pensions-nous, la lumière ravivée de l'antique raison dissiperait les ténèbres de ce chaos. J'admirais la foi vigoureuse de Julien sans imaginer qu'elle pût engendrer une action réelle. Un homme dénué de foi est un malheureux, me fit-il remarquer un jour en me demandant pourquoi la mienne paraissait si souvent émoussée. " Je ne suis sûr de rien, moi non plus, m'avoua-t-il, mais je veux l'être. La foi s'acquiert comme la connaissance. " Je n'avais

65

jamais parlé à Julien de moi-même car je tenais pour peu glorieux les débuts de ma vie d'homme. Lorsqu'on parlait de moi à Athènes ou à Constantinople, on disait communément " Publius le poète " ; mais, depuis certains événements dont Julien me demanda bientôt le récit, plus aucune œuvre n'était sortie de mon style, à l'exception d'aphorismes banals ou de réflexions philosophiques traditionnelles. A Constantinople, chacun connaissait la honte que je traînais avec moi ; à Athènes, j'étais un inconnu, voilà pourquoi j'avais choisi de m'y installer.

» Je quittai Antioche, ma ville natale, à la mort de mon père en 345 ; je n'y revins qu'en été 362, avec toi, Oribase, quand, proclamé empereur, Julien choisit cette ville pour séjour. J'aimerais maintenant t'apprendre, comme je l'appris naguère à Julien, comment je fus fauché en plein élan. Très tôt, j'eus conscience d'appartenir à une race d'hommes parvenue au bout de ses croyances et de ses espérances et sur le point de disparaître. Cette conscience douloureuse mais exaltante fit de moi un poète lyrique de qualité moyenne, sans génie, mais doté d'un talent qu'on me reconnut très tôt. J'étudiai pendant trois ans les lettres à Nicomédie, puis je décidai enfin d'aller vivre à Constantinople. J'avais hérité de mon père une petite maison non loin du faubourg de Chalcédoine et une fortune suffisant à consacrer mon temps à la poésie. Tout allait plutôt bien pour moi. L'inspiration me semblait intarissable, les sujets à traiter inépuisables. J'aimais les femmes, la débauche, je me mis à écrire des poèmes libertins et satiriques. Dans l'un d'eux, dirigé contre les chrétiens, j'eus la maladresse de mentionner la personne de l'empereur. Celui-ci décréta la saisie de ma maison, de tous mes biens, et me fit exiler dans une île de l'archipel. J'étais âgé d'à peine vingt-trois ans.

» L'île où l'on m'envoya n'avait pas de nom. Seuls quelques pêcheurs et une petite garnison y vivaient tant bien que mal, plusieurs marais la rendaient insalubre. Mes conditions d'existence étaient épouvantables. J'habitais une ancienne place forte abandonnée, exposée à tous les vents, glaciale en hiver, torride en été. L'île ne comptait pas un arbre. Au bout de quelques semaines, la fièvre me prit, la femme d'un pêcheur me soigna et me sauva d'une mort certaine. Guéri, je décidai de me sortir de là par n'importe quel moyen. Je choisis celui qui me sembla le plus approprié : tenter de rentrer dans les bonnes grâces de l'empereur. Le commandant de la garnison me fournit de quoi écrire. Condamné par l'écriture, je serai absous par elle. Il me fallait simplement trouver le style du dithyrambe ; or, je ne savais que celui de l'épigramme. Mais je ne doutais pas de posséder rapidement les tournures qui serviraient de clé pour ouvrir la porte de ma geôle. Ignorant dans quel asservissement honteux je me plongeais, je me mis au travail avec courage. Peu à peu, jour après jour, la poésie, autrefois évasion et plaisir, me devint servitude et répulsion. Je travaillai ainsi pendant plus d'un an, écrivant surtout la nuit pendant mes insomnies, expédiant à la cour éloge sur éloge, des œuvres de plus en plus complexes et tarabiscotées. Prenant dans l'œuvre de Virgile une certaine quantité de centons, je groupai les vers de façon à composer une ode qui louât l'empereur mais où l'on reconnaissait cependant le génie propre à ce poète. Je passai des nuits entières à travailler sur ce casse-tête. Quand je n'en pouvais plus de fatigue, de dégoût et de fièvre, je partais pour une longue promenade autour de l'île. Je voulais marcher à en mourir et, souvent, je tombais d'épuisement et m'endormais sur les pierres. Cette exténuation physique m'était une purification. A l'extrémité nord de

67

l'île s'élevaient de hautes falaises. Je songeai plusieurs fois à me jeter dans le vide, mais toujours quelque chose me retint. Aujourd'hui, de mon second exil, quand je vois le jeune homme que je fus oscillant devant l'immensité marine, je ressens la nostalgie de cette mort qui ne vint pas me prendre.

» Le commandant de la garnison m'apprit un jour que certains de mes poèmes avaient plu à la cour. Mais Constance resta muet. Je me lançai alors dans des tours de force de plus en plus absurdes. J'écrivis en l'honneur de l'empereur un dithyrambe dont les vers, de différentes longueurs, formaient des figures entières : une flûte pastorale, un orgue hydraulique, un autel à sacrifice dont la fumée était représentée par quelques courtes lignes inégales. Je composai, je ne sais comment, des poèmes quadrangulaires de vingt ou quarante hexamètres où certaines lettres, tracées à l'encre rouge, formaient à elles toutes un chrisme, une fleur, une arabesque, ou constituaient, à l'intérieur des carrés, toutes espèces de compliments à Constance. Les quatre derniers hexamètres pouvaient se lire de dix-huit manières différentes, de la fin, du commencement, du milieu, de côté, d'en haut, d'en bas, etc., et formaient dans tous les cas une louange à l'empereur. Quand j'eus achevé cet invraisemblable et monstrueux assemblage, j'étais sur l'île depuis près de deux ans.

» Une nouvelle crise de fièvre me fit alors délirer pendant des semaines. La femme du pêcheur qui m'avait sauvé envoya sa fille à mon chevet. Quand je sortis de cette maladie, j'appris que Constance, enthousiasmé par ma dernière œuvre, me tenait désormais pour l'un des plus grands poètes de l'époque. Le commandant de la garnison me remit une lettre de sa main mettant fin à mon exil. Au lieu de me réjouir, cette nouvelle me plongea dans une sombre tristesse, tristesse que je ressens encore certains jours, quand il m'apparaît plus clairement que notre existence n'est qu'un malentendu. On ne m'autorisa pas à regagner Constantinople et ni ma maison ni mes biens ne me furent restitués. Ayant le choix entre Antioche et Athènes, j'optai pour cette dernière cité.

» Dès lors, je décidai de renoncer à tout jamais à la poésie. Si l'esprit de l'époque m'avait permis de triompher de l'empereur par de fausses œuvres, de plaire à nos lettrés par d'habiles constructions rhétoriques, cela signifiait que, jusque dans les académies et les bibliothèques, la barbarie régnait. Car la barbarie ne se trouve pas seulement dans la férocité bestiale des guerriers germains ou des Huns, mais aussi dans les excès de raffinement d'une sensibilité exténuée. A Athènes, où je vécus dans une misère parfois insupportable, je me concentrai sur la philosophie et sur l'histoire. Jetant et brûlant ce qui concernait mon passé de poète, je fuyais toute compagnie où le nom de Publius était suivi de mon ancienne qualité. Je voulais placer ce qui me restait de vitalité au service d'une cause dépassant de loin les limites de mes préoccupations intimes. Quand je rencontrai Julien pour la première fois à l'Académie, je sus immédiatement qu'une destinée peu ordinaire attendait ce jeune homme.

» Je résolus donc de détourner mon regard de moi-même, de ne plus tracer un seul mot qui se rapportât de près ou de loin à ma propre existence, à mes opinions. Cette " Vie de Julien " à laquelle je travaille ici, en Étrurie, et qui est aussi *ma vie,* je crois l'avoir commencée en pensée le jour où mon ami, recevant de l'empereur l'ordre de le rejoindre à la cour, quitta Athènes convaincu qu'il allait à la mort. Or, Constance, qui avait massacré successivement presque tous les membres de sa famille, commit à son sujet une erreur fatale. Conseillé par Eusebia et persuadé que cette manœuvre le débarrasserait à jamais d'un hypothétique successeur, il décida de nommer Julien César, de le marier à sa fille Hélène, puis de l'envoyer délivrer et gouverner les provinces de la Gaule. Ce jeune homme, familier des livres et de l'étude, dénué d'expérience militaire, ne tarderait pas, pensait-il, à mourir dans une embuscade ou à être assassiné dans un complot. Il se trompait. Ayant revêtu la pourpre à Milan, Julien partit pour la Gaule à la tête d'une faible escorte. Il passa un hiver dangereux à Vienne d'où il m'appela à lui, me réservant l'emploi créé pour la circonstance de chroniqueur des armées. Je reçus cet appel en novembre, je partis le jour même, sans réfléchir un instant. J'atteignis Vienne en mars, épuisé, en haillons, pour y trouver un être en pleine métamorphose. Julien regardait manœuvrer ses troupes en soupirant : "O Platon ! Platon ! quelle occupation pour un philosophe !... " »

Thomas Bald pénétra pour la première fois dans le parc de la villa Strizzi au début du mois de juin 1965. Quelque temps après, quand Fiora Capodilista évoquera cet événement avec le docteur Bembo, elle lui montrera un agenda où, en date du 6 juin, était écrit : « *Arrivée d'un inconnu à la villa Strizzi. Une cinquantaine d'années environ, le type nordique. Homme indéfinissable mais puissant : il vient d'obtenir spontanément de Luella ce qu'elle nous refuse depuis des semaines.* »

Le prince Aldobrandini lui ayant vanté le charme et les beautés de la villa, Bald y grimpa un après-midi avant de se rendre sur le champ de fouilles. Il abandonna sa moto devant le portail ouvert pour s'engager, sans rencontrer quiconque, dans l'allée de cyprès. C'est là qu'un instant plus tard Fiora le découvrit en conversation avec sa fille, parlant tranquillement avec elle, à visage découvert, sans paraître le moins du monde gêné de se trouver dans une propriété privée et d'y évoluer comme s'il était chez lui.

Quand elle les aperçut de la maison, quand elle entendit sonner le rire joyeux de Luella — « qui, comme vous le savez, ne desserrait pas les dents depuis des mois, sauf pour lancer des imprécations », rappellera-t-elle au docteur Bembo —, elle pensa se trouver mal. Maria Perdutti, l'infirmière mise au service de Luella, venait de la tirer de sa sieste pour lui signaler que la jeune fille s'était enfuie. « Il faisait déjà très chaud, nous étouffions sous nos cagoules et il restait là, paisiblement, les mains dans les poches, à bavarder comme si de rien n'était. Pendant un instant, je crus que je dormais encore et que je rêvais. J'eus un moment de vertige et je pensai : Ainsi, ma fille se moque de moi et de nous tous ! Depuis si longtemps, elle simule la maladie avec une adresse et une malignité démoniaques pour se venger, peut-être pour venger la mort de son père. Et elle a un complice : cet homme... »

C'est donc un ennemi que, dans son désarroi, Fiora Capodilista reconnut tout d'abord en Thomas Bald. Mais ce premier sentiment ne dura guère, il se transforma immédiatement en son contraire après la fuite de Luella. Quand elle parvint près de lui dans l'ombre profuse de l'allée, elle pensa aussitôt que si cet étranger avait pu s'aventurer jusque-là dans la propriété sans être intercepté par le jardinier, cela signifiait qu'il était secrètement attendu — attendu non par sa fille, comme elle le soupçonna dans un moment d'égarement, mais par *elle-même*. « Parce que, à mon âge, j'attendais quelque chose ou quelqu'un depuis trop longtemps pour ne pas ressentir enfin la nécessité de susciter l'objet de cette attente, confiera-t-elle au docteur Bembo. Je me demande aujourd'hui quelle attitude j'aurais adoptée si je n'avais pas surpris Bald en train de parler avec Luella... »

Des quelques mots qu'il échangea avec la jeune fille dans l'allée de cyprès, Thomas Bald ne parla jamais à personne. Quand Fiora l'interrogea à ce sujet, il prétendit que Luella l'avait juste salué, s'était enquise de son identité puis — seule précision qu'il daigna accorder — l'avait supplié de l'emmener avec lui « loin de ce repaire de crapules ». Mais il est un autre aspect de l'arrivée de Thomas Bald à la villa Strizzi dont Fiora Capodilista ne sut jamais rien : l'émotion qui le bouleversa à l'apparition inattendue de la jeune malade.

Il suivait paisiblement l'allée — ce pur chef-d'œuvre végétal, comme la qualifiait le prince Aldobrandini — quand elle se jeta dans ses jambes. En tout autre lieu, cette irruption n'eût peut-être pas été ressentie si puissamment ; mais ici, sur cette voie tirée au cordeau, dans la concentration méditative des cyprès, cette présence féminine soudain surgie du néant ranima dans le souvenir de l'archéologue tout un pan de son passé dont il ne soupçonnait même plus l'existence. Ainsi qu'il tenta ensuite de l'expliquer à Jonathan Fairchild pendant maintes et maintes séances de pose, dans la transparence restituée de sa mémoire trouble, une autre femme apparut tout à coup et demeura là, le temps d'un interminable cillement, extraordinairement proche et inaccessible, comme saisie dans un bloc de verre. En même temps que Luella, il vit cette femme, la reconnut. Elle disparut aussitôt, mais laissa en s'évanouissant une empreinte dans la cire de l'oubli, comme si quelque chose de mort venait de ressusciter d'une vie larvaire en se nourrissant désormais de sa propre substance. Cependant, Luella demeura dans toute sa présence charnelle devant Bald qui, ébranlé, constata combien elle était jeune, beaucoup plus jeune que *l'autre*, presque encore une enfant. Puis il vit les deux femmes à l'autre extrémité de l'allée, entre les lions de pierre, masquées et immobiles, tournées vers eux dans une attitude d'expectative menaçante. « Je suis Luella, princesse de Palmyre, dit très vite la jeune fille. J'ai vu votre moto, je veux venir avec vous. Emmenez-moi loin, le

75

plus loin possible de ce repaire de crapules... » Puis, se retournant, elle les aperçut à son tour.

Sous le soleil, les cagoules étincelaient de blancheur. Luella dit encore quelque chose et, aussi soudainement qu'elle était apparue, elle fit un bond de côté, fila entre deux cyprès. Aussitôt, l'une des deux femmes se mit à courir après elle tandis que l'autre, sortant de sa stupeur, s'approchait lentement de Bald.

« Il restait immobile, le regard fixe, comme s'il contemplait une apparition, racontera beaucoup plus tard Fiora Capodilista au docteur Bembo. Je ne sais pas pourquoi Fairchild veut à tout prix lui trouver une tête de voyou : moi, j'ai vu en un clin d'œil la ressemblance avec Agostino Dini... » Troublée par cette ressemblance et par ce qui venait de se passer, Fiora Capodilista ne retira pas immédiatement sa cagoule, en sorte qu'ils restèrent un moment sans rien dire, attendant chacun que l'autre s'expliquât. La sombre densité des cyprès encore gonflés de lumière et de chaleur répandait dans l'allée cette atmosphère recueillie de cimetière en été, à la fin du jour. Par le lointain portail entrait une présence invisible et, en arrière-plan, bien que nul souffle ne circulât sur la campagne, les oliviers semblaient danser dans un grand vent. Enfin, Fiora Capodilista ôta sa cagoule. « C'est ma fille, dit-elle en indiquant l'endroit où Luella venait de disparaître. Excusez-la, depuis la mort de son père, elle est malade, elle souffre de dépression mélancolique. Je n'ai pas voulu qu'elle soit internée, alors nous la soignons ici... »

Elle eut aussitôt le sentiment d'en avoir trop dit mais, pensant à la cagoule, elle estima qu'elle devait encore une explication à son visiteur. « Luella ne supporte pas la vue d'un visage humain, nous sommes tous obligés de porter ça, y compris le médecin. Vous êtes le premier qui... C'est miraculeux... »

Thomas Bald avança l'hypothèse que Luella ne supportait peut-être plus les visages familiers, ceux qu'elle rencontrait chaque jour entre les murs de la villa Strizzi, et qu'il en allait autrement pour un visage étranger. Cet argument ne parut pas convaincre Fiora Capodilista. Plusieurs fois, elle avait tenté l'expérience en invitant des inconnus dont sa fille ne put néanmoins jamais supporter la vue. Elle se mettait à hurler de frayeur et il fallait la maintenir car, voulant détruire sur elle-même ce qui lui répugnait tant chez autrui, elle se labourait la face de ses ongles. « Non, non, murmura Fiora Capodilista, vous vous trompez, vous seul êtes capable de cela. J'ignore ce qui vous a conduit jusqu'ici, mais... » Thomas Bald regarda autour de lui comme si, par-delà la double paroi des arbres, l'étendue du parc et l'ocre pan de toiture entre les arbres, il cherchait une issue. Tout en se demandant où pouvait être à présent la jeune fille, il confia à la femme qu'il était venu sur les conseils du prince Aldobrandini.

« La villa Strizzi ne se visite pas », dit Fiora avec hauteur. Elle avait retrouvé son aplomb, un orgueil désespéré brillait sombrement dans son regard. « Après quatre siècles d'abandon, j'ai retrouvé la demeure de mes ancêtres, ce n'est pas pour la livrer à la populace... » Bald approuva. Ces quatre siècles qu'elle évoquait, elle semblait en effet les avoir vécus en exil, telle une princesse recluse par la volonté d'un tyran dans quelque thébaïde. « Si j'autorisais les visites seulement deux heures par jour, les Monuments historiques paieraient la plupart des travaux nécessaires pour que la villa ne s'effondre pas dans les dix ans à venir, mais il n'en est pas question, dit-elle d'un air farouche. Il n'en est pas question parce que la villa Strizzi *doit* s'effondrer, monsieur, et selon des règles qui sont les miennes. Les souvenirs qui traînent entre ces murs *doivent* disparaître, comme devraient disparaître tous ces détritus que sont les souvenirs des hommes... »

L'attitude de la femme changea tout à coup, elle se mordit les lèvres, prit un air confus. « Pardonnez-moi... Venez donc prendre quelque chose, vous êtes mon invité. Je vous ferai visiter la villa Strizzi de fond en comble si cela vous intéresse. Je vous montrerai les fresques de la chapelle peintes par Santi di Tito, la fresque de *l'Ascension de saint Augustin,* les lions blasonnés des Dini et... et vous verrez même les chambres mortes. Mais ne m'en veuillez pas : pour éviter un drame, il faut que je remette ça. »

Elle coiffa sa cagoule. Ils parvinrent bientôt devant un escalier à double volée aux marches herbues et brisées qui accédait au cortile, à son puits, à ses arcades ombragées ; la villa apparut à Thomas Bald dans sa totalité, blanche et sobre comme une carte de deuil, margée par les sombres chaînages d'angle en *pietra serena.* Fiora Capodilista gravit quelques marches, puis s'arrêta. Le soleil dardait à plomb. « Et voilà, dit-elle en montrant la maison. Avant de mourir, mon mari a fait repeindre les façades. Les travaux étaient achevés depuis moins d'une semaine quand il est mort. » Devant chacune des fenêtres des deux premiers étages, une grille d'un massif quadrillage de fer noir retenait la pénombre des chambres ; mais la double galerie d'arcades superposées qui entourait le cortile, avec ses courbes douces, ses murs vieux rose, son plafond de poutres peintes, ouvrait dans l'austérité inquisitoriale de l'architecture l'accueillante et mélancolique désuétude des vieux palais campagnards.

« Nous avons fait le tour du cortile, il a vérifié la profondeur du puits, je ne voulais pas entrer tout de suite, j'avais tout à coup peur d'être seule avec cet inconnu, racontera Fiora Capodilista au docteur Bembo. Mais je pensais aussi à ce que mon père me disait quand j'étais petite fille et que je craignais les chevaux : " Il ne faut jamais avoir peur devant un animal car, alors, tu dégages une odeur qu'il sent et il profite de la situation. " »

Elle conduisit Thomas Bald directement au salon de musique où elle lui servit à boire et lui posa sur lui-même quantité de questions indiscrètes auxquelles il ne répondait que par un sourire doux. Ensuite, elle ne put résister à la tentation, elle se mit au piano. Du fond de son fauteuil, Thomas Bald distinguait par les fenêtres grandes ouvertes du salon de musique les hauteurs crénelées des collines les plus proches, le vol fulgurant des martinets. « Je vais vous jouer la première partie de *Gaspard de la nuit,* de Maurice Ravel, dit la femme. Je travaille cette œuvre depuis quelque temps. Il me semble que quand je jouerai parfaitement *Gaspard,* la villa Strizzi s'écroulera d'elle-même, les murs s'effondreront sur moi à la dernière note... » Mais Fiora Capodilista ne joua pas jusqu'au bout. Elle s'interrompit au milieu d'une mesure, ses mains en suspens sur le clavier, comme si elles avaient cessé de lui appartenir ; puis elle les laissa retomber mortes sur l'ivoire dans une lugubre dissonance. « Je suis nulle, nulle... Allons visiter la villa Strizzi, cela vaudra mieux », dit-elle en s'arrachant à son siège.

L'archéologue la suivit docilement à travers les fastes décrépits, les trompe-l'œil compliqués des salons où les restes d'un luxe autrefois raffiné, maintenant usés à la corde, démentaient la sobriété de l'extérieur, comme si l'on avait fait entrer de force plusieurs siècles dans un seul. La femme ouvrait les portes une à une, laissait son visiteur jeter du seuil un regard à l'intérieur, puis les refermait sans commentaire. Pendant toute la visite de la partie habitable de la villa, elle ne prononça pas une parole. Elle semblait être restée là-bas, au piano, à se débattre contre son impuissance. De temps à autre, quand elle le sentait distrait, elle posait sur Bald un regard perçant, scrutateur. La porte qu'elle ouvrit cette fois-ci se trouvait à demi dérobée sous un escalier et cachée par une tenture. Après avoir longé un corridor de service encombré d'instruments ménagers d'un autre âge, ils s'arrêtèrent devant une impressionnante porte de chêne percée d'un judas, une porte qui malgré ses panneaux sculptés et ses ferrures ouvragées ressemblait à celle d'un cachot. « C'est la chambre de Luella », dit Fiora Capodilista.

Ils se trouvaient maintenant dans l'aile gauche de la villa Strizzi où depuis deux siècles personne n'avait vraiment vécu. La femme observait Thomas Bald du coin de l'œil, mais anxieusement. « Ne croyez pas que nous avons mis ma fille ici pour nous en débarrasser, souffla-t-elle. Elle-même a souhaité s'y installer. Cette chambre occupe toute la largeur de la maison, la vue est splendide depuis chacune des fenêtres. » D'un geste un peu trop ferme, elle ouvrit le judas. La pièce que Bald découvrit lui parut de prime abord assez vaste pour accueillir un paquebot de petit tonnage. Cette impression venait de la hauteur du plafond et de l'absence presque totale de mobilier dans un espace de plus de cent cinquante mètres carrés. Au début du XVIIIe siècle, le banquier Ludovico Dini III réunissait ici son conseil d'administration. Des cuvettes émaillées gisaient çà et là sur le plancher ensoleillé. Prostrée à même le sol dans un coin de la pièce, minuscule dans ce volume démesuré, Luella poursuivait un soliloque silencieux et continu. Contre les murs nus, maculés de longues traînées brunes et de sanglantes empreintes de mains, les barreaux dressaient leur ombre carcérale.

« Quand Luella va mal, elle barbouille les murs de

ses excréments ou du sang de ses règles », dit Fiora Capodilista pour couper court à tout commentaire. Thomas Bald réprimait mal l'élan qui le poussait à ouvrir la porte et à pénétrer dans la pièce ; l'idée ridicule qu'il pût être le sauveur de cette étrange personne prisonnière des murs et de sa folie l'obsédait. Il resta encore quelques secondes devant le judas puis, regardant dans les yeux la femme qui respirait pesamment près de lui, il demanda : « De quoi votre mari est-il mort ? » Fiora Capodilista eut un piètre sourire, elle parut s'affaisser, s'affaisser avec une sorte de grâce triste. « Maintenant, allons visiter les chambres mortes », dit-elle sans répondre à la question.

Par un escalier à vis qui semblait descendre à l'intérieur des murs, un escalier de conspirateurs, ils accédèrent à un petit palier et à une chambre moins vaste que celle de Luella, mais de belles proportions. Il fallut un moment aux yeux de Bald pour s'habituer à l'obscurité. Puis il découvrit avec étonnement une pièce entièrement vide, à l'exception d'une forme claire dressée devant la cheminée. Un grand chien se tenait assis là, une sorte de griffon en céramique. Sous la forme inanimée se tenait tapi, semblait-il, un animal réel qui les observait. Une couche de poussière grise mêlée au plâtre du plafond recouvrait le dallage ; les fenêtres aveuglées par des tentures mangées aux mites ne laissaient filtrer qu'une clarté mouchetée. Quand il vit assez clair, Bald constata que les murs de la villa, bâtis de pierre brute et de tout-venant, s'effritaient discrètement, glissaient sous les plinthes vermoulues, laissant à la marge des dalles un fin ruban de gravier et de sable.

« Voici la chambre du connétable Alessandro Dini, frère de Ludovico, chef des armées de Pierre-Léopold de 1715 à 1722, dit Fiora Capodilista. Le grand-duc de Toscane l'appréciait pour son inflexibilité : il devint le plus grand ennemi des déserteurs et en décapita un grand nombre au sabre, de sa propre main. Cet horrible chien lui a été offert par le juriste Filangieri en guise de plaisanterie, dit-on, parce que le connétable souffrait d'une peur phobique des chiens. A présent, il est le gardien des chambres mortes. Les précédents propriétaires prétendent l'avoir entendu plus d'une fois aller et venir, et même aboyer... »

Le mobilier des chambres mortes avait été dispersé, vendu ou volé au cours des siècles, mais ici seulement il ne restait rien. Située au dernier étage de la villa, cette pièce en jouxtait une autre, beaucoup plus petite, entièrement boisée, qui servait jadis de bibliothèque et de bureau au petit-neveu de Giovanni Dini, Nestor Dini della Libertà, pendant les études de philosophie qu'il poursuivit de 1592 à 1596 sous la conduite de Giordano Bruno. Des rayonnages pour la plupart vides couvraient les parois où quelques livres posés çà et là semblaient avoir été oubliés par quelqu'un pressé de quitter les lieux. Ici, l'archéologue fit une étrange découverte : à l'exception d'un exemplaire des sonnets de Shakespeare dans une édition anglaise, les autres livres étaient allemands. « Je l'ai vu blêmir. Il a feuilleté un livre, puis deux, puis trois, nerveusement, comme s'il cherchait quelque chose de précis, racontera Fiora Capodilista au docteur Bembo. Je lui ai expliqué que la présence de ces livres n'avait rien d'extraordinaire puisque les Allemands réquisitionnèrent la villa entre 42 et 44 et que, parmi ses occupants, au moins deux officiers logèrent ici et travaillèrent dans cette pièce. »

Tandis que Bald allait d'un rayon à l'autre, la femme lui confia que les anciens propriétaires connaissaient les noms de ces officiers. Elle n'avait retenu que l'un d'entre eux, l'homonyme d'un compositeur très connu.

« Il s'appelait Joseph Stamitz, sans doute ces livres

lui ont-ils appartenu, dit-elle. Il était professeur d'art et critique, un critique reconnu dans son pays, paraît-il. » Ayant posé ses mains à plat dans la poussière, Thomas Bald se tenait arc-bouté, les yeux fixés sur une soucoupe crasseuse emplie de vieux mégots. Il saisit l'un d'eux et dit à Fiora Capodilista : « Je suppose que ces saletés ont tenu entre les lèvres de l'Oberleutnant Stamitz ? En examinant la torsion du mégot, on peut encore imaginer le geste appliqué et lent qu'il fit pour l'écraser... Pourquoi gardez-vous ces reliques ? »

La femme haussa les épaules. Presque brutalement, il se tourna vers elle, lui sourit et prononça en allemand quelques phrases qu'elle ne comprit pas. « Vous savez, depuis la guerre, tout est resté tel quel dans les chambres mortes, dit-elle avec un mouvement de recul. En 43, les anciens propriétaires ont été s'installer à Taormina ; ils ne sont revenus à la villa Strizzi que pour fermer la maison après le départ des Allemands, puis en 49 pour les formalités de vente. Il se peut donc bien que ces cigarettes aient été fumées par le professeur Stamitz... »

Bald se détacha de la table, reprit le livre et lut un passage à voix haute. Comme Fiora Capodilista ne comprenait pas, il traduisit aussitôt. « *La fresque et la peinture céramique antiques ignorent le temps de la journée. Aucune ombre n'y indique la position du soleil, aucun ciel les étoiles ; il n'y a ni matin, ni soir, ni printemps ; c'est le règne d'une pure clarté atemporelle...* »

Soufflant la poussière de la tranche, il présenta le dos du livre à la femme. Elle ne put lire le titre, mais le nom de l'auteur était Joseph Stamitz. « Je l'ai lu il y a très longtemps, dit Bald. Je me demande pourquoi il ne l'a pas emporté en s'en allant. Peut-être pour que je le trouve ici aujourd'hui... Je dois vous demander une faveur : puis-je prendre ce livre avec moi ? » Fiora

Capodilista se rembrunit. Elle accepta cependant d'un mouvement de tête contraint et murmura : « J'avais décidé — et Roberto avec moi — de laisser les chambres mortes intactes, de ne rien y toucher... » Lorsqu'elle referma derrière eux la porte de la chambre où avait travaillé Nestor Dini della Libertà — mort empoisonné par son frère cadet en 1601, un an après que l'Inquisition eut brûlé son maître Giordano Bruno —, elle sentit qu'un grand courroux se soulevait entre les murs.

Entraînant son visiteur à sa suite, elle dévala l'escalier jusqu'au rez-de-chaussée, ouvrit d'un coup de pied précis au bas du montant une porte aux panneaux peints de scènes champêtres, et une troisième pièce apparut à Bald dans son terrible délabrement. Mais, comme souvent dans ce qui est excessif, ce délabrement inspirait une impressionnante grandeur et même de la beauté. Découpé puis arraché, le manteau de la cheminée gisait sur le sol ; le trumeau descellé semblait ne plus tenir au mur que par les toiles d'araignées ; seuls demeuraient intacts et étrangement bien conservés les caissons du plafond, nets et propres comme si l'on venait de les dépoussiérer. En s'enfuyant, les pillards avaient abandonné contre le mur un tableau maintenant si craquelé et détendu que le motif, une Annonciation, apparaissait morcelé comme les pièces d'un puzzle qu'un choc a désunies. Devant l'âtre trônait un mastodonte en décomposition, un fauteuil que son volume et son poids avaient sans doute protégé du vol et où l'on devinait encore les présences spectrales de tous ceux qui s'y étaient assis.

« Le duc Alexandre de Médicis a passé quelques jours ici entre 1530 et 1532 avant d'être assassiné par son cousin Laurenzino, dit Fiora Capodilista en s'approchant du fauteuil. Palladio s'y serait arrêté en

1550. Quant au pape Paul III — vous le connaissez certainement, c'est lui qui empêcha le pillage systématique des ruines romaines en supprimant les permis de fouilles accordés à des particuliers —, il a dormi plusieurs nuits dans cette chambre... »

La femme donna ces explications d'une voix morne et elle poursuivit sur ce même ton, mais en parlant si bas que Bald dut prêter l'oreille. « Mon mari Roberto Capodilista est mort dans cette pièce. Il s'est tué d'une balle de revolver dans la bouche. Luella l'a découvert assis dans ce fauteuil. »

L'archéologue regardait sur l'énorme siège les ombres s'appesantir et lui donner vie — une vie négative, malfaisante. « Vous devriez l'enlever de là et le brûler », dit-il. Fiora Capodilista haussa les épaules en un geste de soumission totale à la fatalité. A ce moment, une porte s'ouvrit bruyamment au-dessus d'eux et un hurlement retentit à l'étage.

Ce hurlement, Bald l'entendait encore quand, ayant quitté les chambres mortes, ils sortirent de la villa Strizzi pour se trouver dans le cortile, déséquilibrés par la lumière. Et lorsqu'ils parvinrent au bord du miroir d'eau où Fiora Capodilista l'entraîna hâtivement sans mot dire, il lui sembla l'entendre retentir à la surface de l'onde, comme si le désarroi du monde s'élevait avec lui vers le ciel. L'implacable netteté de l'image que l'eau réfléchissait laissa Bald figé devant le bassin : une autre image venait de surgir en lui, abstraite celle-là, amas grouillant de molécules informelles, pareille à une force qui s'éveille dans le ténébreux sommeil d'un marais, aveugle et toute-puissante. S'approchant du miroir d'eau, il se pencha en avant sur le reflet où le cri n'en finissait pas de s'amplifier, il se pencha sur la surface étale et sombre de son passé d'où s'élevait un cri identique, rien qu'un cri de femme dans le blanc de la mémoire et qui lui traversa le crâne d'une tempe à l'autre, comme une mèche chauffée à blanc. « Maintenir, il faut maintenir... », songea-t-il à voix haute. Puis il reprit conscience de la présence de Fiora Capodilista auprès de lui.

Sans que cela lui coûtât, il se mit à parler des fouilles, de la mosaïque solaire de Publius Optatianus Porphyrius et des circonstances qui l'avaient amené, avant la guerre, à s'intéresser à cet obscur poète du IVe siècle — à expliquer comment peu à peu, en vingt ans, ce personnage s'était révélé tel un second lui-même, insondable comme lui-même, mais visible déjà à la surface de son miroir d'eau intérieur. « Il y a encore beaucoup de mystère et d'obscurité, dit-il, il me semble qu'une partie de l'histoire de Publius, comme de la mienne, est écrite à l'encre sympathique sur une page blanche que je tiens à la main sans savoir quelle chimie la rendra lisible. Mais je creuserai la Toscane entière, je trouverai cette mosaïque. Vous connaissez la devise du duc d'Orange : "Je maintiendrai." C'est ce que je voulais dire. Ma tâche est insignifiante, absurde, car le seul vrai moyen de connaître Publius serait d'aller le rejoindre dans le royaume des morts. »

Fiora Capodilista resta un moment silencieuse. Elle contemplait d'un œil nébuleux dans la transparence du bassin le reflet mouvant du ciel au-dessus de la villa, les nuages pommelés et roses poussés par la brise apennine. « Si vous persévérez ainsi, c'est qu'un espoir ou un idéal vous porte », dit-elle d'un ton ému et lointain. Bald la considéra avec étonnement. Il lui assura qu'il ne pensait avoir aucune autre mission dans cette vie, sinon celle de se tenir au but qu'il s'était imposé : découvrir la mosaïque. Tandis qu'il parlait, la femme l'observait à la dérobée ; elle pensait qu'il se faisait plus fruste qu'il n'était, qu'il dissimulait sous une robuste simplicité une âme labyrinthique et que déjà — ainsi qu'elle l'avouera au docteur Bembo — elle s'était aventurée trop loin dans l'invisible dédale de Bald. « J'aurais dû le prier de s'en aller, de ne plus revenir, et je crois que je commençai une phrase dans ce sens. Mais à ce moment, quelqu'un est arrivé et j'étais trop heureuse de garder le silence. C'en était fait de moi, docteur Bembo... »

Deux hommes avaient passé l'angle de la maison et venaient à eux, le jardinier et un personnage que Fiora Capodilista connaissait vaguement car il possédait en contrebas de la villa Strizzi un luxuriant verger d'amandiers qui avait appartenu autrefois au domaine. Il salua la femme cérémonieusement, jeta un coup d'œil défiant à Bald et parla du motif de sa visite : il vendait l'amandaie. La première personne à qui il avait songé était naturellement Fiora Capodilista. « J'ai plusieurs propositions avantageuses mais mon terrain jouxte votre propriété, je devais donc m'adresser à vous en priorité. J'ai appris que cette zone allait être déclassée dans peu de mois, je crois que vous auriez avantage à... »

S'étant tournée vers l'amandaie, la femme lui coupa la parole pour demander sans aménité : « Combien ? » L'homme prit un air fuyant. Elle le regarda droit dans les yeux et répéta : « Combien ? » Le jardinier s'éloignait sur la pelouse d'une démarche fourbue. L'homme se décida alors pour un prix qui parut très élevé à Thomas Bald. Fiora Capodilista demeura presque imperturbable mais, à un tremblement de son menton, il comprit qu'elle feintait, que ses disponibilités ne se montaient sans doute pas au dixième de la somme demandée. Elle feintait, mais un coup d'œil furtif et indécis qu'elle jeta du côté de l'amandaie révéla l'insoluble dilemme intérieur où elle se débattait. Elle dit tout de même un chiffre qui correspondait à peu près à la moitié de celui que l'homme avait avancé.

« J'étais à la torture, confessera-t-elle au docteur Bembo, parce que, tout à coup, ce verger me semblait être ce qu'il y a de plus précieux au monde, comme une fraction d'Eden qui aurait échappé à la malédiction divine, un lieu de rédemption et de paix qui se trouvait à un jet de pierre, chaque jour sous mes yeux, et qui soudain devenait accessible. Mais non ! Vous avez vu ces arbres, docteur, une splendeur ! Quand ils sont en fleur, on les voit de l'Arno, on les voit même de la colline de San Miniato. Au printemps, on dirait qu'un peu d'une planète enchantée est tombé sur la terre. J'aurais dû tout faire pour acheter ces quelques acres, tout ! »

Voilà ce qu'elle pensait quand le propriétaire de l'amandaie, prenant un air mi-désolé mi-souriant, lui fit remarquer qu'elle avait sans doute mal compris. « Bon, bon, dans ce cas, nous n'avons plus rien à nous dire », fit-elle avec un geste de dédain en se détournant. L'homme se cassa en deux en une révérence incongrue puis, sans un mot, il tourna les talons et rejoignit le jardinier qui l'attendait assis par terre près de la maison.

Fiora Capodilista accompagna Thomas Bald jusqu'à la grille. Elle s'efforçait à la désinvolture mais, plusieurs fois, elle répéta d'un ton furibond et découragé : « Cette canaille, cette sale canaille !... » Dans l'allée de cyprès, elle s'arrêta soudain, saisit les mains de Bald et les serra dans les siennes. « J'aimerais tant que vous revoyiez Luella ! Cela lui ferait du bien, j'en suis sûre. Revenez demain, si vous pouvez, nous la laisserons se promener dans le parc. » Il regarda la femme bien en face. Dans la perspective intérieure de son œil las, il vit les chambres mortes, les murs maculés de sang et d'excréments, le double de la villa Strizzi à la surface du miroir d'eau et le spectre de cet homme, Roberto Capodilista, assis dans le monumental fauteuil, la tête fracassée.

Il revint pourtant le lendemain, délaissant le champ de fouilles en plein après-midi. Cette fois, il entra avec sa moto dans le parc, s'arrêta à mi-chemin du portail et de la maison, coupa le moteur et attendit entre les cyprès. Son attente dura peu. Comme la veille, Luella Capodilista, princesse de Palmyre, surgit tout à coup de la barrière des troncs. Elle le regarda longtemps sans bouger, avec un solennel émerveillement. Puis, sans rien dire, elle monta en croupe derrière lui.

« Je les observais à la jumelle entre les rideaux tirés de ma chambre. Luella a entouré de ses bras la taille de Bald, appuyé sa joue contre son dos comme si elle avait fait cela souvent et ils sont partis, contera Fiora Capodilista au docteur Bembo. Ils sont restés absents une longue heure — une heure de folle inquiétude pendant laquelle je ne cessai de me répéter : voilà ce qui peut arriver de mieux à Luella, c'est un progrès considérable... —, elle est descendue docilement de la moto et Bald est reparti. En une semaine, il revint quatre fois et ce fut toujours pareil. Un jour, je coiffai ma cagoule et j'allai les attendre à la grille. Luella fila dès qu'elle me vit, Bald eut l'air contrarié, presque furieux. Quand je lui demandai où ils allaient au cours de ces promenades, il répondit : " Nulle part, nous roulons. Je vais sur l'autoroute et nous roulons le plus vite possible. " Je crus qu'il mentait pour me punir de ma curiosité, mais je n'en étais pas sûre. Bald n'a jamais voulu que je monte sur sa moto, docteur Bembo, jamais ! »

Un mois après la première visite de Thomas Bald à la villa Strizzi, Fiora Capodilista lui proposa de venir habiter sur la colline. « Je ne peux plus payer mon jardinier, la maison qu'il occupe sera libre à la fin du mois, vous pourrez l'habiter tout entière si vous voulez. Je vous aiderai à l'aménager. » Elle lui indiqua une construction ancienne au crépi rose, assez éloignée de

quotidien, il ne restait rien à présent, le temps ne coulait plus dans les artères du monde. Ce pouvoir de la pleine Lune, Dino souhaitait qu'il régnât chaque nuit ou que, tel Saturne, la Terre possédât onze lunes. Avec ferveur, il demandait au satellite d'interrompre son cycle, de couver l'univers sous sa perpétuelle plénitude.

Maintenant, il croyait entendre les souffles mêlés de ses parents endormis dans la chambre voisine. Cette respiration animale et douce emplissait les murs, s'étendait bien au-delà du logement, passait par la fenêtre ouverte sur les toits brillants des immeubles et rejoignait le souffle de tous les humains ensevelis dans l'humus noir du sommeil. Nu devant la nuit blanche, il lut encore quelques lignes qui tremblaient dans la phosphorescence immobile, puis son exaltation tomba d'un bloc. Il jeta le livre sur le lit, resta un instant encore à fixer la Lune en tentant de se concentrer. Mais il ne se concentrait sur rien, il ne pensait plus à rien qu'à se concentrer. Et, tout à coup, il se représenta le couple que formaient ses parents endormis, lovés pêle-mêle corps contre corps dans la moiteur des draps, les remugles de sueur, avec les pardessus élimés qui pendaient dans le corridor, la lessiveuse sur le fourneau de la cuisine et les ferraillages du béton jaillissant d'un étage inachevé. Il retint son souffle, écouta. Il était temps de fuir.

Puis il cessa d'entendre les dormeurs. Ils pesaient simplement comme des morts derrière le mur ; les rumeurs de la ville, abolies un instant plus tôt par l'éclat de l'astre, parvenaient jusqu'à lui de plus en plus distinctes, tel un appel. Sur le cadran lumineux du réveil, il lut minuit passé. Il s'habilla, prit sur la chaise un bocal recouvert d'un tissu sombre, passa dans le corridor. Il frôla de sa joue les vêtements suspendus, une odeur rance lui emplit les narines. En passant devant la chambre de ses parents, il vit dans un rayon de lune le visage de la mère endormie, la tête posée sur le thorax broussailleux du père, bouche ouverte où luisaient faiblement les dents. Le père ronflait dans un désert crayeux, un ronflement tendre, enfantin, montait de lui comme une plainte. Mais, quand Dino parvint près de la porte, une frayeur poisseuse dégringola du plafond sur ses épaules et il faillit lâcher le bocal. Pendant une fraction de seconde où il pensa hurler d'effroi, le visage maternel apparut à nouveau dans l'entrebâillement et il vit, fixés sur lui, ses yeux grands ouverts : les yeux d'une morte. Alors, pétrifié dans la chaude nuit du corridor, il constata que la porte de la chambre à coucher était *fermée*. Le bocal pressé contre sa poitrine, il sortit très vite du logement.

Sitôt dans la rue, il mesura les risques encourus et le bocal couvert de son voile lui sembla dérisoire. Pourtant, il ne renonça pas. Parcourant toute la longueur de l'immeuble en rasant la façade, il ne perdait pas la Lune des yeux. Aucune lumière ne brillait aux fenêtres. Courant d'une maison à l'autre dans les rues désertes, il atteignit enfin la voie du chemin de fer. Marchant sur le ballast, il la suivit un moment avant de dégringoler le talus pour se retrouver sur l'une des avenues fluviales de la zone industrielle. Là, il s'arrêta pour souffler à l'ombre d'une palissade. Il s'était enfui de chez lui depuis moins de cinq minutes et éloigné d'à peine un kilomètre ; cependant, il se sentait coupé de tout, seul depuis toujours dans le vertige froid de sa solitude d'enfant que la lueur de la Lune étendait à l'infini. Il se remit en marche dans un décor familier mais où il ne reconnaissait plus rien. Au lieu de contourner la gare de triage, il coupa en diagonale dans la direction de la cheminée de la station d'épuration. Il allait maintenant entre des chapelets de wagons dont les portes coulissantes cachaient de monstrueuses créatures prêtes à l'assaillir. Bientôt, il entendit de la musique et il sut qu'il n'était plus très loin du but.

Il fila droit devant lui, retrouva l'ancienne chaussée pavée de la gare de triage à qui ses herbes folles et une voie désaffectée en excursion hors du réseau ferroviaire donnaient aujourd'hui un charme désuet. En quelques minutes, il atteignit le lieu-dit Testa di Becco, longea précautionneusement le terrain vague jusqu'aux cantonnements des ouvriers qui élevaient sous la Lune leurs volumes argentés. A la hauteur du premier bassin de la station d'épuration, il se tapit un instant, observa les alentours. Rien ne bougeait. Alors il s'élança. Traversant l'avenue, il ouvrit la porte grillagée et, en quelques enjambées, il fut au bord de l'excavation. Les vestiges mis au jour étendaient démesurément leurs reliefs sur la terre cendreuse, une ville morte aux portes ouvertes pour lui s'étendait à ses pieds. Il sauta dans la fosse.

Très vite, son regard fut attiré par une tache claire devant lui, à quelques pas : une tête décapitée. La face tournée vers le ciel ressemblait étrangement à celle de sa mère et, sur la joue de ce visage exsangue, quelqu'un avait tracé à la craie le numéro 639. Mais au lieu de le défigurer, cette marque ajoutait à son atemporalité sereine une inépuisable indifférence. A Dino, ce numéro apparut pourtant comme un outrage. Il s'agenouilla, recouvrit la face du voile qui cachait le bocal. Puis, élevant celui-ci devant la Lune, il observa longuement les trois tritons endormis. Plongeant sa main dans l'eau tiède, il saisit l'un d'eux, sentit sous la pulpe de son doigt la fragilité palpitante du ventre : une pression à peine plus forte et l'abdomen du petit batracien éclatait.

« Pour ton amour, ma chère Lydé, j'ai sacrifié cette

nuit trois tritons à Séléné », murmura-t-il, tirant de sa poche une boîte d'allumettes où se trouvait une lame de rasoir. « Pour ton amour... » Mais de quel amour s'agissait-il ? Qui était Lydé ? Posant le bocal à côté de lui, il souleva un pan du voile, découvrit à demi le visage de la statue. Son cœur se mit à battre. « Que tu es belle !... » prononça-t-il tout bas. Agenouillé devant la tête au cou de pierre rompu, il regardait le triton remuer faiblement entre ses doigts. Alors il retira entièrement le voile, se baissa, frôla de ses lèvres la bouche froide de la déesse. Comme il se redressait, un immense découragement l'accabla, un découragement si absolu qu'il eut envie de se coucher sur le sol pour attendre le jour. Toutes ses prières restaient vaines, ses espoirs absurdes et fous : demain, comme toujours, la Lune commencerait son décroît, rien ne viendrait interrompre la giration des astres ni illuminer sa vie d'un éclat nouveau.

Il lâcha le triton, renversa le bocal. Maintenant, il fallait rentrer, aller des ruines d'autrefois vers les ruines futures, quitter sans illusion ce lieu fantastique et hors d'âge pour retrouver les remugles de vieille soupe, les déchirures du papier peint et les bancs de l'école. Le garçon se releva, parcourut d'un regard éperdu le chaos du champ de fouilles. Tout à coup, il songea au chasseur, le souvenir de l'homme plongeant sur le lièvre s'imposa à lui avec une force rassérénante. La Lune se trouvait juste dans l'axe de la cheminée de la station d'épuration dont l'ombre filiforme traversait l'avenue et s'étendait jusqu'à la fosse. Dino regardait cette ombre avec étonnement car elle oscillait de gauche à droite, comme si la cheminée avait pris vie et venait lentement à lui. Il sentit une présence dans son dos et se retourna.

« Que fais-tu ici ? » demanda presque aussitôt la voix d'une femme dont il ne situa pas immédiatement la position. Elle se tenait près de lui, au bord de l'excavation, surgie discrètement de la nuit, mais il ne ressentit aucune crainte. Quelque chose de merveilleux se passait très naturellement. Pourtant, il ne pouvait répondre à la question de la femme. « C'est à cause de la Lune... » dit-il tout de même. Elle se pencha sur la fouille et il vit qu'elle lui tendait la main pour l'aider à grimper le talus. « Viens », dit-elle avec une douceur qui le ravit. Il serra la main, se sentit hissé hors de la fosse, sans heurt, par une force magique. « Quel âge as-tu ? » demanda la femme quand il fut auprès d'elle. Il hésita à mentir puis dit qu'il avait treize ans. Elle rit, ce rire lui fut un vrai bonheur. Ses vêtements étaient bizarres, pareils à ceux des femmes sur les affiches de cinéma, son cou particulièrement long et blanc. Il eût aimé toucher ce cou tant il lui parut soyeux sous la Lune. « Et à treize ans, tu te promènes seul dans les ruines au milieu de la nuit ? Où habites-tu ? »

Dino ne voulait pas dire à cette femme où il habitait ; d'un geste vague, il indiqua un lieu imaginaire derrière la gare de triage. « Je suis venu sacrifier des tritons à la Lune pour qu'elle reste toujours pleine... » dit-il en baissant les yeux. Par la fente entrouverte de la robe, il voyait jusqu'à mi-cuisse une jambe bleue, le reflet surnaturel d'un bas. Elle rit à nouveau, mais sans moquerie. « Eh bien, je pense que tu es le fils d'un astronome étrusque, que tu n'as pas treize ans mais deux mille cinq cent treize ans. Si tu n'appartiens à personne, je te garde. Comment t'appelles-tu ? Moi, je m'appelle Dada, dit-elle en posant son bras sur les épaules du garçon et en le poussant doucement vers la sortie. Si tu veux bien, je t'invite chez moi à boire un San Pellegrino, ensuite je te ferai raccompagner en voiture. »

Dino baignait avec félicité dans l'odeur de la femme.

95

Il sentait contre son flanc la chaleur de sa hanche et la main salutaire l'entraînait vers cette musique qui, de la gare de triage aux plus lointains entrepôts, planait comme le chant des sirènes sur les nuits désolées de la zone industrielle. Ils contournèrent le champ de fouilles, retrouvèrent l'asphalte glacé de l'avenue périphérique et, comme ils parvenaient en vue de l'enseigne aux néons tricolores dont les lueurs sirupeuses clignotaient sur le cambouis des seuils et les bâches des remorques, la femme s'arrêta, se retourna pour regarder une dernière fois la Lune disparaître entre les collines. La nuit se referma sur la terre, obscurcit la lueur des réverbères, rehaussant les couleurs synthétiques de l'enseigne « A la Vénus des garages ».

La maison de Dada Saltabecca se trouvait au fond d'une vaste cour pavée plantée d'un arbre unique, un marronnier au tronc éléphantesque. Les bâtiments alentour, d'anciens dépôts de vin devenus des garde-meubles, étaient en bois ; un peu partout dans la cour, des muids pourrissants gisaient comme des animaux fantastiques. Çà et là, une ampoule nue suspendue sous un avant-toit éclairait ce décor dont les perspectives gigognes paraissaient s'ouvrir à l'infini en une interminable enfilade de hangars, de fabriques désaffectées et de garages. Mais Dino traversait ces lieux sans les voir. Il ne reprit conscience du monde visible que lorsque la femme déclara : « Nous sommes chez moi », et qu'il eut sous les yeux la rutilante carrosserie d'un bolide garé près d'un assemblage hétéroclite de ferrailles : la carcasse déprise de sa cuve d'une distillerie ambulante.

Alors il se trouva conduit dans un dédale de couloirs, de paliers, de courettes jusqu'à une pièce à l'éclairage si diffus, aux parois tendues d'un tissu si sombre que l'espace semblait illimité. La femme le fit asseoir dans un fauteuil recouvert d'une fourrure et elle resta debout devant lui à le dévisager. Il n'était pas intimidé, il soutint son regard bien qu'elle l'observât maintenant comme s'il lui posait tout à coup un problème sérieux. « Je vais te donner à boire et puis je te ferai un cadeau, dit-elle enfin. Veux-tu essayer une coupe de champagne à la place du San Pellegrino ? A treize ans, tu n'es quand même plus vraiment un enfant. » Puis elle disparut un instant sans cependant sortir de la pièce car il continuait de l'entendre aller et venir et de sentir sa présence quelque part de l'autre côté de l'ombre. Un bouchon sauta, elle réapparut portant une coupe dans chaque main. La mousse pétillait, Dino songeait que le temps s'écoulait peut-être au-dehors mais certainement pas ici, que si le Créateur avait prévu une Lune privée pour éclairer ces lieux, celle-ci eût été toujours pleine. Il prit la coupe qu'on lui tendait, elle éleva la sienne et dit d'une voix traînante : « Santé, petit Étrusque ! »

Le garçon n'avait jamais bu de champagne. Mais pour ne pas paraître ridicule, il fit comme s'il y était habitué. Il avala une bonne gorgée, fit claquer sa langue et dit : « Il est bon. » Après quoi le silence s'installa entre eux, un silence nullement incommodant, plutôt chaud et confortable. La femme avait toujours cet air trouble et dubitatif. Il attendait qu'elle prît place dans l'autre fauteuil, mais elle restait debout et le regardait de plus en plus intensément. « As-tu déjà vu une femme ? » demanda-t-elle brusquement en s'approchant de lui. Comme il ne comprenait pas ce qu'elle voulait dire, elle précisa : « As-tu déjà vu un corps de femme ? »

Bien qu'il fût confortablement enfoncé dans son fauteuil, Dino ne touchait pas le sol des pieds ; il mesura tout à coup combien il était petit, vulnérable et, surtout, presque incapable de rester digne. « Sur des photos », dit-il en jetant un regard paniqué autour de lui. Il eut

97

chaud dans tout le corps, la femme se tenait maintenant à un pas du fauteuil. Elle manœuvra du pied un interrupteur, la chambre tout entière s'éclaira. « J'ai dit que j'allais te faire un cadeau. Regarde bien, petit Étrusque, c'est ce qu'il y a de plus beau au monde », dit-elle. Sa robe glissa à terre sans qu'elle eût esquissé un geste. Elle était à présent vêtue de ses seuls dessous et de ses bas. Dino avala sa salive, le sang lui battait aux tempes et il regardait avidement. Pour rien au monde il n'aurait détourné son regard, mais comme il craignait plus que tout de rencontrer celui de la femme, il maintenait les yeux fixés sur un point du corps qui affleurait d'un feston de dentelle d'où jaillissaient, un peu plus bas et aussi intangibles que sur les photographies, les fuseaux nacrés des jambes. Puis les dentelles disparurent à leur tour. « Ne te gêne pas, regarde bien, comme si j'étais une chose », dit la femme qui, maintenant entièrement nue devant l'enfant, prit un peu de recul pour s'exposer davantage. Il voulut dire quelque chose mais sa gorge était trop sèche et l'idée de porter à ses lèvres la coupe de champagne lui semblait, en cette circonstance, d'une impolitesse grossière. Incapable du moindre mouvement, il restait confondu par la dimension du sombre animal accroché au ventre de la femme. « Regarde », dit-elle encore d'une voix maternelle en tendant en avant ce ventre rond et la bête qui y gîtait. Elle demeura un instant dans cette position puis elle virevolta, s'éloigna du fauteuil, et la pièce fut à nouveau obscurcie, rendue à son intangibilité, au point que Dino se demanda si ce qui venait de se passer était bien réel. Il ne bougea pas. Pris dans un halo cuivré, le corps de la femme élevait non loin de lui une impénétrable statuaire où se heurtait tout l'émoi du garçon. « Attends-moi deux minutes, je vais chercher quelqu'un qui te raccompagnera en voiture », dit-elle en s'enfonçant comme une vision dans l'obscurité sans limites.

Dino osa enfin boire. Il était assoiffé et, tandis qu'il buvait d'un trait, une sensation de vide malheureux l'envahit, comme s'il constatait soudain qu'une part essentielle de lui-même dont il n'avait cependant jamais eu pleinement conscience venait de lui être dérobée et qu'il serait désormais occupé jusqu'à sa mort à la retrouver. En posant la coupe sur une table basse, il vit la photographie.

Elle montrait un groupe de six personnes en pied, posant devant une dalle de pierre surélevée. Au centre se tenait le chasseur. Immédiatement à sa gauche, un homme âgé prenait appui sur une canne ; il ne regardait pas l'objectif mais son voisin, et une expression admirative et joyeuse éclairait sa physionomie. Dino pensa que cet homme était peut-être le père du chasseur. Mais il n'eut pas le temps de s'interroger davantage car, sans qu'il l'ait entendue revenir, la femme était à nouveau auprès de lui. « Cette photo t'intéresse ? demanda-t-elle. Connais-tu l'un de ces hommes ? » Le garçon hésita puis fit non de la tête. La femme s'était accroupie à côté du fauteuil, devant la table. « Ce sont les gens qui travaillent sur le champ de fouilles, dit-elle. Cette photo a été prise quelques mois après la reprise des travaux. » Puis indiquant l'homme à la canne : « Celui-là, c'est le prince Aldobrandini, un des mécènes les plus généreux d'Italie. Et ici, à gauche, le peintre Jonathan Fairchild. Avant de venir en Toscane, il vivait en Amérique, dans une grande maison de bois ; on raconte qu'un soir d'ivresse, il enferma sa femme dans un réduit et mit le feu à la maison avec l'intention de brûler avec elle. La femme brûla, lui s'en sortit miraculeusement... » Dino attendait que le doigt de la femme s'arrêtât sur le chasseur, mais il glissa plus loin pour s'immobiliser sur un homme énorme aux yeux perçants.

« Et voici le docteur Bembo, tu as peut-être entendu parler de lui, c'est une personnalité à Florence. L'un de ses exploits est resté dans toutes les mémoires : en plein hiver, il a plongé dans l'Arno pour sauver une fillette de la noyade. A cette époque, il était maigre... » Il ne restait plus maintenant que deux hommes en retrait et le chasseur, mais la femme reposa la photographie sur la table. N'y tenant plus, Dino demanda enfin : « Et celui du milieu, le grand... ? » Dada Saltabecca eut un mouvement de tête impatient et ne répondit pas immédiatement. Elle fit mine de reprendre la photo, mais interrompit son geste à mi-course et dit d'un ton las : « Celui-là, petit Étrusque, c'est l'archéologue Thomas Bald. On ne sait pas grand-chose de lui sinon qu'il cherche une mosaïque à Testa di Becco. Il paraît qu'il cherche depuis vingt-cinq ans... »

Elle se rembrunit et le garçon comprit qu'il n'en apprendrait pas davantage. Comme elle gardait les yeux dans le vague, il l'observa à la dérobée, avidement, cherchant à la retrouver telle qu'elle était un instant plus tôt, nue ; mais il n'y parvint pas. Il la sentait à présent terriblement loin de lui, presque aussi loin que si elle n'avait jamais existé. Alors il eut envie de la toucher. Il se pencha en avant, avança sa main vers elle et, à l'instant où ses doigts allaient se refermer doucement sur sa nuque, elle se releva et prononça d'un ton irrévocable : « Viens avec moi, on t'attend dehors. »

Ils parcoururent en sens inverse le dédale des couloirs et des courettes. Dino avait perdu tout sens de l'orientation ; en suivant la femme, il pensait que jamais il ne pourrait sortir tout seul de cette étrange maison. Parvenu au haut de l'escalier de bois, il constata avec étonnement qu'il faisait encore nuit noire. Le bolide garé près de la distillerie vrombissait, quelqu'un se tenait immobile au volant. « Au revoir,

saient la terre à la pelle, Marcello Valverde voyait d'autres silhouettes inclinées sur le sol, à genoux, dans une attitude de prière islamique. Après plusieurs mois de vain labeur, une découverte importante qui confirmait les prévisions de Thomas Bald venait donner une nouvelle orientation aux fouilles. Ayant appris la nouvelle le lendemain de l'événement, le docteur-ingénieur avait aussitôt envoyé à l'archéologue un message de félicitations et à l'équipe plusieurs caisses de champagne. Et puisque cette découverte s'était faite sur l'un de ses terrains, il avait décidé de s'y rendre en personne. Se méprenant sur les intentions de Valverde, le prince Aldobrandini fit remarquer, lorsqu'il apprit cette décision, que celui-ci se montrait beau joueur car si la présence de la villa de Publius dans le sous-sol du terrain vague n'avait été attestée à temps, la municipalité eût pu légalement ordonner la fermeture du chantier. Quand Aldobrandini porta ce jugement favorable, il ignorait que la courtoisie de Valverde allait lui coûter cher.

Le docteur-ingénieur reprit sa marche lente entre le terrain vague et le cimetière de voitures. La vue de ce gigantesque tas de ferraille élevé comme une chaîne alpestre sur plusieurs centaines de mètres le rasséréna. On entassait là les épaves depuis des décennies : lorsque son grand-père posait les premières pierres de l'empire Valverde, ce cimetière existait déjà, en rase campagne à cette époque. Il se développa au fil des ans, subissant des mutations diverses, comme si chaque lustre lui était ce que furent à notre planète en formation les ères du pliocène, du jurassique, du carbonifère, bouleversant les fondements de ses structures géologiques, exerçant des poussées contre ses plissements, élevant puis effondrant des pics abrupts, creusant des vallées ferrugineuses, dessinant peu à peu tout un dédale de tôle, de verre brisé, de chromes dont l'un des éléments parfois bougeait encore dans le vent, ainsi qu'une girouette, une roue suspendue dans le vide qui perpétuait sa giration, un profil aérodynamique qui semblait pourfendre encore l'espace, rappelant qu'en d'autres temps les splendeurs de ces carcasses avaient ébloui les hommes. Dans les couches inférieures de cette géophysique, rouillées jusqu'à la pulvérisation, les plus anciennes épaves constituaient un humus tourbeux où se retrouvait, de loin en loin, la trace à peine discernable d'un élément manufacturé, comme se retrouvent dans la terre les plus vieux ossements humains. Au-dessus, la couleur apparaissait, mais les tôles broyées formaient des blocs compacts où parfois une calandre sans origine précise — mais d'une époque si ancienne que Marcello Valverde était trop jeune pour l'avoir connue — imprimait ses reliefs à la surface du bloc, ainsi qu'un visage pressé contre une vitre. En troisième couche, posées n'importe comment les unes sur les autres, précipitées du haut du ciel après usage, des carrosseries vides, vieux vêtements de l'automobile à présent pareils aux costumes luxueux d'un autre âge retrouvés dans une poubelle, gisaient dans les positions obscènes de la mort, telles des femmes abattues au retour d'une fête et balancées dans un charnier. Plus haut encore, comme pour une exposition morale offerte à la réflexion de tous, les grandes accidentées ouvraient leurs effroyables plaies, exhibaient leurs amputations monstrueuses ; et qui les regardait trop longuement ressentait dans tout son corps le choc du fer contre le fer, la présence des morts aux membres disloqués, et le regard cherchait instinctivement sur la tôle comme dans l'éventration des sièges les morceaux de chair sanguinolents, les giclures de cervelle et les touffes de cheveux collées au métal. En grimpant d'un étage pour atteindre enfin le sommet, zone à la population raréfiée parce que seules les virtuoses équilibristes savaient s'y maintenir, des modèles plus récents se tenaient perchés çà et là, ainsi que des toupies sur leur pointe, déposées presque intactes sur ces crêtes par la fureur délicate d'un cyclone.

Maintenant, Valverde n'accordait plus aucune importance aux chercheurs affairés sur le terrain vague. De père en fils, depuis des générations, l'espace où s'étendait sur plus d'un hectare le cimetière de voitures appartenait aux Valverde ; nul dans la famille ne savait à quand remontait son origine, et peut-être le terreau de base était-il constitué de la poussière des calèches abandonnées ici bien avant l'invention de l'automobile. Quand Giuseppe Savino, secrétaire particulier et confident de Valverde, eut conseillé, après la défaite électorale de son ami Strozzi aux élections municipales et la réouverture du champ de fouilles, de déblayer le cimetière pour y construire l'usine de pneumatiques, il s'entendit répondre catégoriquement : « C'est impossible, Savino. Ce cimetière est intouchable, il nous tient lieu en quelque sorte d'arbre généalogique. Mon grand-père ni mon père n'ont voulu y toucher ; tant que je serai en vie, je défendrai ce lieu comme mon patrimoine le plus précieux. » Et tout de suite après qu'il eut appris la découverte faite sur le champ de fouilles, Valverde dit encore à son secrétaire : « Je me fiche de leurs fouilles et de leur découverte. Si cela ne tenait qu'à moi, je ferais recouvrir Testa di Becco de béton dès demain. Je n'ai nul besoin pour exister de savoir comment baisait et ce que pensait un crétin qui vivait il y a deux mille ans. Je ne suis pas un bourgeois, Giuseppe, mon arrière-arrière-grand-père gardait les vaches, il a eu la chance d'acheter des terrains bien placés, voilà tout. Nous ne possédons pas de galerie des ancêtres, la seule trace tangible de notre histoire est justement ce magnifique tas de ferraille... Chaque fois que je m'y aventure, je suis émerveillé ! Je m'arrête, je regarde attentivement telle carcasse de Chevrolet d'un bleu azur et je me dis : Celle-ci est arrivée quand j'avais quinze ans, j'étais amoureux de la petite Agnelli... Un peu plus loin, très en dessous, couverte d'une croûte de rouille, une Fiat où l'herbe pousse sur le tableau de bord me rappelle le jour de mon huitième anniversaire, quand nous sommes allés chez les cousins d'Imprunetta et que je me suis soûlé au lambrusco... Entre quatorze et dix-sept ans, après la tombée de la nuit, avec Luiggi, Pietro et Bibi, on y emmenait des filles et on faisait des cochonneries sur les sièges moisis d'une vieille Buick. Ah Savino ! sais-tu que pas une des voitures que j'ai possédées n'a fini ailleurs qu'ici ?... »

Valverde parvint enfin au pied du mur de la station d'épuration où butaient les derniers contreforts du cimetière. A contrecœur, il prit la direction du champ de fouilles. L'entrée n'était pas gardée comme à l'ordinaire et il ne vit tout d'abord qu'une femme assise sur un fût de colonne, un gobelet de carton à la main, et qui paraissait s'ennuyer. Fiora Capodilista ne reconnut pas immédiatement le docteur-ingénieur. Au fond de l'excavation, à une profondeur de trois mètres, les hommes buvaient le champage offert par celui-ci et ils ne le virent que lorsqu'il parvint au bord de la fosse. A cause de la caméra qu'il portait en bandoulière, Thomas Bald le prit pour un journaliste. Il allait envoyer quelqu'un le chasser quand il le reconnut. Alors, il tendit ses bras vers lui. « Signore Valverde, bienvenue ! Venez admirer un fragment du portique de la villa de Publius Optatianus Porphyrius ! »

Le docteur-ingénieur répondit par un sourire d'une inexprimable jovialité puis, sans ciller, il considéra obligeamment la petite société réunie dans la fosse pour

fêter la découverte : le docteur Bembo, le prince Aldobrandini, Jonathan Fairchild et deux autres personnages qu'il ne connaissait pas. Il lui vint alors une singulière idée : celle de les photographier... Non tels qu'il
les voyait de haut, mais les uns à côté des autres, en
rang, une traditionnelle photo de groupe, un peu ridicule. « Si on le désire vraiment, Savino, on fait ce qu'on
veut des hommes, même des plus intelligents », dira-t-il
le soir à son secrétaire particulier.

Valverde se dirigea donc vers l'échelle. En passant
devant Fiora Capodilista, il salua, prit la main de la
femme et la porta à ses lèvres. Elle le regarda d'un air
étonné. « Monsieur Valverde, où avez-vous été
éduqué ? Vous devriez savoir qu'on ne baise pas la
main d'une dame en plein air... » Le docteur-ingénieur
la considéra avec indulgence. « Eh oui, chère madame,
pardonnez-moi, je suis un plébéien. Un plébéien qui
pourrait acheter toutes les villas florentines alentour, y
compris la vôtre qui ne vaut pas grand-chose. » Puis il
descendit dans la fosse. Thomas Bald le conduisit
directement devant la fameuse découverte, une pierre
plate dont seule la surface mise au jour portait une
minuscule inscription grecque aux trois quarts effacée.

PUBLIUS OPTATIANUS PORPHYRIUS,
exilé sur cette terre par la volonté de Jovien.
Le soleil a la largeur d'un pied d'homme.

Marcello Valverde ne fit aucun commentaire ; il
recula, prit une photo de l'inscription puis, profitant de
ce qu'il avait son appareil à la main, il proposa de photographier l'assemblée. Il le fit avec tant d'énergique
bonne humeur que nul ne songea à protester quand il
les regroupa, les plaçant d'autorité devant la pierre. Il
pria l'archéologue de prendre place au centre, recula à
nouveau et braqua son objectif.

« Quelle jouissance de les avoir tous à ma merci, Savino ! Tous mes ennemis les plus personnels, et lui au milieu, dans le collimateur !... Je visais Bald, je prenais mon temps, je pensais : D'où viens-tu, qui es-tu, que veux-tu ? Nous avons payé des gens en vain pour nous renseigner sur toi : jusqu'au jour où tu es arrivé chez le prince Aldobrandini, rien, pas une trace. Comme si tu étais né de la guerre ou tombé des nues, tel un archange. Qui t'a conduit jusqu'ici, est-ce la Divine Providence ? Voilà ce que je pensais en les photographiant, Savino, voilà ce que je pense depuis quelques semaines : Bald m'a été envoyé comme une épreuve, peut-être comme un châtiment... Ce n'est pas un ennemi ordinaire, il n'a rien à voir avec ceux dont on se débarrasse pour quelques millions de lires ou à qui l'on fait comprendre, comme à ce pauvre Roberto Capodilista, que l'heure est venue de se retirer du jeu. Non, Thomas Bald n'est pas de cette espèce, pour lui il nous faudra trouver d'autres méthodes. Que peut-on faire contre la Divine Providence, Savino ? Avons-nous un dossier à ce sujet ? Y a-t-il des experts, enseigne-t-on cela à l'université ?... »

Trois fois dans le silence crépusculaire de la fosse retentit le déclic, les six hommes restaient docilement immobiles, engourdis par l'approche du soir. Comme le fit remarquer plus tard Fiora Capodilista qui assistait à la scène du haut du talus, ils évoquaient déjà une photographie, la réalité anticipait dans la lumière déclinante la fixité de la pellicule. « Vous n'auriez jamais dû vous prêter à cette comédie, pas avec cette crapule ! » dit-elle ensuite à Thomas Bald. Quand cette « comédie » s'acheva enfin, ils ne retrouvèrent pas immédiatement leur mobilité, ils restèrent un instant ahuris, posés tout de guingois dans l'espace de la fosse, empêtrés dans leurs ombres qui s'allongeaient de seconde en seconde. La face empourprée, le dos noirci par l'ombre du talus, Thomas Bald tournoya sur lui-même tandis que le photographe rengainait l'appareil dans son étui luisant. Montrant d'un geste un peu las les confins à présent obscurcis de la fouille où la silhouette de Fiora Capodilista repliait contre le ciel la découpe statuaire de son corps penché en avant, l'archéologue dit d'un ton rêveur : « Puisque nous savons maintenant que la villa de Publius est sous nos pieds, avant de nous mettre au travail, nous prendrons quelques jours de repos. » Seul le prince Aldobrandini sentit l'inquiétude contenue dans ces mots et dans le geste vague de son ami qui désignait aussi bien le champ de fouilles, la large avenue périphérique que la station d'épuration et la falaise calcaire où elle prenait appui.

Valverde s'en retourna par le même chemin. Mais, cette fois, il pénétra dans l'enceinte du cimetière — dans la profuse ramure de son arbre généalogique —, foulant des débris de pare-brise, des copeaux de métal, des pièces de moteur. Sur la terre noircie de cambouis, un chrome intact retenait parfois les derniers papillotements du jour. Devant une cabane de planches coincées entre des empilements de pneus, un ouvrier retirait son bleu de travail. Le grutier responsable du concasseur, un vieil homme à la peau cendreuse, salua Valverde d'un infime mouvement de tête.

« Je viendrai demain en fin d'après-midi, je resterai deux ou trois heures, préparez ce qu'il faut », dit le docteur-ingénieur en glissant un billet dans la poche du vieillard. L'homme mâchouillait une allumette. Il ne dit rien, acquiesça d'un autre hochement de tête qui se perpétua longtemps après que Valverde eut disparu de sa vue. Maintenant, les chauves-souris qui, le jour, dormaient dans les épaves fusaient une à une, taillant dans l'air encore tiède leurs estafilades silencieuses.

Quand il retrouva son bureau, Marcello Valverde appela aussitôt le secrétaire et lui demanda de sortir deux dossiers. L'un concernait le lieu-dit Testa di Becco, l'autre un terrain que le docteur-ingénieur hésitait à acheter. Il s'agissait d'une amandaie d'un peu moins de cinq acres, mais le propriétaire en demandait trop cher. « Nous achetons ce terrain, Savino. A n'importe quel prix et le plus vite possible. Nous le revendrons à Valerian Dimitrievitch, moins cher s'il le faut, mais à condition qu'il construise là ce qu'on lui a toujours interdit de construire ailleurs... » Puis Valverde feuilleta le second dossier et, de cet examen, il retira une vive satisfaction. « Le bail que nous avons signé avec Aldobrandini et la Mission archéologique lombarde arrive à échéance dans deux mois. Nous modifierons sensiblement le loyer, je m'arrangerai pour qu'on m'y autorise. »

Par la fenêtre ouverte, il voyait dans la nuit encore pâle les lumières de la ville s'allumer une à une et le fleuve couler de plus en plus profond dans les ténèbres violacées de son lit. Alors il fut saisi d'un calme effroi. Cette eau obscure coulait en lui, il en sentait dans sa bouche le goût limoneux et, sur son visage, un linceul liquide rabattait ses replis froids. Il crut entendre Savino parler, mais le secrétaire était déjà sorti et la voix qui s'adressait maintenant à lui sortait de sa propre bouche.

1968

Les dossiers étaient alignés sur l'étagère par ordre chronologique, une douzaine d'épaisses chemises de carton écornées par d'innombrables manipulations et tachées de traces de doigts. Elle choisit la moins volumineuse, souffla la poussière de la tranche, sortit les feuillets. « Notes de l'architecte Milanion recopiées par les moines de l'abbaye bénédictine de Pomposa en 975, propriété de la bibliothèque du prince Aldobrandini », lut-elle. Debout dans la pénombre poussiéreuse de la pièce, elle poursuivit sa difficile lecture sans songer à s'asseoir, levant parfois les yeux quand un craquement dont l'origine lui échappait retentissait quelque part au tréfonds de la maison abandonnée.

CCCLXXV. « ... La nuit dernière, Publius a de nouveau crié dans son sommeil. Mais je crois qu'il ne dormait pas. Pendant près d'une heure, ses hurlements ont retenti dans la villa. Doris et Délie se sont précipitées, mais il n'a pas bougé. Bien qu'elles soient en ce moment ses esclaves favorites, celles dont il préfère recevoir les consolations de la chair, il ne leur a pas fait signe d'approcher. Couché sur un lit placé à l'extérieur à cause de l'accablante chaleur, allongé sur le dos dans la lueur de la lune, son grand corps sec demeurait parfaitement inerte. De temps à autre, il poussait un long hurlement audible jusqu'au fleuve dans le silence de la nuit. Un démon bouleversait alors son immobilité, le dressait sur sa couche, les yeux grands ouverts, puis le laissait retomber comme un cadavre. Plusieurs fois, m'avouèrent-elles, les deux jeunes esclaves vinrent à lui ; mais, bien qu'elles fussent nues elles aussi, il ne leur accorda aucune attention. Cette indifférence les troubla peut-être davantage que les cris. Si les caresses qui d'ordinaire opéraient des miracles pendant les nuits de terreur ne calmaient plus leur maître, le malheur s'installerait dans la maison. Quand Publius hurla pour la seconde fois, les deux femmes terrorisées battirent en retraite dans l'ombre de la colonnade. Silencieusement, Lycinna était venue les rejoindre. Accablée de tristesse et de pitié pour l'homme qu'elle aime, elle ne tenta cependant pas de l'apaiser. Lycinna est depuis cinq ans la première concubine de Publius. Il l'acheta à Rome pour l'affranchir aussitôt, gagnant par cet acte son absolu dévouement. Il n'est rien qu'elle s'épargnât de faire pour agrémenter son exil et lui rendre la vie supportable en Étrurie comme partout où il se rend. Mais en sa sagesse, elle devine que, désormais, ni amour ni mansuétude ne pourront plus protéger Publius de l'effroi.

« Ce matin, elle m'a accueilli par ces mots : " Je suppose que ces deux petites sottes de Doris et Délie ont fait allusion aux hurlements de Porphyre. Il hurlera encore souvent. Si tu veux l'écouter, je puis ordonner qu'on te prépare une chambre à la villa. Mais ce n'est pas nécessaire : tu finiras par l'entendre de la ville. Du fond des cabarets où je sais que tu te soûles, tu l'entendras encore. " Dans le péristyle, l'artiste sicilien travaillait à genoux, en plein soleil, avec des gestes si rapides qu'on ne voyait point ses doigts déposer les cubes d'or dans le plâtre frais. Depuis un mois, il travaille chaque jour, de la première à la septième heure, sans s'interrompre. L'œuvre prend forme, ce sont de vrais morceaux de soleil qu'il dérobe au ciel pour les poser sur la terre. Chaque fois que je le regarde travailler, je suis tenté de vérifier si, là-haut, l'astre qui lui frappe la nuque ne diminue pas de volume à mesure que ses doigts se meuvent. Il vit à la villa, sans doute a-t-il lui aussi entendu crier Publius. Mais le silence du Sicilien est une autre sorte de cri, et toute la campagne résonne de nos hurlements.

» Souvent je me suis interrogé à propos des plaintes de Publius et de l'écho qu'elles trouvent en moi, avant d'oser le questionner directement. " Il y a tant de sujets d'angoisse aujourd'hui dans l'Empire ! Ceux qui ne hurlent pas dans leur sommeil sont des criminels en puissance ", m'a-t-il répondu. Ce matin, après avoir salué Lycinna, je suis allé inspecter les travaux du temple et l'arrangement du jardin dyonisiaque. Publius m'y attendait. Il regardait pensivement un groupe de paveurs assembler des briques avec une lenteur qui méritait le fouet. Quand ils me virent, ils se mirent à travailler plus vite. "Tu es un homme respecté et craint, Milanion, me dit Publius avec un sourire, tu es toujours plein d'énergie ; pourtant, voici déjà huit ans que tu es à mon service et rien ne se termine. Tu dois aimer ce qui est achevé, or je t'entraîne toujours plus loin vers ce qui n'a pas de fin... " Puis il mé demanda d'énumérer la somme des travaux qu'il reste à entreprendre — non pour que la villa soit enfin achevée, mais simplement pour obtenir une impression de progrès.

— Recouvrement du sol par des dalles de marbre rose.

— Maçonner les portiques du jardin et planter de la vigne vierge.

112

— Surélévation des murs extérieurs et édification de nouvelles enceintes autour du futur temple d'Astarté.

— Achever le temple.

— Achever la mosaïque du péristyle.

» Publius exige que vergers et potagers soient entourés de murs. J'ai attiré son attention sur l'absurdité de se barricader ainsi quand, d'autre part, il paie des messagers de retour d'Orient pour s'enquérir des nouvelles de l'Empire. Cette réflexion l'a chagriné. " Une part de moi-même court encore le monde, Milanion, il est impossible de l'enfermer. C'est pour l'autre part que je veux des murs. " Hier, Publius a reçu un courrier, les deux hommes sont restés plus d'une heure ensemble. " Il se passe aux frontières d'Orient des événements terribles, me confia-t-il après son départ. Des cohortes de Barbares venues de Scythie ont repoussé les Goths jusqu'au Danube. Le vieil Hermanric qui se croyait tranquille jusqu'à la fin de ses jours a demandé à l'empereur le droit de franchir le fleuve pour trouver refuge chez nous. Tout son peuple est rassemblé sur la berge, environ deux cents milliers d'hommes et de femmes tremblant de peur devant cette multitude inconnue qui veut les anéantir. Ils demandent l'autorisation de cultiver les déserts de Thrace, ils s'engagent à respecter nos lois, à défendre nos frontières. Valens a accepté à condition qu'ils déposent leurs armes avant de traverser le Danube. Quelle folie ! Il paraît qu'une foule de vaisseaux, de canots et de barques sont passés et repassés pendant des jours et des nuits d'une rive à l'autre pour amener sur nos terres ceux qui furent toujours nos pires ennemis. Mais sais-tu ce qui est arrivé ensuite, Milanion ? Les gouverneurs militaires Maxime et Lucipinus — je les connais bien, ils trahirent successivement Julien, Valentinien et maintenant Valens, des

113

hommes prêts à tout pour le moindre profit — revendirent aux Goths les armes qu'ils leur avaient commandé de déposer. Entre-temps, Saphrax et Alatheus demandèrent à leur tour refuge à l'empereur. Aujourd'hui, Goths et Ostrogoths sont plus d'un million en Thrace, tout armés, sur une terre si pauvre qu'elle ne peut nourrir plus de vingt mille personnes. Il y a de quoi hurler la nuit, Milanion... "

» Voilà ce que conta le courrier venu d'Orient à Publius Optatianus Porphyrius. Moi, Milanion, je suis un bâtisseur ; je ne crois pas pouvoir être autre chose qu'un bâtisseur, quelqu'un qui élève des demeures pour les hommes et pour les dieux, des lieux où ils vont prier, vivre, aimer, se reproduire, se nourrir, déféquer, se distraire l'esprit et mourir. Comme Publius, je n'ai pas adopté la religion chrétienne ; je ne l'adopterai jamais car je la méprise. Je n'ai pas honte de l'écrire aujourd'hui : je méprise l'Empire comme toute forme d'État, la République, ses inconsistantes figures humaines manipulées par des bandits et qui constituent les différentes couches de notre société, ici comme en Orient. Quand Publius me confia la teneur des nouvelles que le messager de Constantinople apportait, je lui dis : " Il y a quelque chose en vous qui criait déjà avant votre naissance. Ce ne sont pas les Barbares installés en Thrace, ni ceux qui déferlent vers nos frontières qui vous font hurler la nuit, mais la persistance d'une très ancienne peur. " D'autres figures grimaçantes, barbouillées de sang séché, d'autres corps vêtus de peaux d'ours et de cuir clouté occupent l'esprit de Publius.

» Nous fîmes le tour du jardin dyonisiaque, un rectangle de terre encore stérile retournée dans la canicule par des esclaves ruisselant de sueur, puis nous rejoignîmes le temple. Je n'eus pas le courage de confier à

ments, des camps militaires réduits en poussière de bois, juste identifiables par leurs autels, des portions de villas, des fragments de temples où les divinités de deux ou trois religions différentes furent adorées, tout cela superposé, empilé comme du temps humain pétrifié sous la terre dans un lieu que l'Histoire, pour des raisons parfois obscures, a reconnu magique, bienfaisant ou stratégique à n'importe quelle phase de son évolution. Puis un jour, après des années de tâtonnements précautionneux pour déliter strate par strate ce palimpseste, réanimer ces cultures ensevelies — ce qui nous occupe ici —, on touche le fond. Le fond est très difficilement acceptable. Dans la plupart des cas, nous refusons d'admettre que là-dessous, plus rien ne gît. Ou très exactement, que rien ne gît encore. Parcourue à rebours, l'histoire de l'homme s'achève à son origine. Au-delà règnent la noirceur et le silence du cœur de la pierre, le mystère du temps géologique, le minerai précieux dans sa gangue de matière vile, une flamme du feu de l'univers dans son reliquaire de roche. Jusque-là, nous évoluons dans le concret, le palpable — ce feu peut détruire des villes entières qu'on exhumera ensuite, on peut recevoir sur la tête un morceau d'architrave ou, comme Benson à Baalbek, être tué par la chute d'une vestale —, mais quand on fouille les mémoires, les annales, les édits, ce qui constitue l'histoire écrite d'un groupe humain ou d'un individu, on se heurte à de tout autres difficultés, cela n'a jamais de fond, jamais de fin. Vous croyez avoir tout lu, compilé les excrétions écrites d'une ethnie, d'une civilisation, d'un empire ou même d'un seul individu avec ses œuvres, celles de ses biographes, sa correspondance, les témoignages qui le concernent, etc., et vous voici sans cesse renvoyé à d'autres sources, à d'autres interprétations. Bientôt, le personnage étudié évolue sous vos yeux telle une statue sur un socle tournant, métamorphosé à chaque séquence de sa ronde par des éclairages sans cesse mobiles, en sorte que seule l'atemporelle lumière du zénith vous permettrait de le connaître absolument. Mais alors, il aurait perdu tout intérêt... »

Dino pénétra sans rencontrer d'obstacle dans l'enceinte du champ de fouilles, s'approcha de l'excavation — cette excavation qui s'approfondissait de jour en jour, dont il avait fallu coffrer les bords afin d'empêcher la terre de glisser — et, pour mieux entendre les paroles du chasseur qui demeurait invisible, il avança sur la pointe des pieds. Quand il eut atteint la fouille, il s'assit comme sur le gradin d'un théâtre, sans plus craindre d'être surpris. On ne voyait pas âme qui vive en surface, les membres de l'équipe avaient pour la plupart quitté le chantier. Au-dessous du garçon, à quelques mètres de profondeur, le chasseur se tenait accroupi dans la poussière. Il tenait dans ses mains ouvertes une matière brillante et sombre, un mélange à la fois terreux et scintillant. Les deux seules personnes restées avec lui dans la fosse s'étaient approchées et regardaient avec une stupeur respectueuse ce que l'archéologue leur montrait. Il parlait depuis quelques instants sans s'adresser à quiconque en particulier, d'une voix qui n'était pas la sienne mais celle de qui a mené un trop long combat pour se réjouir de la victoire. Cependant, ses yeux brillaient d'un éclat triomphant. Quand il eut achevé son soliloque, il laissa retomber dans la cavité fraîchement ouverte le contenu de ses mains : sous une couche de terre plus meuble que le terrain originel, il venait de découvrir plusieurs centaines de petits cubes en terre cuite et en smalt, réserve probable de l'artiste sicilien engagé par le poète Publius Optatianus Porphyrius.

Pendant le silence qui suivit ses paroles, comme son regard s'élevait et rencontrait celui de Dino toujours assis au bord de la fosse, le garçon pensa que la fin du monde était venue. Une douce fin où tout allait s'abîmer dans *l'atemporelle lumière du zénith,* vertigineusement tomber dans le vide stellaire tout retentissant maintenant d'une sonore pluie d'astres : l'appel des cloches à l'Angélus. Dino ferma les yeux et attendit. Florence apparut soudain devant lui, telle qu'on la voit de San Miniato, des boules de cuivre roulaient sur ses toits, de hautes flammes bleues jaillissaient des clochers et le bras du chasseur, sortant des nuées, brandissait sur la ville de silencieux éclairs. Il vit une porte ouverte dans le ciel que poussait un enfant lumineux, un homme venait à lui sur une mer de verre, chevauchant un bolide cabré comme un pur-sang, il traînait dans sa course un pan du firmament d'où pleuvaient les étoiles comme figues dans le vent. Alors surgit une grande multitude cheminant tête basse, conduite par une femme qui allait s'appuyant sur le manche d'un balai, ses cheveux huileux serrés par un fichu et qui, chaque dix pas, s'arrêtait pour hurler : « Pourquoi n'es-tu pas allé à l'école aujourd'hui ? » Avec consternation et horreur, Dino reconnut sa mère. Puis il vit l'Arno qui coulait de tout le feu des rues déversé dans son cours et, franchissant les limites du visible, sa vue se porta très au loin, en amont du temps, vers des amas d'orages, se posa sur une aire herbue que le rayon d'une gloire blanchissait de lumière. Il vit là une maisonnette rose et un onagre attaché à un if. Puis il rouvrit les yeux, son regard rencontra à nouveau celui du chasseur, un regard intrigué et bienveillant.

Se baissant, Thomas Bald prit deux cubes, l'un de smalt, l'autre de terre cuite, qu'il dépoussiéra contre son pantalon pour les lancer au garçon. « Prends ça !

Un morceau de soleil et un morceau de ciel. Garde-les précieusement. Comment t'appelles-tu ? »

Dino examina attentivement les deux cubes auxquels le chasseur semblait accorder tant d'importance ; de son index mouillé de salive, il en nettoya la face polie, la ternissure se dissipa un instant comme un brouillard, le bleu du smalt et l'or de la terre cuite recouvrèrent un peu de leur éclat avant de s'amatir et de s'éteindre à mesure que séchait la salive. L'archéologue lui fit signe de descendre les rejoindre, l'ombre emplissait peu à peu l'excavation. Quand il parvint au pied de l'échelle, le garçon sentit stagner dans la chaleur condensée du jour les effluves de sueur et de tabac que les hommes dégageaient par bouffées âpres. « Dans la plupart des mythes solaires intervient un enfant, fils du dieu Soleil venu sur la terre pour apporter le feu aux hommes... », expliquait Thomas Bald. Les cloches sonnaient comme jamais Dino ne les avait entendues sonner, comme si les sons éparpillés de tous les clochers de la ville — et ceux, plus graves, de la nouvelle église que les habitants de Peretola appelaient Notre-Dame du Béton — saisis dans une rafale de vent ruisselaient sur eux à verse. Il fit un pas en avant vers les trois hommes qui le regardaient avec amusement et, tout soudain, il eut une nouvelle vision. Au-dessus de lui, dans le jour pâle, se dressait à nouveau la silhouette de Dada Saltabecca telle qu'elle lui était apparue à la pleine lune. Mais rien ne pouvait plus l'étonner car il baignait en plein miracle. Il remarqua cependant très vite que la femme surgie au bord de la fouille, bien qu'elle fût belle, elle aussi, n'avait rien de commun avec la Vénus des garages. Levant les yeux sur elle, il espéra qu'un souffle soulèverait un peu sa robe, juste le temps de voir ses jambes. Alors il entendit le rire du chasseur. « Mme Capodilista te plaît ? Elle a presque l'âge de ta grand-mère... Allons, il y a des choses plus intéressantes à regarder. Ici, nous sommes dans la salle à manger de la villa d'un homme qui fut assassiné près de là, au bord de l'Arno, en 387. Je t'expliquerai pourquoi et en quelles circonstances, si cela t'intéresse. Regarde : la villa est orientée est-ouest. Devant nous se trouve l'atrium, le cœur de la maison ; plus loin, le péristyle et, dans ce péristyle, se trouve une mosaïque. Tu te demandes comment nous savons tout cela, hein ?... »

Approuvant machinalement de la tête, Dino regardait autour de lui et ne reconnaissait rien qui ressemblât de près ou de loin à une maison ; ce paysage aux reliefs à peine discernables lui demeurait inintelligible. Il constatait seulement que là où le chasseur venait de lui désigner l'emplacement de l'atrium et du péristyle se dressait une paroi de terre : la fouille s'arrêtait là, quelques mètres à peine avant l'avenue, et de l'autre côté, dans les bassins cylindriques de la station d'épuration, d'énormes pales brassaient silencieusement les eaux usées. La voix de la femme retentit du haut de l'excavation, tendre et autoritaire. « Mettez votre chemise, Bald, vous allez prendre froid ! » Le garçon regarda successivement le buste nu et poussiéreux du chasseur, puis la femme dont les cheveux voletaient autour du visage. Une brise qui venait de se lever plaquait sa robe contre son corps mais, dans la fosse, pas un souffle d'air ne s'engouffrait. Aussi semblait-elle immobilisée sur le pont d'un bateau, en pleine mer, tandis qu'eux croupissaient dans la soute. Ayant jeté une bâche sur les cubes de terre cuite et de smalt, les deux hommes sortaient de la fouille. « Si l'on creusait davantage ici même, on trouverait les fondations d'une autre villa, étrusque celle-là », dit Thomas Bald. Instinctivement, le garçon regarda le sol à ses pieds. Il entendait la voix douce de la Vénus des garages l'appeler « petit Étrusque », et il pensa à la photographie prise par Marcello Valverde. A nouveau, Fiora Capodilista cria à Bald d'enfiler sa chemise, mais il ne lui prêta pas davantage attention. « Cela ne te dit rien parce que tu ne possèdes pas les notions élémentaires, poursuivit l'archéologue en désignant l'ensemble de la fouille. C'est pareil pour tout ce qu'il y a dans le monde et que tu côtoies chaque jour : tu vis entouré de choses familières et pourtant complètement inconnues. Quand tu marches dans une prairie, tu ignores sur quelles centaines d'espèces différentes d'herbes tu poses les pieds, et ainsi de suite... »

Le chasseur se tut et ne parut pas disposé à parler davantage. Ils sortirent de la fosse et, après avoir salué timidement, Dino quitta le champ de fouilles. Avant qu'il ne franchisse la porte, l'archéologue lui lança cependant : « Reviens quand tu veux, tu es le bienvenu ! » Ainsi se passa la première rencontre de Thomas Bald et de Dino Stranieri.

Le garçon revint le lendemain à Testa di Becco. L'équipe mettait au jour le dallage de l'atrium toscan construit par l'architecte Milanion, dallage de céramique presque entièrement réduit en poudre par le temps. Une dizaine d'hommes travaillaient aux confins de la fouille, dégageant puis époussetant chaque débris qu'ils remettaient à sa place dans l'ordre du quadrillage après l'avoir numéroté. « Maintenant, il faudra creuser dans cette direction », dit Thomas Bald à Dino qui éleva les yeux sur la cheminée de la station d'épuration. Le chasseur lui expliqua à nouveau la topographie des lieux antiques. S'il ne discernait toujours rien de reconnaissable, le garçon avait un tel désir de voir et de comprendre que des notions informes commençaient à affleurer dans son esprit ; du chaos terreux des fouilles, des linéaments de nature confuse le conduisaient, par de tortueux méandres, à ceux qui avaient vécu là deux

121

mille ans plus tôt. Quand il se retrouva à nouveau hors de la fouille, que sa vue s'étendit sur l'ensemble des vestiges, les descriptions patientes du chasseur prirent un sens, se superposèrent au vague dessin qu'il avait devant lui. Cette impression se précisa les jours suivants — car désormais Dino, que l'on voyait apparaître chaque fin d'après-midi, devint un familier du champ de fouilles — mais il ne savait pas vraiment s'il commençait de comprendre ou s'il se mettait à inventer.

A la mi-octobre, un délégué de la Mission archéologique lombarde vint assister à l'évolution des recherches et le chasseur eut souvent avec lui des discussions orageuses. Une bâche immense que l'on avait tendue sur une partie de l'excavation forma une poche d'eau et creva. On dressa alors des avant-toits de tôle pour protéger certains points de fouille mais, bientôt, les pluies devinrent diluviennes, la villa de Publius ne fut plus qu'un cloaque où les hommes pataugeaient jusqu'aux mollets. Il fallut songer à interrompre les travaux pendant les mois d'hiver. Thomas Bald devint taciturne. Un jour où la pluie et le froid les avaient chassés dans le baraquement, après bien des hésitations il demanda à Dino s'il souhaitait en apprendre davantage au sujet de Publius. Il venait d'achever la traduction de plusieurs écrits du poète antiochien et, par un curieux caprice, il eût aimé que le garçon lût quelques-uns des plus importants d'entre eux. Une fin d'après-midi du mois de novembre, il le prit sur sa moto, l'emmena à la villa Strizzi. « J'ai l'intention d'enregistrer tout ce que j'ai écrit concernant Publius, tout ce que lui-même a écrit pendant son exil et les textes qui le concernent, dit-il. Ce sera une sorte de récapitulation et de mise au point. » Afin de vérifier si Dino s'intéressait au sujet autant qu'il l'affirmait, et pour qu'il se familiarisât avec l'époque et les personnages, il lui donna de courts extraits de chroniques, d'annales rédigées au début du règne de Théodose ainsi que des passages de la *Vie de Julien*.

Et le garçon se mit à lire. Il pleuvait à verse, la pointe des cyprès disparaissait dans la brume ; installé devant la fenêtre, Dino levait parfois le nez de la feuille, faisait une courte pause et regardait le jardin trempé, le toit luisant de la villa Strizzi dont la beauté déjà hivernale s'épurait toujours plus sous le ciel bas. Le reste du monde avait disparu derrière de lourds panneaux de pluie.

1968

Elle plaça la bande sur le magnétophone et resta debout, les mains appuyées à la table, attendant une fois encore que retentisse la voix limpide du garçon — cette voix qui Dieu sait pourquoi lui indiquait de plus en plus précisément le chemin d'une solitude inviolable. Tandis qu'elle écoutait les confidences séculaires qu'un homme mort depuis deux millénaires adressait à un autre mort par l'intermédiaire d'un adolescent d'aujourd'hui, il lui semblait s'introduire clandestinement, avec pour ces êtres la sympathie que l'habitude avait fait naître, dans un domaine d'où l'on n'a plus aucun désir de s'en aller. La voix la transportait si loin que, lorsqu'elle s'interrompait parce que la bande était entièrement dévidée, elle se trouvait comme dans un tombeau familier où elle gisait depuis toujours, consciente et étrangère, parmi l'obscurité peuplée de la pensée des morts. Et la perspective de retrouver l'agitation des vivants — c'est-à-dire de quitter cette chambre où elle venait presque chaque jour écouter la voix du garçon — la terrorisait, lui faisait horreur.

anxieux, je me trouvai devant une superbe chatte grise au pelage somptueux. Couchée sur le flanc, elle me regardait cependant sans peur, ses yeux jaunes brillaient d'une volupté implorante. Alors, une culpabilité terrible m'étreignit. Mon impuissance à réparer le mal que je venais de faire me devint insupportable et, avec une ferveur désespérée, j'implorais mentalement le pardon de ma victime. Car cette chatte atteinte mortellement était la femme que j'aimais. Je décidai de l'achever mais, au lieu d'utiliser mon arc, je taillai un bâton et me mis à la frapper de toutes mes forces. Tandis que je frappais, elle se mit à parler. Elle ne m'adressait aucun reproche, au contraire, elle réclamait davantage de coups, des coups toujours plus violents en me priant : " Frappe ! frappe ! tire de moi en me frappant autant de plaisir que m'en donnent tes coups. " Je sentais qu'elle mourait, mais pas assez vite cependant. En sanglotant, je redoublais de sauvagerie, je frappais à mort ce que j'aimais le plus au monde. Et soudain, je compris mon impuissance à l'achever comme à la maintenir en vie : mes coups ne la tuaient pas, ils l'éloignaient seulement de moi. Je me suis réveillé. Je voyais entre les toitures du péristyle cette large chaussée astrale qui traverse le firmament d'un horizon à l'autre et dont la vue, parfois, nous porte avec exaltation au seuil de la plénitude : il s'en dégageait une tristesse mortelle. Je me trouvais seul au cœur de ma villa, abandonné de ceux que je chérissais, à qui je n'avais su dispenser assez d'amour et qu'il me semblait avoir tués un à un de ma main. Ceux qui restaient m'étaient indifférents, je vivais dans un monde vide de tendresse, sans aucun espoir de le voir s'emplir à nouveau pour moi des bienfaits nécessaires au cœur de l'homme. La gorge serrée, je ne pouvais pas pleurer, j'entendais encore la prière de la chatte. Puis, au sein de cette solitude, de cette tristesse effroyable, je me mis à crier. On vint. Je me recouchai et fis semblant de dormir. Je songeais : Que resterait-il de nos actes primordiaux si de tels rêves ne les débarrassaient parfois des voiles dont la mémoire ordinaire les recouvre, si les ténébreuses fantaisies de nos songes ne plaquaient de temps à autre sur le visage d'une femme celui d'un animal abattu par nos flèches ? Après le meurtre de Cynthie Cillix, j'aurais dû me tuer, Oribase. Il m'arrive trop souvent aujourd'hui d'être sans estime pour moi-même parce que je ne l'ai pas fait.

» Chaque fois que je tuais un ennemi sur un champ de bataille — pour me défendre uniquement, j'étais chroniqueur des armées et non soldat —, je souhaitais qu'une telle occurrence me soit un jour offerte en des circonstances différentes. Tu as combattu, tu as tué, toi aussi ; je ne sais si, comme moi, tu fus déçu puis stupéfié par la facilité, par l'insignifiance de cet acte : enfoncer un glaive pour la première fois dans la poitrine d'un homme... Mieux que toute réflexion sur la vie et la mort, cela me hanta et me hante encore : cette facilité. Des nuits durant, en rêve, je plantais mon épée, fouaillais de ma lame un tissu humain amorphe avec l'espoir qu'un phénomène extraordinaire se produirait. Il ne se produisit rien. Rien de plus que si j'enfonçais ma lame dans l'eau. Je n'atteignais pas l'homme bien que le tuant, il ne m'offrait de lui que matière, sa vie en s'éteignant dans les profondeurs troublées de son regard me demeurait inaccessible. La vie d'autrui ne venait pas à moi. Cette impression devint si forte qu'un jour, en pleine bataille, j'acquis la conviction que les morts même me fuyaient. Alors que l'on s'entre-tuait autour de moi, je restai bras ballants devant le cadavre de ma dernière victime, me répétant : ainsi, telle est devenue ta solitude mentale que tu cherches jusque

127

dans la mort une présence amie qui viendrait te distraire... Je pris la décision de ne plus tuer de soldats
ennemis, quoi qu'il advînt. Des années plus tard, pendant la campagne de Perse, peu de jours avant la mort
de Julien, je travaillais dans ma tente quand une troupe
de cavaliers attaqua notre campement. Bien que la
bataille fît rage au-dehors, je ne bougeai pas. Puis un
guerrier perse fit irruption. Je ne lâchai pas mon style, il
resta un instant dérouté par mon air impassible. Il élevait lentement son javelot sans me quitter des yeux, ce
geste qui allait m'anéantir semblait indépendant de sa
volonté. Je lui souris. A vrai dire, je ne pensais à rien,
sinon que je n'étais plus seul. Pendant ces quelques
secondes de face à face, Oribase — et pendant celles
qui précédèrent immédiatement la mort de Cynthie —,
je cessai d'être seul. Puis il se passa un événement ridicule : bousculée par les chevaux, la tente croula sur
nous. Quand je sortis de ses replis, les cavaliers perses
battaient en retraite. Cherchant à reconnaître parmi eux
l'homme qui allait m'abattre, je le vis enfin, mais à
quelques pas de moi. En tombant, il s'était enfoncé
dans la gorge la pointe de son javelot...

» J'ai tué Cynthie Cillix d'un coup de dague, dans un
bois de pins près de Daphné, au bord de l'Oronte. Je ne
crois pas que quiconque me soupçonna jamais car
notre brève liaison demeura secrète. Je ne l'égorgeai
point, comme je l'avais prévu, car au dernier moment
elle me fit une confidence qui détourna mon geste.
Nous nous touchions presque quand je la frappai à la
poitrine. Je la maintins pressée contre moi pendant son
agonie, je la soutins jusqu'au bout, ses pieds ne touchaient pas terre, je la portai par le manche du poi-
gnard fiché entre les côtes, un bras passé derrière ses
reins. Elle ne semblait pas comprendre ce qu'il lui arrivait, je ne crois pas qu'elle souffrit beaucoup. Par-

dessus son épaule, je voyais voleter les mouches dans l'ombre clairsemée des pins ; bien qu'il fît encore froid et clair comme à la fin de l'hiver, la nature sortait de son engourdissement. Je venais de tuer une femme que j'aimais avec passion, je venais de tuer toute possibilité d'amour en moi. Ensuite, je creusai tant bien que mal une tombe à proximité — tu la retrouverais facilement, elle se trouve non loin de ce petit temple d'Apollon que les chrétiens utilisaient comme chapelle et que Julien restitua au vieux prêtre Hécébole. Puis je regagnai Antioche. Les gardes de Jovien me cherchaient depuis trois jours, ils me trouvèrent dans une taverne où je m'arrangeai pour que ma présence soit remarquée. La sentence de l'exil tomba le lendemain et, quelques jours après, je partais pour l'Étrurie.

» Pendant trois ans, Oribase, nous nous sommes rencontrés presque quotidiennement et, cependant, tu ne sais rien de moi, je ne sais rien de toi. Nous débattîmes bien souvent de problèmes généraux, de politique, d'art, de philosophie, nous cachions sous la trame des idées l'impossibilité de nous connaître vraiment. La honte de notre faiblesse comme de notre petitesse nous interdisait de nous révéler les uns aux autres autrement que revêtus de nos prestiges publics et parés de notre sagesse d'emprunt. J'ai connu Cynthie Cillix quelques mois avant l'expédition de Perse. Au moment où tu me croyais entièrement occupé à tenter de dissuader Julien de mener cette campagne, je m'abandonnais pour la première fois depuis huit ans à une passion totale. Je savais que Julien ne renoncerait pas à attaquer Sapor, j'avais la conviction que nous ne rentrerions pas vivants de Perse. Cette perspective me donnait une vigueur amoureuse inconnue jusqu'alors. Cynthie m'informa qu'elle souhaitait se convertir au paganisme, adopter la religion de l'homme qu'elle aimait ; je n'en voyais pas la nécessité, son christianisme ne me posait aucun problème tant que notre liaison demeurait secrète. Mais j'interprétai cette volonté comme une preuve d'amour absolu. Nous étions en pleine folie, nous nous jetions l'un contre l'autre des nuits entières dans une petite baraque isolée où nous pouvions crier de plaisir sans retenue. Le jour, je retrouvais la mine grave du hiérophante. Comment un individu qui en aime un autre passionnément peut-il le trahir, Oribase ? Comment l'idée de la trahison peut-elle germer dans son esprit, puis parcourir le chemin qui le conduira à l'action ? Quand je chasse ou que je rêvasse dans l'atrium, quand les visages de Lycinna, de Doris ou de Délie se penchent sur moi, quand je bois, quand je mange, je me demande : pourquoi Cynthie m'a-t-elle trahi ? Je trouve alors maintes explications rationnelles mais qui le sont trop pour être plausibles.

» Au retour de la campagne de Perse, après les obsèques de Julien, je revins à Antioche où tu te trouvais aussi. Tu t'apprêtais à fuir les sévices des chrétiens, je commençais à écrire ma *Vie de Julien*, tandis que toute la ville ripaillait, se réjouissait, que les églises retentissaient des actions de grâces. Cynthie m'accueillit avec ferveur, nous retrouvâmes la petite baraque isolée et nos cris fusèrent à nouveau : les mêmes cris, la même passion. Puis, un jour, elle exigea que je me convertisse publiquement au christianisme afin de l'épouser chrétiennement. Cela se passait la veille de ton départ, Oribase ; le soir même, si tu t'en souviens, nous discutâmes longuement de l'expérience que nous avions vécue pendant ces cinq dernières années. Nous émergions avec effroi de ce rêve idéal qu'une fraction de l'humanité poursuit depuis toujours et continuera de poursuivre ; mais, pendant notre sommeil, le monde éveillé que nous refusions et que nous avions en partie oublié perpétuait son inexorable bataille. Tu observas amèrement que nous nous étions trompés de rêve, erreur pour nous fatale ; mais tu oubliais, dans ta déception, qu'il existe une sagesse séparée de tout. Le lendemain matin, Himère, qui s'apprêtait à partir lui aussi, vint me prévenir que la fille du commerçant Istacidius Cillix m'avait trahi en signalant à Grégoire de Naziance ma présence dans la ville. Quelle passion, Oribase ! Quel amour ! L'après-midi du même jour, j'évitai de peu les patrouilles venues m'arrêter. Je décidai de tuer Cynthie.

» Pour les chrétiens, la vengeance est une faute grave. Je la tiens pour une erreur parce qu'elle est aussi logique que passionnelle ; ce qui se réfère à la logique et à la passion doit être considéré avec la plus grande suspicion, car les passions les plus meurtrières ont une implacable logique. En tuant Cynthie, je commis à la fois un meurtre et une erreur. L'eussé-je épargnée, sans doute l'aurais-je oubliée aujourd'hui ; un amour mort a plus de constance qu'un amour vivant. Il me fallait t'en parler, Oribase, parce que depuis le jour où j'ai porté Cynthie en terre, voici maintenant plus de vingt ans, je me méfie de chacune de mes pensées, de chacun de mes actes ; de la façon même dont je remue les doigts, je me défie. Je me méfie quand je m'assieds, quand je lis, mon sommeil est un soupçon constant et j'ai contre l'activité de mon esprit des préventions infinies. Si je me suis résolu naguère à accomplir l'acte insupportablement médiocre de tuer une femme par vengeance, cela signifie aussi que, d'un instant à l'autre, mon intelligence pourrait m'abandonner et me faire penser comme la majorité des hommes.

» Le souvenir de cette morte couchée là-bas, dans le bois d'Apollon, m'obsède. A chaque heure du jour, j'ai sous les yeux sa tombe précaire, ce lointain tas de pierres d'où, me semble-t-il, une présence délivrée du

1965

Le vent d'est soufflait sans discontinuer depuis trois jours, des pluies torrentielles s'étaient abattues, les contraignant à lutter tant bien que mal contre les fuites de la toiture. Les infiltrations dessinaient aux plafonds des salons de sales taches grisâtres d'où suintait une eau couleur d'urine, une eau qui sourdait irrégulièrement, tantôt en ruissellements, tantôt goutte à goutte, avec une lenteur si exaspérante qu'on en guettait du coin de l'œil le morne roulement lacrymal le long des pilastres. Totalement occupés à cette bataille désespérée contre la dégradation de la villa, ils n'avaient pas entendu le bruit des tronçonneuses au bas du parc. Il faisait froid dans toute la maison, mais Fiora Capodilista n'ayant pu payer la dernière facture de l'hiver précédent, le marchand de mazout avait refusé de livrer, la citerne était vide et l'on ne disposait pas à la villa Strizzi d'un réseau au voltage assez puissant pour multiplier les radiateurs électriques. Il se passait cependant un phénomène singulier dont la femme ne voulait tenir aucun compte, qu'elle refusait de considérer : l'aile gauche de la villa, les chambres mortes, était presque entièrement épargnée par l'humidité.

Maintenant, après maintes tergiversations, Thomas Bald s'était enfin décidé à monter sur le toit pour examiner l'état des tuiles. Fiora, qui assistait de l'extérieur à sa progression le long du faîte, le vit demeurer un long moment immobile sous la pluie battante, tourné du côté de l'Arno, comme si quelque stupéfiant spectacle l'avait pétrifié sur place. La tête rentrée dans les épaules, le dos ployé, il enjamba précautionneusement les tuiles du faîtage, passa sur l'autre versant. La femme aperçut encore un instant sa chevelure hirsute et sa barbe trempée qui lui rappelèrent les titans des fontaines du château de Heilbronn, puis il disparut entièrement de sa vue, comme happé par la toiture. Prise d'une soudaine panique, elle ferma son parapluie et contourna la villa en courant. Elle trouva Bald assis à mi-pente, près d'une cheminée. Il regardait toujours obstinément dans la même direction, indifférent à la pluie que des nuées basses déversaient à présent avec une régularité crépitante dans le miroir d'eau. Fiora Capodilista fit dans sa direction un geste agacé. « Que faites-vous ? Redescendez ! » cria-t-elle. Tendant son bras vers la vallée, il lui indiqua quelque chose d'invisible au-delà des murs, dans les fuligineuses vapeurs qui remontaient la colline tel un troupeau de monstres incorporels. Avec répugnance, la femme avança jusqu'au milieu de la pelouse gorgée d'eau, se haussa sur la pointe des pieds. Son regard rencontra, dans le mur du parc, la petite porte de fer rouillé qui ouvrait sur le chemin communal et l'amandaie. Alors, enfin, elle entendit le bruit des tronçonneuses.

Dans un mouvement d'incompréhension, elle se tourna vers la villa Strizzi, mais il n'y avait plus personne sur le toit. Quelques instants après — quelques instants où elle resta sans réaction car elle voyait devant elle, ainsi qu'il lui était toujours apparu depuis la fenêtre de sa chambre à coucher, en plein soleil de mai, le bois d'amandiers en fleur tout bourdonnant d'insectes —, Thomas Bald apparut et, sans un mot, l'entraîna en bas du parc. La porte de fer était verrouillée. « S'ils font ça, je les tue !... » murmura Fiora Capodilista en tentant de forcer la serrure que Bald fit sauter d'un coup de pierre. La femme se rua sur le chemin communal transformé en torrent, elle s'arrêta d'un bloc face aux trois hommes qui se redressèrent mollement, demeurèrent un instant ahuris par cette apparition, luisants de pluie dans leurs cirés jaunes, le doigt encore raidi sur la gâchette de l'engin dont la lame tournait en hurlant dans le vide. « Je les tue ! » répéta Fiora Capodilista entre ses dents. Ils ne l'entendirent pas, saluèrent à peine et se remirent au travail.

Une grande partie du verger avait été sciée, les arbres abattus gisaient pêle-mêle, ceux qui étaient encore debout tombaient très vite les uns sur les autres. Enfoncée jusqu'aux mollets dans la boue rouge du chemin, la femme s'était mise à sangloter comme une enfant. Le bois d'amandiers étalait au flanc de la colline une longue et large terrasse que divisait un coupe-vent de cyprès plantés serrés dont les silhouettes élevaient maintenant, dans le bruit déchirant des tronçonneuses, leur silencieuse indifférence. Les hommes travaillaient vite, talonnés par deux bulldozers qui déracinaient les souches, rejetaient les frêles grumes sur le côté du terrain, ne laissant derrière eux qu'un bourbier labouré par les chenilles et, fiché en bordure de route, un grand panneau blanc où Fiora Capodilista et Thomas Bald lurent :

Construction de la porcherie industrielle
Valerian Dimitrievitch & Cie.
Entrepreneur : Maria Galloni.
Permis de construire n° 04.83352
Fin des travaux : avril 1966.

« Je les tue, je les tue !... » Au-dessus du panneau, on
voyait en partie le toit de la villa Strizzi, seule surface
de couleur dans l'absolue grisaille et que semblait frôler
un souvenir de clarté chue d'un très ancien azur.
« Beaucoup de tuiles sont cassées, il faudra absolument
les remplacer », dit l'archéologue en haussant la voix
pour couvrir le tintamarre des moteurs. Fiora ne pouvait détacher son regard du panneau. Elle lisait et reli-
sait comme une litanie ces cinq lignes sans plus songer
à s'abriter de la pluie, en sorte que Bald dut l'arracher à
son obnubilation, l'emmener de force vers la petite
porte de fer qu'ils franchirent sans se retourner pour
remonter lentement la pelouse. A plusieurs reprises, la
femme s'arrêta, immobilisée soudain par une réflexion
abyssale ; l'archéologue qui la tenait fermement par le
bras la sentait devenir étrangère à tout, s'éloigner de
plus en plus tandis qu'il ne guidait vers la maison qu'un
être inhabité et docile.

Ainsi se produisit dans son esprit comme un violent
raptus : il se souvint d'avoir déjà conduit naguère, dans
une campagne hivernale, une femme pareillement
absente, ainsi qu'on conduirait une jument à l'abattoir ;
et lorsqu'ils parvinrent au miroir d'eau, quand Fiora
Capodilista fit halte à nouveau sans rien dire, ce souvenir devint si précis dans sa mémoire qu'il regarda,
stupéfait, sa main fermée sur le manche du parapluie,
comme si cette main tenait depuis toujours autre chose
qu'un vulgaire morceau de bois : la crosse d'un revol-

138

ver. Avant d'entrer dans la villa, il s'arrêta à son tour, regarda la femme avec étonnement et il lui vint le soupçon angoissant qu'elle détenait un secret qui le concernait. « Cet officier allemand qui a vécu ici pendant la guerre, ce Joseph Stamitz, je l'ai très bien connu..., dit-il tout à coup, conscient de la nature intempestive de ce propos. Je fus son élève pendant trois ans, de 1934 à 1937. Il avait une fille, Rosamunde Stamitz... » Il s'interrompit au milieu de sa phrase, comme si la suite venait de lui échapper, et il resta les sourcils froncés, dans une attitude d'intense et douloureuse concentration.

« Fermez ce parapluie, je ne supporte pas d'avoir ceci au-dessus de ma tête », protesta impérieusement Fiora Capodilista. Elle ne semblait pas avoir prêté la moindre attention aux paroles de Bald, son expression s'était durcie, elle s'enfermait dans une rumination orageuse. « Savez-vous ce qui s'est passé ici au début du XVIIIe siècle ? » demanda-t-elle en se libérant de l'étreinte de l'homme qui n'avait pas lâché son bras. « J'ai lu cela il y a longtemps dans les Mémoires de mon ancêtre, le comte Alessandro Dini, connétable du duc de Toscane. Des bergers avaient construit une bergerie près de la villa Strizzi. Pendant les journées d'été, l'odeur des bêtes était parfois si nauséabonde que le connétable leur demanda d'aller s'installer plus loin. Comme ils n'obtempéraient pas assez vite à son gré, il envoya un soir ses hommes régler l'affaire. Les bergers furent battus à mort, le feu bouté à la bergerie avec toutes les bêtes. Alessandro Dini observait la scène à la longue vue depuis la loggia. Il n'était pas homme à se laisser marcher sur les pieds. Eh bien moi non plus, je ne suis pas prête à me laisser marcher sur les pieds ! »

Un peu plus tard — Bald avait allumé un feu dans le salon de musique —, Fiora Capodilista but plusieurs alcools coup sur coup. Il faisait nuit depuis un moment

1966

Étendue dans le noir, aussi immobile que la campagne alentour, l'infirmière Maria Perdutti avait renoncé à lire et elle regardait la lune. Elle fixait la clarté de la sphère qui traversait interminablement l'encadrement de la fenêtre ; de temps en temps, les yeux exorbités, elle faisait tourner ses globes oculaires, remuait vaguement un bras, une jambe pour se prouver qu'elle exerçait encore quelque pouvoir sur son corps. Elle prétendait que rien ne pouvait la distraire de la lecture ; quand Fiora Capodilista s'étonnait de la trouver toujours un livre à la main, elle affirmait fièrement que, même assise sur un tabouret au milieu de la via Cavour à une heure de pointe, elle pourrait lire sans apercevoir une voiture. Mais à présent, la lune avait ruiné cette faculté. Longtemps après sa disparition à gauche de la fenêtre, restituant la pièce à son obscurité, elle continua cependant d'exercer son abstraite attraction sur le parc, contre les façades de la villa Strizzi et jusqu'au secret sommeil des chambres. La femme demeurait sans mouvement, engourdie par elle ne savait quelle mélancolie. Sans allumer, elle se leva enfin, s'approcha de la fenêtre ouverte. Fébrile et apathique, elle contempla le parc qui lui sembla grandiose, sans limites et immatériel. Sous chacun des cyprès reposait un géant mort. Elle frissonna, s'approcha davantage de l'extérieur, attirée par la clarté lunaire ; se penchant, elle vit la cam-

141

pagne, la terre livide avec ses emblèmes d'ombre qui gisaient dans leurs voiles, et tout lui parut vivre d'une existence spectrale.

Puis quelque chose remua sur l'escalier du perron. Cela dura une fraction de seconde, elle se pencha encore, il lui sembla qu'une silhouette passait entre les lions de pierre. Et ce fut à nouveau le saisissement lunaire. Elle essaya de penser à autre chose, alluma, se recoucha, tenta de lire. « Il me faut absolument prendre de la distance, je ne pourrais pas rester un seul jour à la villa Strizzi sans m'évader dans les livres », avait-elle confié au docteur Bembo peu après que celui-ci l'eut déléguée comme infirmière auprès de Luella Capodilista. « Ce n'est pas à cause de la malade — elle est pareille aux autres —, mais il y a je ne sais quoi ici qui... » Elle referma le livre, se mit à fumer avec un plaisir lent, méditatif. Alors elle entendit un bruit léger derrière la porte.

La chambre où elle couchait trois nuits par semaine jouxtait celle de Luella, à l'extrémité du corridor qui conduisait aux chambres mortes et où, maintenant — elle en fut bientôt certaine —, quelqu'un marchait. Son regard effleura la cagoule jetée sur le dossier d'une chaise, elle pensa à l'homme qui habitait le pavillon et qu'elle apercevait parfois sur sa moto (« Quand monsieur Bald s'occupe de Luella, ne vous en mêlez pas, laissez-les », l'avait exhortée Fiora Capodilista). Le bruit se répéta, un net bruit de pas. Elle se leva, se tint immobile entre le lit et la porte, retenant sa respiration. Mais elle ne craignait rien : celui qui marchait là derrière avec des précautions de loup ne venait pas pour elle. Une grisante exaltation l'envahit inexplicablement. L'idée ne l'effleura pas de regarder par le trou de la serrure, les frôlements furtifs qu'elle entendait à présent lui suffisaient. Un infime cliquetis métallique tinta à

142

moins d'un mètre de son oreille, elle reconnut le son d'une clé jouant contre le pêne. Il lui sembla alors plus sage d'éteindre la lumière, car la nuit donnerait aux bruits davantage d'ampleur. Or elle n'osa bouger. Enfin, elle reconnut le grincement caractéristique de la porte de Luella. Pendant quelques minutes, un silence de plomb parut tout écraser dans la villa ; puis les bruits reprirent, mais ailleurs, derrière le mur mitoyen, dans la chambre de la malade. L'infirmière alla s'agenouiller à la tête du lit, sur l'oreiller, elle éteignit, appuya sa joue contre la paroi. La lueur indirecte de la lune éclairait encore faiblement la chambre, un bras d'ombre traversa l'espace, vint se poser sur ses épaules. Elle tenait le côté droit de son visage pressé si fort contre la cloison qu'elle eut bientôt l'impression d'y enfoncer sa tête entière. De l'autre côté du mur, si proche qu'elle sursauta, l'amorce d'un rire ou d'un sanglot se fit entendre. « Ils sont ensemble !... » songea-t-elle avec jubilation. Dans son incrédulité même, un troublant étonnement la fit sourire. La voix raisonnable qui aussitôt lui souffla d'intervenir, d'accomplir son devoir d'infirmière en prévenant Fiora Capodilista, cette voix n'avait aucune autorité. Elle crut entendre un râle, elle s'inquiéta soudain ; mais ce râle, pareil à un ronronnement, mourut bientôt pour laisser place à des paroles inaudibles, les sons gutturaux que Luella Capodilista arrachait à sa gorge dans les instants de crise. Elle entendit d'autres bruits qu'elle ne put identifier, un rire sourd fusa derechef, puis elle eut si chaud qu'elle retira sa chemise de nuit, reprit son affût, nue, à genoux contre le mur.

L'infirmière resta ainsi longtemps avant de s'endormir dans cette position. Le jour la trouva recroquevillée en travers du matelas, la moitié du corps hors du lit. Elle se précipita contre le mur pour s'en détacher aussi vite avec colère. Sans prendre la peine de s'habiller, en robe de chambre, elle enfila sa cagoule, prit la grosse clé qui fermait de l'extérieur la chambre de la malade.

Debout au milieu de la vaste pièce, Luella semblait l'attendre. Vêtue d'une antique robe de bal déboutonnée, elle tendait vers l'infirmière un visage barbouillé de sang et elle souriait niaisement. « Je suis un peu fatiguée ce matin, j'ai dansé la nuit entière... », dit-elle. Le soir du même jour, Maria Perdutti se postait à l'écoute derrière le mur. Mais aucun bruit ne se fit entendre. Elle décida de ne pas en parler à Fiora Capodilista, mais de prévenir le docteur Bembo. Cependant, elle n'en fit rien. La semaine suivante, les bruits reprirent, toujours faibles mais plus précis lui sembla-t-il, et comme soutenus par le voile sonore d'une douce litanie. Pour mieux entendre, elle se munit d'un stéthoscope qu'elle appliqua contre la paroi. Néanmoins, les rumeurs qu'elle entendait très distinctement grâce à l'appareil laissaient le mystérieux comportement nocturne de Luella et de son complice hors de toute réalité, et plus encore des réalités médicales : la nuit se produisait un miracle sans rapport avec la folie du jour.

Souvent, Fiora Capodilista demandait à l'infirmière de laisser sa fille vagabonder dans le parc en la surveillant discrètement ; mais si dans la matinée une crise plus violente que les autres avait terrassé la jeune fille, l'infirmière s'y opposait et veillait elle-même à ce que Luella restât dans sa chambre. Puis elle allait s'asseoir à l'ombre, sous les arcades, devant l'allée de cyprès. Là, tandis que Fiora Capodilista reprenait inlassablement la même phrase de *Gaspard de la nuit,* elle regardait l'homme arriver, attendre vainement, assis en travers de la selle de sa moto campée sur la béquille. Un jour, elle le croisa à la grille. Il s'arrêta à sa hauteur, la salua et se tenir sur ses jambes ; puis il lâchait le cerf-volant qui tournoyait à quelques mètres derrière lui avant de s'abîmer sur l'herbe. Après cet échec, l'homme restait immobile, méditatif. Il rembobinait la ficelle, ramassait le cerf-volant, reprenait imperturbablement sa course maladroite vers l'autre extrémité du pré. « Parvient-il à le faire voler quelquefois ? » demanda Aldobrandini.

Depuis un instant, le docteur Bembo observait son visiteur à la dérobée, il regardait avec admiration l'étonnant visage du prince, ce profil hérité d'aïeux morts depuis des siècles, qu'il avait su protéger de l'altération et de la dégénérescence, ce visage à la fois ferme et mobile qu'il ne léguerait à personne, dont le dessin reproduit de génération en génération allait disparaître à jamais du monde des formes. « Non. Depuis six ans que le Signor Trapazzi est chez moi, son cerf-volant n'a jamais volé, dit-il distraitement, en portant malgré lui son regard indifférent vers l'homme qui, après un nouvel échec, rembobinait la ficelle. Il est trop vieux, il ne court pas assez vite. »

Aldobrandini prit un air agacé mais ne dit rien. Deux fois par semaine en moyenne il montait de Florence, où il vivait maintenant chez des amis, à la clinique du docteur Bembo afin de parler avec lui du temps passé — de tenter d'*y voir clair dans tout cela.* Par un réflexe entretenu sa vie durant, le prince croyait toujours au triomphe de la vérité sur le mensonge, des forces du bien sur celles du mal ; or le ton laconique sur lequel Bembo venait de condamner à l'impuissance définitive l'homme au cerf-volant le choqua. Il se souvint de ce qu'il avait affirmé autrefois à Thomas Bald concernant le docteur : « Malgré sa bonté, Bembo possède un pouvoir démoniaque. Je suis sûr qu'il nous manipule tous : de sa clinique, il règne sur nos destinées. » C'était évidemment symbolique. Mais le fait qu'aujourd'hui,

146

après tant de misère, il se trouvait chez lui, que Fiora et Luella Capodilista s'y trouvaient aussi — en se penchant à peine, il voyait les deux femmes assises côte à côte sur un banc, la mère perdue sur ses lointains rivages, la fille dans ses vêtements d'homme, jambes croisées, ne laissant rien deviner des abîmes qu'elle recelait —, cela donnait à cette boutade une gravité inquiétante. « Alors, prince, acceptez-vous aujourd'hui de venir jeter un coup d'œil à mon atelier ? demanda brusquement le docteur. J'ai d'ailleurs quelque chose à vous remettre... »

Bembo conduisit Aldobrandini au dernier étage de la clinique, où se trouvaient son appartement et l'atelier de reliure dans lequel il passait la plupart de ses heures de liberté. « Depuis que j'ai achevé mes études, mon désir le plus constant a été d'abandonner la médecine, avait-il confié au prince Aldobrandini lors de sa dernière visite. Dès l'externat — et peut-être bien avant déjà, le jour même où j'ai décidé de devenir médecin —, je suis entré dans une phase de claustrophobie intense. La médecine est ma pire ennemie ; mais je sais que si j'avais choisi de devenir inspecteur des Eaux et Forêts, ingénieur agronome ou comédien, chacune de ces activités serait devenue ma pire ennemie. La reliure d'art est ma passion ; mais si j'avais été relieur d'art, elle serait ma pire ennemie, et ainsi de suite. J'ai choisi la psychiatrie parce que nous ne savons à peu près rien du cerveau humain, que nous allons à tâtons dans le brouillard le plus opaque. Contrairement à ce que l'on pense en général, le goût impressionniste pour le brouillard n'est pas incompatible avec un esprit scientifique. Quant à la folie, elle m'intéressait plus que toute autre maladie car elle suppose une perfection parallèle et que, par des liens infrangibles, elle coexiste avec le sacré. Mais, maintenant, je sais qu'elle est avant tout souffrance, et elle est aussi devenue ma pire ennemie. Je connais l'utilité de la souffrance, prince Aldobrandini, pourtant je la hais, elle est ma pire ennemie. Plusieurs fois j'ai failli commettre l'imbécillité d'abandonner la médecine, ma pire ennemie, et toujours, au dernier moment, je me suis souvenu qu'il faut conserver son épouse pour apprécier ses concubines. Le sacré m'attire irrésistiblement depuis toujours, mais Dieu est notre pire ennemi, nous le savons... »

Tandis qu'ils grimpaient les étages de la clinique, le prince voyait avec fascination la masse considérable du docteur gravir aériennement les marches devant lui. De gros œils-de-bœuf diffusaient dans l'escalier une lumière crayeuse, il régnait à l'intérieur de la maison cette atmosphère de sieste propre aux après-midi d'été, dans les pays méridionaux, quand les objets mêmes rêvent dans leur sommeil. A deux reprises, un rire déchirant éclata quelque part dans les étages ; puis le silence revint, un silence issu du bourdonnement de milliers d'abeilles qui butinaient dans les tilleuls autour de la clinique, de la grêle stridulation des cigales et de l'interminable monologue de Bembo.

La pièce principale de l'appartement du docteur, divisée en deux, avait servi de grenier à céréales. « Quand j'ai acheté la maison, il y a vingt ans, une couche d'orge recouvrait la surface du plancher, expliqua-t-il. J'aurais aimé conserver l'odeur, prince, une odeur délectable de très ancien soleil... Derrière cette porte (il indiqua une tenture qui masquait à demi un battant blindé) se trouvent mon atelier et mes collections. » Ils franchirent ce sas que Bembo referma sur eux. La seconde partie de la pièce était aveugle, il y régnait un air plus sec, une température plus basse qu'à l'extérieur. Le matériel de reliure — presses, massicots, vieilles machines à coudre, scie à grecquer et la panoplie des fers dans une haute armoire vitrée — évoquait sous les néons, dans ce huis-clos immaculé, les instruments hétéroclites de l'alchimiste. On ne devinait rien ici de l'éclatante clarté du dehors ni de la détresse qui hantait les étages inférieurs.

La collection d'incunables du docteur Bembo était réputée. Aldobrandini en possédait le catalogue, il savait exactement quelles pièces y figuraient, mais il ignorait qu'elles se trouvassent dans la clinique et qu'il fallût, pour atteindre ces premiers astres de la galaxie Gutenberg, gravir les échelons de la folie. Aussi, lorsque Bembo ouvrit l'une des vitrines pour en tirer une Bible de 1475, se trouva-t-il soudain mal à l'aise : l'idée s'imposa à son esprit que l'on écrivait et fabriquait ces précieux ouvrages ici même, que l'ensemble des phrases imprimées depuis qu'au xve siècle un bricoleur de Mayence inventa le principe des caractères mobiles suivait un cheminement analogue, remontait successivement les neuf cercles de la démence tout en haut desquels, sur un socle précaire, reposait la colossale Babel des livres. Le docteur ouvrit plusieurs vitrines. Mais malgré la beauté des pièces, le malaise persista. Puis Bembo montra ses propres travaux et, enfin, il remit à Aldobrandini un ouvrage de maroquin rouge doré à la feuille. « Bald m'a donné ce bouquin à relier il y a plusieurs mois, il n'est jamais venu le rechercher. »

Le prince feuilleta le livre. Il s'agissait d'un essai sur l'art de la fresque antique écrit par un certain Joseph Stamitz. « Thomas a connu un professeur qui portait ce nom. Je crois qu'il a eu une liaison avec sa fille. Je n'en ai jamais parlé à personne parce que j'ai honte d'avoir agi comme je l'ai fait, mais en 1950, je me suis rendu en Allemagne. Je voulais vérifier certains événements... Je suis allé tout d'abord à Stralsund, lieu d'origine de Thomas — du moins celui qui figure sur son passeport

Nansen. Je n'ai trouvé aucune trace de lui nulle part. Ensuite, je suis redescendu à Berlin, puis à Potsdam. J'ai appris que le professeur Stamitz, veuf depuis 1946, était décédé l'année précédente. Quant à sa fille, Rosamunde Stamitz, elle a été assassinée pendant la guerre par des rôdeurs, dans la banlieue de Potsdam. Sa mort a été signalée par le *Tagesanzeiger* du 8 janvier 1944... »

Aldobrandini avait donné ces explications sans détacher son regard du livre et il n'osait plus relever les yeux. Quand ils quittèrent l'atelier, l'appartement du docteur baignait dans une douce lumière orangée, les stores de toile abaissés donnaient une ambiance de station maritime, comme si la mer, pendant qu'ils se penchaient sur les incunables, était montée jusqu'à la clinique. Le prince crut entendre des voix d'enfants audehors, il se demanda si l'établissement du docteur Bembo recevait aussi les enfants fous. Puis il se mit à penser tout haut. « Depuis un demi-siècle, je lutte contre l'épuisement intérieur. A présent, je suis vieux mais non épuisé et moins encore déçu, malgré la faillite de la plupart de mes espérances : la tension de l'âme est encore active, docteur Bembo, elle ne dépend de rien de concret, heureusement, et le désespoir n'a plus aucune emprise sur moi. Après mon procès — que je perdrai sans aucun doute — et si l'on ne me met pas en prison, j'irai passer trois jours par semaine à Arezzo. Un ami, conservateur du musée d'Art médiéval, aura de petits travaux pour moi. Cela me rapportera, j'imagine, deux ou trois cent mille lires par mois... »

Le prince rit comme un enfant. Il n'avait mis ni ironie ni amertume dans ses paroles. Les deux hommes regagnèrent le bureau de Bembo où ils restèrent un instant, chacun retranché dans une silencieuse absence. Puis l'on frappa et le visage d'une très jeune femme trop fardée apparut dans l'entrebâillement de la porte :

celui de Luella Capodilista. Le docteur sursauta et le prince se retourna pour regarder par-dessus son épaule, mais ni l'un ni l'autre ne sut quoi dire. Luella acheva d'ouvrir la porte et resta sur le seuil. « Je partirai dans une dizaine de minutes, si vous voulez que je vous ramène à Florence, monsieur... » Elle s'adressait au prince. Le mot « monsieur » résonna étrangement et longtemps après que la porte se fut refermée, ils restèrent comme frappés de léthargie. Le docteur Bembo finit par se lever. « Chaque fois que je vois Luella, je suis émerveillé de constater qu'elle s'est remise aussi bien, dit-il. Je me méfie des médecines parallèles mais il faut reconnaître que, par des voies non orthodoxes, Bald a rendu un sacré service à la psychiatrie... Au fait, du point de vue de la justice, que va-t-il se passer pour lui ? » Le prince se leva à son tour, chercha instinctivement sa canne qu'il n'avait pas emportée et, songeant avec un peu d'angoisse au trajet en voiture qu'il allait accomplir avec la jeune femme, il répondit en soupirant : « Je n'en sais rien. Il sera jugé par contumace, j'imagine... »

1967

Jonathan Fairchild avait installé Luella Capodilista à l'avant de l'avion, à la place du pilote dont les ossements démantibulés gisaient près de là dans la chênaie et, juste sous son regard attendri, se tendait la nuque bien dégagée et nerveuse de la jeune femme (encore

151

une adolescente cependant, comme l'avait observé peu avant le prince Aldobrandini, tandis que Luella conduisait sans paraître y toucher la vieille Bentley laissée à l'abandon depuis la mort de son père).

Le peintre s'était endormi dans la carlingue ; elle l'avait arraché au sommeil en frappant contre la tôle brûlante de l'empennage avant de grimper sur l'aile et d'enjamber sans façon la carlingue. « Je suis en retard, j'ai accompagné le prince chez lui avant de venir. » Contemplant avec incrédulité cette apparition androgyne près de la mitrailleuse à demi arrachée de son pivot, Fairchild expliqua difficilement dans sa langue maternelle qu'il se trouvait aujourd'hui à deux doigts de la mort, sans aucune envie de travailler mais que, néanmoins, il tenterait quelques coups de pinceau. Luella chercha une assise confortable sur le siège défoncé en regardant, à quelques centimètres, une colonne de fourmis circuler le long du fuselage. Il faisait chaud, cette chaleur devait moins au soleil qu'aux milliers d'élytres que les grillons frottaient autour de l'épave. « La première fois que ta mère est venue à San Leolino, j'étais dans l'avion, où tu es en ce moment, dit Jonathan Fairchild. Je lui ai crié de déguerpir. Comment va-t-elle aujourd'hui ? » Luella ne répondit pas immédiatement ; elle sentait la sueur couler entre ses seins et toute chose se liquéfiait autour d'elle dans un ennui délétère. « Elle va bien, elle joue », dit-elle. Puis elle ferma les yeux. Fairchild se mit à chantonner et alors qu'elle entendait ce chantonnement comme s'il venait d'un autre monde, elle songea à ce qu'elle avait dit au prince Aldobrandini un peu plus tôt, dans la voiture : « Je regrette le temps où j'étais malade. On croit que je n'ai aucun souvenir de cette période : c'est faux, je me souviens de tout... »

(Après qu'elle eut dit cela sans quitter du regard la

route en lacet où l'énorme automobile glissait sans heurt, le prince s'était alors souvenu d'un détail, ainsi qu'il le confia ensuite au docteur Bembo : les cagoules. Volontaire et sérieuse, Luella Capodilista conduisait assise très près du volant qui semblait, entre ses mains maigres, gros comme une roue de char. Aldobrandini regardait au loin, effrayé par la vitesse. « Je me demandais comment Luella avait pu à nouveau contempler sans terreur un visage humain, si cela s'était fait d'un instant à l'autre ou progressivement », raconta-t-il quelques jours après au docteur. Par discrétion, cependant, il ne parla pas à Bembo de la réflexion sarcastique de Luella quand il osa enfin l'interroger à ce sujet : « Mais j'ai toujours supporté les visages humains ! C'était un jeu. »)

Jonathan Fairchild demanda à la jeune femme ce qui la faisait rire ainsi. Elle riait le visage levé dans la brûlante ardeur de l'après-midi, son chapeau de toile jaune tombé sur l'aile pendait, accroché à un éclat de fer, juste sous la cocarde britannique. « Ça ne vous regarde pas », dit-elle. Puis elle rit encore plus fort au souvenir de ce jour où le peintre, appelé par sa mère, vint lui rendre visite sans cagoule et où elle se mit à hurler et à se déchirer la face devant lui. Mais ce qu'elle avait répondu au prince Aldobrandini était mensonger : elle ne supportait pas les visages humains, pas davantage aujourd'hui qu'autrefois. Le peintre grommela, décida qu'il était temps d'aller travailler. Les collines se dématérialisaient en tremblant dans la canicule, ils sortirent maladroitement de l'avion et se rendirent à la chapelle sans échanger une parole, sans se toucher, sans se voir, tout entiers la proie de la chaleur. Luella alla docilement prendre place devant le chevalet, mais le peintre resta un moment à aller et venir devant elle, comme s'il ne savait par quel bout la prendre. « Dans quelques années, je ne pourrai absolument plus peindre, dit-il enfin. Ça devient de plus en plus difficile, la technique ne m'est plus d'aucun secours. Mais toi, tu ne dis pas grand-chose... » Les mains sur les hanches, il se planta devant Luella qu'un sourire flou rendait exaspérablement sibylline. Il la dévisageait souvent ainsi, avec cet air de n'y comprendre rien, il quittait brusquement le chevalet pour venir près d'elle, la regarder sous le nez, comme si elle était non pas le modèle mais l'œuvre même.

Depuis un mois, elle montait chaque après-midi à San Leolino. Pendant près de deux ans après le suicide de son père, toutes ses forces avaient été mises au service d'une puissance dont elle ne gouvernait pas les élans ravageurs ; maintenant, elle sentait en elle cette puissance au repos, comme un volcan endormi. Jonathan Fairchild peignait enfin, il tenait par l'extrémité, presque à bout de bras, un pinceau long et fin qu'il trempait d'abord dans une soucoupe de térébenthine puis tournait sur l'une des couleurs de la palette. En travaillant, il regardait constamment Luella et tout ce qui l'entourait ; il ne donnait jamais plus de quelques coups de pinceau puis il se renversait en arrière pour prendre du recul. « Hé ! Fais voir ! Regarde-moi droit dans les yeux, ordonnait-il parfois. A quoi es-tu en train de penser ? Essaie de ne penser à rien, ça vaudra mieux. » Aujourd'hui, Luella Capodilista ne se déprenait plus de cet infime sourire qui semblait indépendant d'elle-même, comme si un être imaginaire, depuis longtemps disparu des mémoires, continuait de sourire par sa bouche. La chaleur décrut peu à peu dans l'atelier, le silence du soir s'insinuait sereinement dans les choses et leur donnait une paix léthargique.

(« ... Je me souviens de tout, j'ai beaucoup écrit à cette époque, j'écrivais dans le bain, sur une planche posée en travers de la baignoire. Je prenais plusieurs bains chauds par jour pour me calmer... », avait-elle confié au prince Aldobrandini. Passé les premières maisons de Lastra, Luella Capodilista relâcha son pied de l'accélérateur, baissa la vitre ; un souffle tiède et bitumeux tourbillonna dans l'air conditionné, une odeur mêlée de cuir, de goudron et de pin leur coupa la respiration. Aldobrandini demanda alors à la jeune femme de modifier son itinéraire afin d'éviter la banlieue nord et la zone industrielle : il ne voulait pas passer par là, il était encore trop tôt. Dans un tremblement de poussière et de chaleur, ils aperçurent néanmoins la cheminée de la station d'épuration et le prince éprouva à nouveau un urgent besoin de parler. Mais il n'en fit rien. Pendant quelques instants, il regarda de biais Luella qui demeurait impassible, d'une impassibilité neutre, comme si tout ce qui se passait dans ce monde ne la concernait déjà plus, ne l'avait peut-être jamais concernée. « Qu'est devenu ce garçon que M. Bald amenait parfois à la villa ? Il s'appelait Dino, je crois ? » demanda-t-elle cependant. La voiture s'arrêta à un feu rouge. Au bord du trottoir, un homme s'efforçait vainement de convaincre un âne attelé à une charrette débordante de pastèques d'avancer ; il tirait comme un forcené sur le licou et chaque fois que l'animal consentait à remuer, plusieurs fruits roulaient par-dessus bord sur la chaussée. L'âne et l'homme semblaient être là de toute éternité, l'un reclus à jamais dans son refus, l'autre dans son va-et-vient excédé, et les maisons autour d'eux, déjà soutenues par des étais, s'affaissaient lentement sur elles-mêmes. Ce spectacle et la question de Luella troublèrent le prince. « Je ne sais pas, mentit-il. Je ne l'ai jamais revu. » La jeune femme accéléra soudain, la voiture s'éleva sur la bretelle d'autoroute au-dessus du faubourg, les toits de la ville ancienne inclinèrent au loin leurs pans noirs et roses dans une lumière exténuée et Aldobrandini se sentit comme arraché de terre, ravi par une force si douce qu'il douta une seconde qu'elle lui fût fatale.)

Jonathan Fairchild utilisait le pinceau et la peinture noire comme un crayon gras, il dessinait plus qu'il ne peignait. Depuis un moment, il parlait sans arrêt, comme toujours lorsque Luella Capodilista posait, ne s'interrompant que pour regarder fixement son modèle ou pour juger en reculant des progrès de sa toile. Il émaillait son soliloque d'observations critiques concernant son travail — « Maintenant, ça commence à ressembler à quelque chose. Vaguement, très vaguement, mais tout de même... », ou d'exclamations dépitées, « Où as-tu été chercher un nez pareil ! Ta mère est une nullité. » — Et il lui arrivait aussi de sortir soudainement de l'atelier sans aucune explication pour s'en revenir dès que Luella menaçait de se lever. La veille, avant de s'en aller, la jeune femme avait tiré de son sac une dague blasonnée aux armes des Dini. « Une nuit, il n'y a pas très longtemps, j'ai voulu tuer ma mère avec ça. Je voulais la tuer justement parce qu'elle m'a ratée. Prenez garde, Jonathan : si vous ratez mon portrait, je vous tue ! » Puis elle avait fiché la dague dans le bois de l'établi, parmi les tubes de couleur et les bouquets de vieux pinceaux. A présent, la lame captait la lumière amatie du soir et, dans la lumineuse diagonale d'un rayon qui coulait d'une meurtrière, l'arme semblait encore vibrer. « Il faudra s'arrêter bientôt », dit Jonathan Fairchild sans cesser de peindre. Il alluma une cigarette qu'il tint coincée entre son index et la palette, se redressa, palpa ses reins mais se remit aussitôt au travail et, bientôt, il fut à nouveau entièrement captivé par son œuvre. Après un long moment de silence, il dit à mi-voix : « On ne peut pas s'arrêter maintenant. J'ai

156

pensé à arrêter quand ça marchait bien mais, à présent, ça marche très mal. C'est trop tard, on ne peut pas s'arrêter.... » Luella Capodilista n'eut aucune réaction. Elle regardait le peintre fixement, mais ne le voyait pas. Quiconque fût entré subrepticement dans l'atelier eut trouvé son immobilité inhumaine.

(Quand ils eurent atteint la piazza Ferrucci, le prince Aldobrandini demanda à Luella de le laisser près du jardin de Boboli. Il habitait non loin de là, il voulait marcher un peu avant de rentrer. Presque chaque jour, il allait se balader jusqu'au fort du Belvédère d'où il redescendait par l'allée Viottolone qui, selon Thomas Bald, ressemblait par la taille de ses cyprès à celle de la villa Strizzi. En se promenant ainsi, le prince regardait Florence, sa ville natale, la rustique étendue des tuiles sous lesquelles grouillait une foule invisible, épuisée par sa course aux chefs-d'œuvre. S'il faisait halte sur un banc, son regard intérieur plongeait alors jusqu'aux sinueuses vallées de la ville où des volées d'éphèbes à scooter sanctifiaient en de pétaradantes virées le flot amorphe des ruelles. Il ne connaîtrait jamais aucun de ces jeunes gens. Mais il lui était agréable de savoir qu'à travers eux l'humanité possédait quelque but, quelque tâche, quelque avenir plein de sens qu'eux ne voyaient pas, que lui-même ne faisait qu'imaginer, mais que tous, à leur insu, connaissaient.)

Il faisait presque nuit et Jonathan Fairchild peignait encore. Luella Capodilista ne distinguait plus les traits de son visage mais sur elle coulait de l'écran vitré un crépuscule qui étalait une flaque violette tout autour de ses jambes. La voix monocorde du peintre prenait des accents de plus en plus nocturnes, son amplitude baissait avec la lumière et il parlait maintenant presque sur le ton de la confidence. Une remarque caustique lui échappa concernant les vêtements masculins de son modèle, puis il parla de Rubens qui demandait à ses élèves de peindre le fond de ses toiles. Tout à coup, il décréta : « C'est assez. » Il enleva la toile du chevalet, la dressa contre le mur au fond de l'atelier et alluma. « La tête n'est pas trop mal, elle a du volume, c'est un commencement », jugea-t-il après un interminable et grimaçant examen. Puis il ajouta d'un ton morne, comme si la jeune femme n'était plus à présent pour lui qu'un corps dont il avait usé à satiété et qu'il fallait rendre à l'anonymat au plus vite : « Je t'attends demain à quatre heures. »

1966

Fiora Capodilista ne savait plus si elle voyait avec les oreilles ou si elle entendait avec les yeux. Ce n'était pas un cauchemar, seulement une vérité que son imagination n'aurait pu concevoir. Maintenant, il va falloir vivre avec cette vérité, se disait-elle. Tandis qu'elle regardait par le judas, la simple idée d'ouvrir la porte lui semblait terrifiante ; et cependant, elle ne pouvait s'en éloigner. Elle entendait près d'elle le souffle oppressé de l'infirmière. La femme était en chemise de nuit, nu-pieds, elle grelottait de froid et d'anxiété. Dehors, la pluie avait gelé, la température baissé d'un coup : pour la première fois depuis longtemps, il neigeait sur Florence et sur les collines. Parallèlement à la scène qui se déroulait sous ses yeux, Fiora Capodilista imaginait le parc se couvrant de blancheur et de

158

silence, toute chose doucement ensevelie sous un pur
sommeil de glace. Dans ce silence de très vieux temps,
un silence d'enfance purifiée par le froid, elle entendait
s'élever la voix humble de sa fille qui, à présent
accroupie devant l'homme, lui tendait sa main chargée
en un geste d'offrande. « Je suis riche, je suis riche,
regarde tout cet or ! C'est pour toi, mon guerrier, pour
que tu m'aimes ! » Ils restèrent ainsi face à face sans
mot dire, longtemps, très longtemps, Luella sa main
pleine d'excréments tendue vers l'homme qui, enfin,
saisissant la jeune fille sous les aisselles la redressa en
murmurant : « Lève-toi, tu dois rester debout, je te l'ai
déjà dit. »

Fiora Capodilista songeait : ce n'est pas possible, il
est fou... c'est moi qui suis folle !... Se détachant de la
porte, elle murmura : « Il faut intervenir, je ne peux pas
laisser faire *ça* ici, dans la maison de mes ancêtres... »
Ayant prononcé ces paroles, elle se rendit compte hon-
teusement de leur absurdité, de leur inadéquation totale
avec la situation réelle : la main chargée de Luella dont
Bald prenait maintenant cérémonieusement le contenu
comme une poignée de graines précieuses, comme la
fertilité intarissable de l'enfance. L'infirmière Maria
Perdutti haussa les épaules. « Vous devriez aller vous
coucher, madame », conseilla-t-elle. Elle ne tremblait
plus ; elle avait maintenant conscience de sa supériorité, car *ça,* ce que la pianiste ne savait même pas
nommer, lui était familier, elle savait depuis son adoles-
cence que les hommes et les femmes le font lorsque la
chair brute de leur enfance les submerge et, devant le
conformisme offusqué de la femme, elle approuvait
secrètement, se réjouissait avec une jubilation triomphale, destructrice. Fiora Capodilista eut un geste
d'agacement et d'incompréhension devant le flegme
arrogant de l'infirmière. « Elle est malade, je sais, mais

lui... lui.... » Se retournant vers le judas entrouvert, elle regarda à nouveau avec horreur, en frissonnant, le spectacle qui se déroulait dans la chambre de sa fille ; et cependant, depuis qu'elle se trouvait devant cette porte, depuis un temps incalculable, elle ne pouvait quitter des yeux plus de quelques secondes ce qui se passait derrière la porte. Tout s'arrêtait là, lui semblait-il, le cheminement mouvementé de quatorze générations de Dini venait se fracasser aujourd'hui contre cet innommable scandale. Fut-elle seulement parvenue à nommer ce scandale, à le définir par des mots simples et crus, peut-être lui aurait-elle retiré une partie de son pouvoir. Mais cela était impossible. Et le constat de sa propre impuissance, de sa honte, l'incitait sans assez de force à demander à l'infirmière : Que font-ils ? Dites-moi exactement ce qu'ils font..., mais au lieu de poser cette question, elle chuchota : « Souvenez-vous des Barzi : le père a couché avec sa fille aînée. Une seule fois, dit-on. Et la famille s'est disloquée. » L'infirmière n'avait jamais entendu parler des Barzi, elle ne comprenait qu'à demi l'allusion de Fiora Capodilista et, dans sa tête, celle-ci se résumait à une sentence creuse : malheur à celui par qui le scandale arrive. « Ce n'est pas la même chose, absolument pas la même chose », murmura-t-elle. Elle souhaitait maintenant retourner se coucher, la lassitude l'accablait soudain, cette conversation derrière la porte n'avait plus aucun sens et il lui semblait que les plus inquiétantes étrangetés l'auraient laissée indifférente. « Je veux dire que de tels actes nient la raison humaine. Si chacun se livrait à *ça,* le monde retournerait au chaos », dit Fiora Capodilista, jetant dans la pénombre des regards éperdus, comme si le chaos se trouvait tapi derrière elle. L'infirmière étouffa un bâillement. « C'est déjà le chaos », constata-t-elle avec ennui. Mais à cet instant, la voix de Luella se fit à nouveau entendre. Elle retentit, clairement obscène, et quand le silence fut revenu, les deux femmes s'interrogèrent du regard, chacune semblant chercher chez l'autre l'assurance qu'elle avait mal entendu. L'infirmière frissonna derechef mais elle ne bougea pas, elle resta pétrifiée au seuil du mystère. Elle comprenait et elle ne comprenait plus. Le visage collé au judas, Fiora Capodilista regardait avidement sans plus de soucis qu'on la vît de l'autre côté. Luella et Bald n'avaient pas bougé, ils emplissaient son champ visuel tout entier. Pourtant la situation avait évolué et, durant un instant, sachant qu'elle se mentait à elle-même, la femme se cramponna à un sentiment d'hallucination, de mirage ; mais loin d'être victime d'une illusion, jamais au contraire elle n'avait aussi bien regardé de sa vie une scène qui la concernait de si près. Jusqu'alors, lui sembla-t-il, sa conscience était toujours protégée par un fin voile d'insensibilité qui enlevait aux événements de leur acuité, polissait leurs aspérités ; ce voile venait de se déchirer. « Voulez-vous que j'appelle le docteur Bembo, que je lui explique ce qui se passe ? » demanda l'infirmière. Fiora Capodilista sursauta et la considéra avec effroi. « Non ! Surtout pas ! C'est une affaire qui ne concerne que moi, comprenez-vous ? » Malgré le froid, le couloir lui paraissait à présent étroit et étouffant, mais il lui était impossible de s'en aller comme d'avoir une pensée logique. « Demain, je lui demanderai de partir. Je ne lui dirai rien, mais il faudra qu'il parte », murmura-t-elle en reculant. L'infirmière haussa les épaules, la prit par le bras. « Allons dans ma chambre un moment, il faut que je vous parle », dit-elle d'un ton autoritaire.

   « Pour des raisons d'hygiène, il vaudrait mieux que Luella entre en clinique pendant les crises aiguës. Personnellement, je ne peux plus assumer ce... » Maria Perdutti avait refermé la porte, Fiora Capodilista

s'arrêta devant le miroir où elle se contempla avec étonnement. La chambre était surchauffée, les vitres cer-
clées de buée, la neige s'amassait à l'angle des croisil-
lons. « J'aime beaucoup votre fille, mais... », dit encore
l'infirmière. Puis elle se laissa tomber sur le lit. Les
deux femmes restèrent ainsi sans mot dire tandis que la
neige les isolait d'elles-mêmes et du monde sans
qu'elles s'en rendissent compte autrement que par la
présence de ce silence palpable qui appuyait contre la
vitre et contre leur poitrine. Quand Fiora Capodilista
prit la parole, elle eut le sentiment que quelqu'un tirait
ses phrases hors d'elle comme des racines. « Un jour,
lors d'une promenade avec ma mère dans la banlieue
de Rome — je devais avoir une dizaine d'années —, je
me retrouvai par hasard et pour la première fois de ma
vie devant le monceau d'ordures d'une décharge
publique. Cette décharge se trouvait juste à côté d'un
joli square où nous allions souvent en fin d'après-midi.
Ma mère s'asseyait sur un banc et lisait pendant que
j'allais jouer. En réalité, je ne jouais pas, je courais
jusqu'à la palissade qui séparait le jardin de la
décharge. Des planches manquaient, je voyais un trou
énorme, profond, où j'avais la certitude que le jardin et
une partie de la ville pourraient basculer. Je
m'appuyais contre la palissade, je regardais les ordures.
Alors que j'étais plantée là, un camion arriva de l'autre
côté du trou et déversa sa benne. Au même moment,
venant d'une maison voisine, le son léger d'un piano
me parvint, voletant au-dessus du jardin et de la
décharge jusqu'au camion. J'aimais déjà beaucoup le
piano mais cette fois, tandis que les immondices glissaient de la benne dans le trou, j'eus l'impression d'en
entendre pour la première fois. C'était extraordinaire,
magique. Parmi les déchets, il y avait le cadavre d'un
porc gonflé par la décomposition. Je voyais des grappes

LA MOSAÏQUE

de mouches s'échapper de son ventre ouvert et la musique continuait, tout s'élevait, devenait sublime, le porc roulait mollement au flanc de la montagne d'ordures et comme en rythme, un rythme lent, infiniment doux. C'est là que je décidai de devenir pianiste. Je revins souvent mais je n'entendis plus jamais le piano. Puis ma mère, qui ignorait l'existence de la décharge, me trouva un jour appuyée à la palissade et nous ne revînmes plus jamais au square. Peu de temps après, je tombai malade, une méningite, et dans la fièvre, je fis un rêve. Mon père jouait du piano à côté de mon lit, complètement étranger au fait que mon cerveau se liquéfiait, qu'un liquide gris sortait de mes narines et de mes yeux et que la moitié de ma langue pendait, comme morte, hors de ma bouche. Une mouche tournait autour de ma tête puis venait se poser sur ma langue où elle déféquait. Je fis ce rêve plusieurs fois pendant ma maladie. Moins d'une année après, ma mère mourut. Alors le rêve revint et, aujourd'hui encore, je le subis certaines nuits. Mais c'est la première fois que je peux en parler... »

Fiora Capodilista paraissait exténuée, elle se souriait à elle-même sans aucune sympathie. Assise sur le lit, les coudes appuyés sur ses genoux, l'infirmière regardait fixement le plancher. « Il fait une chaleur d'étuve, ici », constata-t-elle comme si elle venait d'entrer dans la pièce et que rien d'autre n'existait plus maintenant que cette chaleur. Elle se leva, alla diminuer le chauffage. Puis se souvenant soudain de la présence de Fiora, elle demanda brusquement : « Voulez-vous du café ? » Sans s'inquiéter de la réponse, elle mit en marche l'appareil, s'affaira en vain et, retournant s'asseoir sans raison, elle murmura pour elle-même avec un sourire sibyllin : « La mouche tourne. Elle tourne autour de la tête... » A ce moment, un bruit fracassant retentit de l'autre côté du mur.

163

Fiora Capodilista sursauta, s'écarta du miroir auquel elle n'avait cessé de s'adresser. « C'est la baignoire, dit l'infirmière d'une voix anormalement basse en retournant s'occuper du café. Ils vont se laver... » Cette dernière petite phrase fouailla la sensibilité de Fiora Capodilista car elle n'eut jamais été capable de la prononcer, ni même de la penser. « Cet homme mérite d'être arrêté, emprisonné !... » siffla-t-elle en serrant les poings. Mais sa haine retomba aussitôt, la laissant sans force. « Vous exagérez. Je crois qu'il tente une expérience, je ne l'approuve pas, bien sûr, mais après tout, il ne couche pas avec votre fille », dit Maria Perdutti. Fiora la regarda, ahurie, et prit machinalement la tasse qu'elle lui tendait. L'eau mugissait dans la tuyauterie vétuste, des chocs métalliques résonnaient dans l'épaisseur du mur comme si l'on cassait de la fonte à coups de maillet. Debout, face à la paroi, les deux femmes attendaient, attendaient elles ne savaient trop quelle catastrophe. Le vacarme atteignit bientôt une amplitude telle, et il devint d'une nature si insolite que l'infirmière recula, demandant d'une voix craintive : « Que peuvent-ils faire à présent ?... » Alors Fiora Capodilista lâcha la tasse de café et éclata d'un rire hystérique. « Mais ils se lavent, voyons ! Ils se lavent ! » s'écria-t-elle en s'élançant hors de la chambre. Elle traversa le couloir, dévala l'escalier d'honneur et se retrouva au-dehors, en chemise de nuit sur le seuil du cortile.

Ici régnait le silence des cimes. Il neigeait sans discontinuer, une neige pulvérulente, cristalline, où la villa Strizzi fondait sa propre blancheur sèche et pure. Seuls demeuraient visibles les frontons des fenêtres suspendus dans le vide blanc comme des ombres sans corps et les créneaux sévères en *pietra serena*. Eux aussi finiraient par disparaître, seules ne se dresseraient plus enfin que les fantasmagoriques cheminées dont

l'entendit parler haut et fort, d'une voix qui cherchait à lutter contre la pluie, mais il s'efforça de ne pas écouter. Il se sentit vieux, mis à l'écart. Il parcourut du regard le champ de fouilles, la fosse inondée, les toiles de bâches distendues qui ne protégeaient plus rien. Une atmosphère pourrissante émanait de l'excavation, l'odeur aqueuse de la terre se mêlait à celle, fade et vaguement écœurante, de la station d'épuration. Il recula de quelques pas, les rafales battaient son parapluie, ses orteils engourdis de froid s'agrippaient à la semelle des bottes trop grandes que Bald lui avait prêtées ; il ne trouvait même plus le goût d'imaginer que, enfoui quelque part sous ses pieds, un grand soleil de terre flamboyait jadis sous un ciel aveuglant. Tout à coup, il ressentit un désir vigoureux pour quelque chose d'absurde : le bolide rouge, dont la présence dans son dos exerçait un magnétisme de plus en plus puissant, lui devint irrésistiblement attrayant. Oui, attrayant et léger, tel un objet issu d'un conte de fées, mais surtout salutaire. Emmenez-moi dans votre engin et fichons le camp le plus loin possible de ce trou et de ses cadavres..., songea-t-il en lorgnant vers la femme par-dessus son épaule. Puis il ferma ses yeux mouillés.

Quand il les rouvrit, Thomas Bald était revenu auprès de lui. Ils écoutèrent sans rien dire la portière claquer, la voiture démarrer et disparaître derrière des paravents de pluie. « J'ai vu Valverde, il a refusé de baisser le loyer du terrain, dit Aldobrandini comme si leur conversation n'avait pas été interrompue. Le ministère de la Culture fait la sourde oreille, le département de l'Industrie invoque les avantages économiques que représenterait l'implantation d'une usine et la municipalité de Florence ne jure que par Valverde... » Il attendit une minute avant de poursuivre, sembla hésiter, puis, regardant Bald en face, il reprit d'un ton plus confidentiel, presque craintivement. « Je paierai le prix. Je continuerai de financer les recherches jusqu'à ce que nous ayons trouvé cette fichue mosaïque, mais j'ignore combien de temps je tiendrai... »

Bald ne parut pas prêter attention à ses paroles, il contemplait d'un air rêveur la station d'épuration dont le sommet de la cheminée se perdait dans les brumes. Le prince répéta : « Non, je ne sais pas combien de temps... » En fait, il le savait parfaitement — comme il savait déjà que la poursuite de cette entreprise le conduirait à la catastrophe. Depuis sa visite chez Valverde, il entendait chaque jour l'humiliant avertissement que l'industriel lui avait donné avant de prendre congé : « N'oubliez pas que vous faites encore partie de la confrérie, prince. Si vous tentez quoi que ce soit contre moi, le rôle que vous avez joué dans la mort de Roberto Capodilista sera révélé à qui de droit. »

Il continuait d'observer, mine de rien, la silhouette encapuchonnée et bottée de Bald; une fois encore saisi par l'inébranlable assurance qui émanait d'elle, comme si aucun des aléas terrestres ne pourrait jamais l'entamer. Il arrivait au prince de mesurer avec inquiétude la bizarrerie de cet ami, l'époustouflant égoïsme qui lui permettait de traverser le monde des hommes sans s'arrêter plus d'un instant à chacun d'eux, poursuivant obstinément sa trajectoire avec autant de scepticisme que de certitude, sachant sans exigence tirer des êtres ce qu'ils pouvaient lui donner, ne leur offrant rien de plus que ce qu'ils étaient capables de trouver et de prendre. « N'aimeriez-vous pas partir avec cette femme ? demanda-t-il soudain. Je veux dire monter dans son bolide, vous laisser conduire simplement ?... » Bald le considéra avec un étonnement amusé. « On ne part pas avec une femme, prince. Encore moins *simplement*. Dès que vous auriez refermé la portière, tout deviendrait aussitôt effroyablement compliqué. » Le prince Aldobrandini poussa un soupir. « Vous n'aimez donc personne, Thomas ? »

Il ne pleuvait plus, les nuées à l'horizon des collines s'ouvraient sur un ruban d'un bleu délavé, le vent dévalait du septentrion sur l'Apennin, chassant les brouillards vers les hauteurs. Le sommet de la cheminée de la station d'épuration se recomposait dans un entrebâillement de vapeur, révélant l'image emblématique d'un corbeau solitaire comme un stylite. Thomas Bald avait regagné le bord de la fouille, il dessinait maintenant à grands traits sur un bloc la topographie des lieux où, d'une extrémité à l'autre de la fosse, il étendait l'infrastructure imaginaire d'une toiture protectrice. Grattant de sa canne la terre devant lui, le prince entendait encore les conseils obscurs que son ami avait donnés un jour à l'un de ses étudiants : « Tu pratiques un décapage d'approche des témoins jusqu'à apparition de la surface pertinente, puis tu travailles au petit grattoir et au pinceau... » Oui, il faut approcher les choses *techniquement,* se dit le prince en considérant la fosse d'un œil rasséréné. Bald lui montra le dessin qu'il venait d'esquisser et lui expliqua son projet : la construction d'un hangar de tôle qui abriterait sous un toit voûté la totalité de la parcelle où les dernières découvertes avaient été faites. Sur le dessin, Aldobrandini constata que le plan sommaire du hangar dépassait la limite de l'excavation actuelle pour s'arrêter en bordure de l'avenue. « Nous pourrons travailler au sec toute l'année, dit Bald. Mais ce n'est pas le plus important... »

Le prince l'écouta attentivement. Il ne put s'empêcher d'admirer une fois de plus la façon implacable dont Bald s'acharnait à concilier les idées et les actes. Tout paraissait raisonnable, tout restait utopique. Le prince Aldobrandini était si troublé que, pour n'en rien laisser paraître, il fouetta l'air de sa canne. A présent, il se sentait enfermé dans un délire logique dont il devinait les abîmes mais d'où il n'avait finalement aucun désir de sortir. « D'après mes derniers calculs, le péristyle de la villa de Publius doit se trouver approximativement à la hauteur du premier bassin de la station d'épuration. Les travaux de terrassement ont peut-être détruit la mosaïque mais on n'en sait rien : les fondations des bassins sont très peu profondes, à peine un mètre cinquante. Le péristyle se trouve sous quelque quatre mètres de terre puisque la station repose sur un remblai artificiel. Pour l'atteindre, il nous suffira donc de creuser à l'horizontale sous l'avenue une galerie que l'on étaiera à mesure. Je connais un peu ce problème, j'ai travaillé dans une mine autrefois. »

Aldobrandini leva les yeux du dessin et considéra Thomas Bald avec un étonnement ironique. « Nous nous connaissons depuis plus de quinze ans et j'ai souvent constaté que vous étiez un être hors du commun, Thomas. Mais vous ne m'avez jamais raconté cette histoire de mine... » Les nuages circulaient à présent très vite au-dessus d'eux, comme si la planète avait accéléré vertigineusement sa giration et, au nord de la ville, un mur de plomb scellait le ciel. Ayant pris le prince par le bras, Bald l'entraîna vers le baraquement. « C'était en 43, en Silésie », marmonna-t-il. Puis il changea de sujet : « Maintenant, je vais vous expliquer techniquement mon projet. »

Assis devant la fenêtre, le prince Aldobrandini avait fermé les yeux, en sorte qu'il paraissait dormir. Il entendait parfaitement ce que l'archéologue racontait mais il écoutait de façon distraite. Par moments, il se sentait porté par une main immense qui le tenait suspendu au-dessus d'un gouffre et le balançait doucement ; il ne savait si la main allait soudain s'ouvrir et le lâcher dans le vide, cette incertitude donnait au balancement une suavité inégalable. « La galerie mesurera deux mètres de haut sur deux de large, sa longueur atteindra probablement une quinzaine de mètres, peut-être davantage. Le plus difficile consistera à creuser une chambre souterraine aux dimensions du péristyle, un espace assez vaste pour avoir une vue d'ensemble de la mosaïque en travaillant à l'aise. » Derrière une table à dessin sur laquelle il prenait appui comme à une tribune, Bald parlait d'une voix monocorde, ferme mais dénuée de toute intonation persuasive, sans passion ; il parlait comme s'il exposait des faits qui lui étaient presque indifférents et dont la réalisation lui importait somme toute assez peu. Cette attitude qu'il connaissait bien chez Bald atteignait le prince dans sa demi-léthargie et l'émouvait plus que jamais. « Ne participeront au creusement de la galerie que les rares personnes absolument sûres — quelques étudiants me sont très dévoués — et il faudra éloigner les gens de la Mission archéologique. Une fausse paroi de tôle s'élèvera à l'extrémité officielle de la fouille ; elle cachera l'entrée de la galerie et s'ouvrira comme une porte coulissante. Le hangar nous permettra de travailler à l'abri des regards, nous placerons à l'entrée un piquet qui surveillera les allées et venues pendant les heures de travail. Seuls vous et moi conserverons la clé du hangar. »

L'archéologue se tut un moment, le prince songea qu'il attendait une réaction de sa part mais il n'en était pas sûr et il resta silencieux. Un lumignon rouge brillait au sommet de la cheminée de la station d'épuration et, dans la baraque, les ombres entraient et sortaient comme des bêtes affolées par la porte restée ouverte du poêle à bois. Engourdi, Aldobrandini se refusa à bouger. « Folie, murmura-t-il. Nous allons nous mettre

à dos la Mission archéologique, les Monuments historiques, Valverde et ses sbires, sans compter les autorités
municipales. » Cependant, il avait mis dans ses paroles
juste le ton qu'il fallait pour laisser entendre qu'il ne
s'opposait pas au projet mais qu'il acceptait de jouer le
jeu sans croire un instant au succès de l'entreprise.
L'archéologue quitta la table à dessin, se mit à déambuler devant le poêle, massif, concentré. Le prince qui
se jugeait dans l'impossibilité d'esquisser le moindre
mouvement trouva néanmoins assez d'énergie pour
tirer de sa poche deux cigares d'un geste discret et sei-
gneurial et, avec un sourire d'une douceur caustique, il
demanda : « Cela mis à part, dites-moi, Thomas : que
faisiez-vous en Silésie ? »

Bald prit le cigare, tisonna le poêle et, amenant au
bout de la pincette une braise incandescente devant son
visage, il aspira goulûment. « J'ai déserté l'armée allemande en mai 1943 », dit-il entre deux bouffées. Et il
ne donna point d'autre explication. Pour une fois,
cependant, le prince Aldobrandini eut l'impression
qu'en insistant un peu, il tirerait de lui davantage, que
l'atmosphère du baraquement et ce qui se passait entre
eux en ce moment favoriserait la confidence. Mais ce
procédé lui répugna. Changeant de sujet, il remarqua
plaintivement : « Cette galerie... elle pourrait très bien
s'effondrer... » Accroupi devant le poêle, l'archéologue
fumait en regardant les braises. Il jeta deux bûches
dans le foyer et referma la porte d'un coup sec. « Évidemment, évidemment, tout peut toujours s'effondrer », dit-il.

171

1948

Monica Montemartini se pencha sur la photographie que l'homme avait déposée devant elle. Ses mains tremblaient d'émotion. « Que lui est-il arrivé ? L'a-t-on arrêté ? Est-il mort ? » s'enquit-elle. L'homme eut un sourire rassurant et, alors seulement, elle se détendit un peu. Elle savait à présent qu'il n'appartenait pas à la police, qu'elle pouvait parler librement, même si elle se demandait en quoi pouvait l'intéresser l'histoire de sa liaison avec Stefan Helf, pourquoi il la regardait avec tant d'attention, d'un regard très différent de celui qu'un homme ordinaire pose généralement sur une femme de son genre, et pourquoi il se montrait si affectueux, si déférent. Mais, bien que les souvenirs lui fissent déjà défaut, elle avait envie de raconter (et lorsqu'elle le rencontrera à nouveau, vingt ans plus tard, quand Monica Montemartini sera devenue Dada Saltabecca, les premières paroles qu'elle lui adressera seront : « Je n'aurais jamais pensé que le silence puisse peser si lourd. Stefan était devenu un poids de silence insupportable. Vous m'en avez allégé mais il pèse encore »), elle brûlait à présent d'évoquer avec quelqu'un qui le connaissait bien le souvenir de cet être chu dans sa vie un soir de novembre 1945 et qui s'en échappa quelques mois plus tard, aussi fortuitement qu'il était apparu, comme s'il lui avait été donné puis

172

repris par la Providence afin de lui montrer qu'il existait encore, dans ce monde vaincu par la tuerie, des hommes dignes de ce nom. Trois ans s'étaient écoulés depuis sa disparition. Malgré la misère qui pourrissait les grandes villes comme les campagnes, malgré sa jeunesse et sa solitude, elle avait trouvé dans la débâcle une clientèle qui la payait bien et réussi à conserver son indépendance. « Après la guerre, c'était cela l'essentiel : conserver son indépendance à tout prix », expliqua-t-elle d'un ton où l'homme reconnut le besoin d'une justification rédemptrice.

Ils avaient pris place près d'une fenêtre, elle écarta le rideau sur la nuit pluvieuse et la chaussée luisante. « Il faisait le même temps de chien, je venais de faire un client à domicile; je me trouvais sans parapluie et je suis entrée dans le premier bar venu », poursuivit-elle rêveusement. Puis elle se tut, resta pensive. La mémoire travaillait moins vite que son désir de se souvenir, l'homme l'encouragea patiemment puis un détail surgit de l'ombre et les instants perdus du passé s'assemblèrent un à un. « Je me souviens parfaitement de tout, maintenant, dit-elle vivement en laissant retomber le rideau sur la rue mouillée. Je buvais un café au comptoir. Suspendue en face de moi, il y avait une réclame pour le bitter San Pellegrino, un soleil en forme de visage humain, hilare, posé sur une mer estivale. Il pleuvait tant dehors que la vue de ce soleil finit par m'exaspérer. J'essayais de ne pas le regarder parce qu'il me rappelait de façon moqueuse et grotesque le temps de mon enfance, à Termoli — il faut vous dire que, de mon enfance, je garde essentiellement le souvenir de la mer et du soleil. Je pouvais rester des heures assise face à l'Adriatique, sur un muret, et aujourd'hui encore, je sens la chaleur de la pierre sur mes cuisses nues de petite fille, je vois l'éclatant reflet de l'eau, j'entends le

173

chant des cigales. Cette atmosphère d'autrefois m'inspire une pureté aride, lumineuse — et le soleil de la réclame me soufflait : il y a des fillettes qui s'assoient aujourd'hui et s'assiéront demain sur ce muret, avec l'écume de la mer sous leurs pieds nus, mais ce ne sera plus jamais toi ; tu ne reverras plus ma lumière caresser les guirlandes de poivrons contre les murs blancs des maisons et, quand tu entendras le chant des cigales ce ne sera plus le même : il troublera ton sommeil et tes nerfs. Tu n'auras plus de chaleur sous tes cuisses, l'éblouissement de la mer te sera cruel, la pierre coupante à ta peau ; la mer même ne t'apportera plus aucune paix, ni son étendue aucun sentiment d'infini parce que tu vis maintenant dans la pénombre des chambres et que la matière dont tu es faite a été assombrie... Voilà ce que j'entendais, monsieur. La pluie battait les vitres du bar, je pensais au client que je venais de quitter et dont j'avais déjà oublié le visage. Un moment, j'ai cru m'évanouir d'angoisse. Je me suis cramponnée au comptoir et me suis dit : je vais tout abandonner, quitter Milan et retourner chez moi, à Brindisi. A Brindisi, au moins, il y a la mer ; quand on sort de la chambre, on peut aller s'y jeter et se donner l'impression d'y renaître. Dans ce métier, nous sommes amenées à sublimer le moindre petit bonheur, c'est ce qui nous rend parfois sentimentales. Mais ce que je vous dis là ne vous intéresse pas... »

Monica Montemartini gardait la tête baissée, s'adressant à la photographie plutôt qu'à son interlocuteur, et elle parlait d'une voix si confidentielle que celui-ci devait se pencher vers elle pour l'entendre. En l'écoutant, il se demandait si la jeune femme avait retrouvé la mer et la clarté du Midi, si, en la condamnant à l'ombre, le soleil à visage humain ne voulait pas simplement signifier que cette clarté et cette mer qu'elle souhaitait retrouver symbolisaient un état d'innocence à jamais perdu, et la douceur lumineuse de son enfance une recréation idéalisée du réel. Puis elle éleva les yeux vers lui et le regard qu'il rencontra le frappa par le mélange qu'il contenait de détermination et de mélancolie, de jeunesse et d'expérience. « Ce que vous voulez savoir, c'est ce qui s'est passé entre moi et Stefan Helf, le reste ne vous intéresse pas. Jusqu'à ce que vous me contactiez, cette période très brève de ma vie (nous sommes restés ensemble moins d'une année) m'apparaissait comme une sorte de bloc d'où aucun élément ne se détachait, un meuble très sombre et très beau dans une pièce où seul un filet de jour pénètre par une porte entrouverte. Mais je reviens à cette première soirée, dans le bar... »

Elle parlait maintenant sans plus de retenue. Ainsi qu'elle le confia à l'inconnu dont le regard ne cessait de l'interroger depuis qu'ils s'étaient attablés dans ce café, alors qu'elle était près de sombrer dans la plus mortelle angoisse, la porte du bar s'ouvrit. Un homme très grand, portant un sac de marin, resta un instant sur le seuil. Dans le miroir, elle le vit s'avancer derrière elle et s'installer au comptoir. Pendant un moment, il ne lui prêta aucune attention, il but plusieurs cognacs sans paraître rien remarquer autour de lui, « ... pas davantage moi-même, la seule femme, que les autres clients ou n'importe quoi dans ce bar ». Elle se mit à l'observer à la dérobée et, peu à peu, elle trouva en lui quelque chose de véritablement exceptionnel, sans qu'elle sût préciser quoi. Sans aucun doute venait-il du Nord et à cette époque, en Italie, les voyageurs étaient rares. Mais surtout, elle se demanda comment il pouvait se trouver là si tard, égaré dans ce quartier perdu de Milan. Enfin, il se tourna vers elle et lui parla dans un italien parfait.

« Il me demanda si je connaissais un hôtel bon marché. Je le regardai alors de bas en haut et je compris ce qui clochait en lui : il n'était pas vraiment là, il était présent et absent à la fois. Pourtant, dans cet endroit où chacun connaissait chacun, il semblait très à son aise et l'on devinait qu'il en aurait été de même n'importe où parce qu'il était de nulle part et de partout. Eh bien, c'est ce qui m'a décidée, cet air de n'appartenir à rien ni à personne. Je pensai aussitôt : ce type, tu ne l'auras jamais... et aussitôt, je voulus l'avoir, même pour quelques heures seulement... Je me dis : demain matin, il se rasera dans mon cabinet de toilette. " Je ne connais pas d'hôtel, mais vous pouvez venir chez moi, j'habite à un quart d'heure d'ici ", lui répondis-je. Il semblait avoir enfin compris quel genre de femme je suis mais son attitude ne changea pas. " Je n'ai pas assez d'argent pour ça ", dit-il. Dieu sait pourquoi, cette réponse me fit rire. Je lui montrai la réclame pour le San Pellegrino, le soleil suspendu contre le miroir. " Pas besoin d'argent. Payez-moi avec ça. Volez-le et donnez-le-moi, j'en ai très envie. " Il n'eut qu'à tendre le bras. Puis nous sommes rentrés directement à la maison. Je ne savais pas encore son nom. »

Le lendemain, Stefan Helf se rasa dans le cabinet de toilette de Monica Montemartini. Il lui raconta qu'il séjournait en Italie depuis plusieurs semaines où il vagabondait au gré de sa fantaisie. Elle ne le crut pas mais s'abstint de l'interroger, elle lui demanda seulement ce qu'il savait faire, il répondit qu'il ne possédait aucune aptitude particulière, qu'il pouvait tout faire en général. Ainsi lui annonça-t-elle que, s'il acceptait, il pouvait désormais se considérer comme embauché à un poste de tout repos qu'il ne pouvait sans doute pas se vanter d'avoir jamais occupé, ni en particulier ni en général, et qui viendrait s'adjoindre à la liste déjà longue des activités imposées par son vagabondage.

« J'étais seule et, dans ce métier, mieux valait alors

avoir un protecteur. Stefan accepta tacitement cette situation, il ne fit jamais aucun commentaire désobligeant à propos de mon métier, jamais je ne l'entendis prononcer une parole méchante ou injurieuse. Il n'eut d'ailleurs pas à me *protéger*. Je m'étais arrangée dès le début de ma carrière pour rester hors des réseaux connus et je ne travaille que par téléphone », expliqua Monica Montemartini à l'homme qui, de temps en temps, la relançait ou orientait son récit sur un point plus précis qu'il voulait connaître. « Je crois que c'est cela qui vous intéresse, n'est-ce pas : comment un homme tel que Stefan a-t-il accepté d'être entretenu par une putain ? Peut-être parce que je ne suis pas moi-même une véritable putain... »

L'homme voulut l'interrompre car il connaissait déjà son histoire ; mais il n'aurait osé lui avouer comment il l'avait apprise, aussi la laissa-t-il parler. Le café s'était vidé. Entraînée par son récit, la femme haussa la voix, en sorte qu'il n'eut plus besoin de tendre l'oreille pour entendre ce que lui racontait Monica Montemartini, orpheline d'un riche latifundiaire des Pouilles, ami personnel et subventionnel de Benito Mussolini, abattu d'un coup de fusil de chasse en 1943 par l'un de ses ouvriers agricoles.

« A quatorze ans, monsieur, c'est-à-dire en pleine guerre, je parcourais nos propriétés à cheval. Les employés de mon père m'aimaient bien, je les aimais bien, moi aussi. J'ai aimé les hommes depuis que j'ai été nubile, j'ai perdu ma virginité pour la première fois sur l'arçon d'une selle, et une seconde fois en plein champ, à quatorze ans, derrière le mur d'une aire de battage. Mais je haïssais mon père. » L'homme commanda du vin. La femme lui proposa d'aller poursuivre cette conversation chez elle — « Je parlerai la nuit durant s'il le faut, je vous raconterai tout », dit-elle —

mais il refusa et revint à Stefan Helf. « C'est un peu ridicule à dire dans ma situation, mais je l'ai aimé plus qu'aucun être et maintenant, je n'éprouve pour lui aucun ressentiment, dit-elle. Il travaillait beaucoup à je ne sais trop quoi, il passait son temps entre la bibliothèque de Braidense, la bibliothèque Ambrosiana et il allait souvent à l'abbaye de Chiaravalle, à pied et par n'importe quel temps. Mais il m'aidait aussi à tenir mes comptes et à trouver de nouveaux clients... »

Profondément troublé par ces révélations auxquelles il s'attendait pourtant, l'homme s'efforçait maintenant d'établir une coïncidence entre le Stefan Helf qu'il connaissait sous un autre nom et celui, tantôt réaliste tantôt subjectif, qu'en brossait la femme ; mais le personnage réel débordait toujours des cadres où l'on tentait de l'enfermer et finalement, par l'imprécision du souvenir et l'aveuglement du présent, une sorte de connivence impuissante unissait Monica Montemartini à l'inconnu qui l'interrogeait, et tous deux arrivaient par des voies différentes à une conclusion identique : nous courons après une ombre.

« Un jour, Stefan exprima le désir de partir pour les Pouilles, poursuivit-elle. Il voulait voir les lieux de mon enfance, là où avait été assassiné mon père et, surtout, visiter Castel del Monte, le château de Frédéric II. Il me demanda de travailler davantage pendant quelques semaines afin de pouvoir voyager confortablement. Je l'ai emmené d'abord à Lucera, à Foggia et au Gargano. Nous sommes restés une semaine à Vieste avant de descendre vers Brindisi. Plus nous allions vers le Sud, plus mon inquiétude et mon agoisse croissaient. Je craignais de le perdre et une femme qui a peur de perdre un homme fait justement tout ce qu'il faut pour cela. Nous nous sommes finalement arrêtés à Lagopesole, le village le plus proche de Castel del Monte. Ne trouvant aucun hôtel, nous avons pris une chambre chez l'habitant. J'étais d'exécrable humeur, je ne voulais pas rester ici plus de quelques heures. Notre logeur élevait des poules, la fenêtre de notre chambre donnait sur une cour de terre battue brûlée par le soleil, une épouvantable odeur de basse-cour en montait. Le premier jour, Stefan ferma les volets et resta allongé dans la pénombre sans rien faire, sans rien dire. Il était très loin. Je restai assise sur une chaise et ne fis rien d'autre que transpirer. Dehors, les poules caquetaient sans arrêt. Le soir, il me demanda de le laisser seul ici et de rentrer à Milan où il me rejoindrait. Je sentis que je n'avais pas le droit de m'opposer à ce désir, que je l'avais déjà perdu, et je partis avec le car du matin. Jamais il ne me rejoignit... »

Le café fermait. Entourés maintenant d'une forêt de pieds de chaises retournées sur les tables, ils laissaient le garçon balayer sous leurs jambes. Un courant d'air pluvieux circulait sur les marbres, soulevant une odeur de fin de nuit. Mais il était encore tôt. L'homme pensait que la femme ne lui avait rien dit au sujet des visites de Stefan Helf à la bibliothèque de Braidense et à l'abbaye de Chiaravalle. Comme ils devaient s'en aller, elle lui proposa une nouvelle fois de venir chez elle entendre la suite de son récit, et il sentit combien elle craignait de se retrouver seule. « Je ne vous ai pas raconté l'essentiel, loin de là », assura-t-elle d'une voix implorante. Mais il déclina l'invitation, lui assurant qu'il reviendrait la voir régulièrement si elle le souhaitait et qu'il l'écouterait jusqu'au bout. Elle tressaillit imperceptiblement en franchissant le seuil du café, comme si la mort l'attendait au coin d'une rue. Au moment de quitter l'homme, Monica Montemartini ordonna : « Ne me dites jamais où il se trouve, ne me dites jamais qui vous êtes, promettez-le ! Même si je vous en supplie. »

1966

Encore à demi endormie, Fiora Capidilista pressentit la présence d'un danger. Pendant des mois, elle avait été réveillée par le vacarme du chantier voisin. Après les échecs successifs de ses nombreuses tentatives pour obtenir l'interruption des travaux, résignée en apparence, elle cessa de prêter attention à la construction de la porcherie. Puis, d'un jour à l'autre, nul bruit ne se fit plus entendre et, un matin, ce fut le silence qui la réveilla. Pendant une semaine entière, rien ne se passa. Chaque matin, elle restait longtemps immobile dans son lit à épier les rumeurs, attendant que les travaux reprissent. Bientôt, elle commença à croire qu'un miracle s'était produit, que le cauchemar avait pris fin. Mais aujourd'hui, une nouvelle activité régnait au bas du parc, bruits de moteurs, entrechoquements métalliques, voix d'hommes et d'autres sons encore, plus troublants parce qu'elle ne pouvait les identifier, et elle pensait dans son engourdissement : je les tue ! Elle s'arracha au sommeil, tira les rideaux, ouvrit grand la fenêtre. Et voilà que, pour la première fois, elle huma cette odeur puissamment douceâtre, fétide, une odeur d'entrailles pourrissantes, de lait et d'excréments. Entre le feuillage encore clairsemé, elle apercevait les murs gris des longs bâtiments de la porcherie et, à sa gauche, les infrastructures lourdes des silos alimentaires. Je les tue ! pensa-t-elle tout haut en quittant la chambre précipitamment.

Puis elle dévala la pelouse jusqu'à la petite porte de fer.

Deux camions étaient stationnés devant l'un des bâtiments, une dizaine d'hommes armés de gourdins dirigeaient sur des rampes métalliques d'énormes porcs qui glissaient en gueulant jusqu'au sol où d'autres rabatteurs les orientaient vers les soues. Ces hommes restaient flegmatiques et indolents jusque dans leur violence et, par quelque chose qui gîtait intimement en eux, ils ressemblaient aux bêtes. Subjuguée, Fiora Capodilista regardait défiler les porcs. Non loin de là, près du camion, un homme qu'elle connaissait assistait au spectacle en fumant : l'ancien propriétaire de l'amandaie. Quand leurs regards se croisèrent, il sourit puis lui tourna le dos. Alors il lui sembla qu'elle venait de comprendre une vieille loi du monde, une loi essentielle et primitive que l'histoire humaine tentait d'effacer des tables de l'univers et elle regarda les bêtes et les hommes avec une expression d'intense férocité. Elle aperçut à deux pas d'elle une pelle appuyée contre le mur de parpaings. Les porchers criaient, les gourdins s'abattaient mollement contre le flanc gras des truies avec un bruit répugnant de chair qui s'écrase. Soudain Fiora Capodilista s'ébroua. « Si tu nous chasses, permets-nous d'entrer dans ce troupeau de pourceaux... », dit-elle en s'avançant pour saisir la pelle. Puis elle s'élança au milieu des porcs, abattant l'outil autour d'elle à l'aveuglette, sans penser à rien qu'à frapper, à frapper de plus en plus violemment.

Cela ne dura que quelques secondes. Deux hommes se précipitèrent, la ceinturèrent, l'un d'eux la serra contre lui à l'étouffer et la souleva de terre. La fureur de la femme, son indignation tombèrent aussitôt, comme était tombée la pelle, et elle se laissa aller passivement, sans esquisser un geste de révolte. L'homme ne savait comment réagir avec cette masse inerte, il des-

Troisième lettre de Publius Optatianus Porphyrius à Oribase.

CCCLXXXV. « ... Milanion construit. Il construirait sur les orages, peut-être construira-t-il des demeures pour ceux qui nous auront abattus. Une pléthore de murs présents et futurs le protège ; à l'instar de ceux qui croient leur pouvoir immortel comme leurs œuvres, il ne peut comprendre que le plus bel ordre du monde est comme un tas d'ordures rassemblées au hasard. Sa foi, son opiniâtreté l'ont rendu convaincant, il a voulu me montrer comment trouver l'apaisement dans la forme naissante de la pierre qui s'élève et donne à l'esprit humain, dans l'élan solidifié de l'un et la stabilité robuste de l'autre, une forme concrète. Mais nulle forme ne résiste au feu qui vient et, une fois encore dans notre histoire, les pierres tomberont des pierres dans un champ calciné. Milanion connaît ma sensibilité à la moindre altération, il sait combien m'est doulou-reuse la dégradation de l'Empire, tout ce que je sens déchoir et se délabrer autour de moi ; il a conscience de son rôle protecteur et je crois qu'il en est fier. Aussi me reste-t-il fidèle. Il sait cependant qu'il lui faudra un jour me quitter avant que la maison soit achevée et il me reprochera jusqu'à son dernier souffle cette œuvre que je le contrains à laisser incomplète.

» Le Sicilien travaille à la mosaïque avec une constance admirable. Toutefois, il progresse lentement et je doute qu'il termine avant que nous ne soyons anéantis. Milanion m'a fait part à nouveau de la haine du gouverneur Scudilo à mon encontre, il m'a conseillé de ne plus sortir sans escorte. Mon insouciance devant un danger tangible le scandalise, mais comment lui expliquer que la défense de ma propre personne ne m'intéresse plus et que, au fond de moi, j'aime à savoir d'où viendra la mort ? Il me reproche mon inconséquence, il me suggère d'envoyer des tueurs assassiner Scudilo avant que celui-ci n'agisse contre moi ; il pourrait facilement, dit-il, trouver quelques hommes sûrs pour résoudre ce problème. J'ai ri, comme s'il plaisantait. Mais si je te parle aujourd'hui de mon architecte, Oribase, c'est que, depuis un certain événement, je suis devenu pour lui un sujet d'inquiétude.

» Peu après les calendes, j'ai commandé qu'on prépare mes bagages pour un bref voyage. Je voulais accompagner le marchand Vitellus au marché de Pise où j'ai acheté deux esclaves, très jeunes et très beaux, un garçon et une fille d'origine germaine, peut-être suève, nés en esclavage et qui n'ont jamais connu ni père ni mère : des Barbares. Je les affranchirai en temps voulu, je les jetterai libres dans ce monde où le hasard les a si mal fait naître. Bientôt, leurs frères deviendront nos maîtres. Si tu voyais la fille, Oribase, tu n'en reviendrais pas ! Elle est d'une beauté à peine concevable, presque effrayante, qui bouleverse nos idées à ce sujet. Frappé lui aussi, Vitellus me déconseilla vivement cet achat ; puis comme je m'obstinais, il me jugea fou. " N'est-ce pas la grande beauté d'un jeune esclave qui provoqua dernièrement le massacre des Thessaloniciens ? " me fit-il observer. Sa remarque prêtait à sourire car le sentiment que m'inspira la beauté des deux jeunes gens, quand je me trouvai devant eux, dépassait dans son éloquence augurale tout ce que Vitellus peut imaginer de catastrophique.

» J'acquis cette jeune fille dans des circonstances particulières pour une somme bien inférieure à ce qu'elle aurait valu ; elle porte le nom de Sabine qui ne sied guère à sa personnalité et son précédent maître, qui l'avait achetée dans des circonstances analogues, ne sut me dire son âge, mais il m'assura qu'elle n'était pas encore nubile. Le garçon a entre treize et quinze ans, il s'appelle Lucius. L'un et l'autre sont blonds aux yeux bleus, mais le regard de la fille est d'une telle pâleur qu'il semble venir d'une région irréelle et glacée : un regard libre, Oribase, libre de lui-même, un regard sauvage et pur. "Avec ces deux-là, tu apportes l'ombre dans ta maison, me dit encore Vitellus. Je n'ai jamais acheté ni vendu d'esclaves germains, ce sont des bêtes juste bonnes à arracher les arbres à la main. A ta place, j'aurais choisi des Grecs ou des Ibères. Mais surtout pas ceux-là, surtout pas cette fille ! "

» Vitellus vit et pense comme un Romain conscient d'avoir conquis le monde et ignorant encore qu'il est en train de le perdre ; il porte toujours en lui l'assurance de nos ancêtres qui conquirent les Gaules, mais plus l'élan ni la force de les conquérir. C'est pourquoi la présence de deux enfants du Nord suffit à l'inquiéter, comme s'il voyait déjà s'étendre une ombre menaçante sur les plus belles contrées de l'univers où l'influence puissante de nos lois et de nos mœurs apporta la lumière ....

....

» Mes deux nouveaux esclaves ne connurent que la brutalité, l'humiliation, ils furent moins traités comme

185

des enfants que comme des animaux, sans tendresse, sans amour, avec pour seule perspective d'avenir des chaînes de plus en plus lourdes, des ergastules de plus en plus profonds. Lucius était épuisé par trois ans de travaux des champs dans une *familia rustica* tenue par un intendant despotique et des contremaîtres sans pitié ; Sabine souffrit le martyre dans les cuisines d'une villa urbaine sous les ordres d'une matrone qui lui piquait les seins de ses épingles à cheveux et la livra finalement à l'amusement de son fils, un débauché de dix-huit ans. La terre végétale qui recouvre en chaque être l'argile de la nature originelle est chez eux faite de haine, de peur, de désespoir. Dès qu'ils entrèrent dans la maison, je décidai de les éduquer. Contre l'avis de Milanion, m'amusant de la jalousie de Doris et Délie, malgré la soumission navrée de Lycinna, je choisis de leur apprendre à lire et à écrire. Non le latin, la langue de leurs bourreaux, mais le grec. Les deux premières semaines, ils ne bougèrent pas de leur chambre.

» Imagine-les, Oribase, pareils à des chatons tapis sous un lit, prostrés, plus effrayés par les faveurs que par le fouet, attendant de moi pis que ce qu'ils avaient subi de leurs anciens maîtres, ne touchant pas aux nourritures, ne prononçant pas une parole, n'osant ni déféquer ni uriner tant la terreur les nouait. Puis, sans prendre vraiment confiance, ils s'habituèrent à leur sort. En pénétrant un matin dans le péristyle, je trouvai le blond Lucius devant la mosaïque, non loin des trois ouvriers et de l'artiste sicilien qui travaillaient agenouillés et se redressaient parfois pour le regarder avec incrédulité, comme on regarde une apparition. J'allai directement vers le Syracusain sans prêter attention à Lucius, comme si je n'avais pas remarqué sa présence. Quand il me vit, il recula dans l'ombre, se cacha derrière une colonne. Le Sicilien se leva d'un bond et s'exclama en riant : " C'est le fils du dieu Soleil venu sur terre pour apporter le feu aux hommes !... " Je ris, moi aussi, songeant aux paroles de Vitellus au sujet de l'ombre et de la barbarie que j'introduisais dans ma maison.

» Deux jours plus tard, la jeune fille sortit à son tour de sa chambre, mais comme un animal menacé sort de son terrier, avec mille précautions, la nuit, elle se coula de colonne en colonne, s'arrêtant derrière chacune d'elles. Avec Lycinna, nous l'observions, cachés derrière un rideau. Elle avança jusqu'au bassin, trempa sa main dans l'eau, dit quelque chose à voix haute, un mot, un seul que nous ne comprîmes pas ; et ce mot qu'elle prononça le visage levé vers le ciel ne semblait pas sortir de la bouche d'une jeune fille mais s'élever de celle d'un druide au profond d'une forêt, plein d'humus et de sortilèges. Par la suite, je l'entendis plusieurs fois parler seule dans ce même langage étrange, guttural. Quand je lui demandai enfin où elle l'avait appris, elle ne sut me le dire. Aujourd'hui, Sabine lit et parle couramment le grec, assez pour déchiffrer n'importe quel texte. Sa mémoire est prodigieuse, son intelligence confondante, son application vorace. Elle apprend comme un affamé mangerait, avec une gloutonnerie fanatique. Quand je l'observe à la dérobée, je crois voir un conspirateur pressé qui engrange des armes volées dans un arsenal de fortune. Sitôt la leçon terminée, elle redevient absente, rêveuse. Parfois, elle me regarde étrangement.

» Le garçon est moins doué, plus paresseux ; il peut passer des heures à regarder travailler le Sicilien, captivé par la patience et la minutie de l'artiste. Sans doute apprendrait-il facilement s'il y trouvait une raison ; mais il n'en voit aucune, en sorte qu'il parvient à me faire douter de moi-même. " Pourquoi voulez-vous que

j'apprenne le grec ? " me demanda-t-il un jour genti-
ment, sans le moindre reproche. Je ne sus que
répondre. Pour quelque raison ambiguë, Sabine s'était
ruée sur mon enseignement comme sur une manne,
sans me poser de questions ; grâce à la franchise de
Lucius, je croyais découvrir que son avidité cachait en
réalité un absolu manque d'intérêt, une indifférence
abyssale pour ce qu'elle apprenait. La force de la jeune
fille, sa concentration à la fois massive et fluide venait
de la faculté paradoxale de se lancer corps et âme, obstinément, dans un combat qu'elle savait inutile et qui ne
la concernait pas... Qu'espérais-je tirer de ces gamins ?
" Je veux que tu apprennes le grec parce que je veux
que tu me ressembles ", répondis-je furieusement à
Lucius. A moi, homme vieillissant, un long et douloureux apprentissage de la vie avait été nécessaire pour
comprendre intellectuellement un principe que la
nature avait spontanément offert à l'esprit d'une jeune
fille de quatorze ans : la sagesse consiste dans la poursuite sereine et joyeuse d'un combat vain et perdu
d'avance.

» Je fis bientôt une autre découverte. Sabine et
Lucius se haïssaient. Je pensai d'abord qu'ils s'aga-
çaient mutuellement, mais ils se haïssaient. Je le compris un jour par un regard qu'ils échangèrent. Je n'ai
jamais haï et j'en fus atterré. Ils étaient de la même
race, ils subissaient un sort identique, n'importe quel
maître pouvait les abattre sur place comme des chiens,
et ils se haïssaient... Mais dans ce double regard, je vis
que brillait encore autre chose, Oribase — autre chose
qui me fit penser : c'est grâce à cela qu'ils sont encore
en vie, rien d'autre ne pourrait les garder aussi forts —,
de la connivence, presque de la complicité, comme s'ils
continuaient volontairement d'attiser en eux la haine,
comme s'ils connaissaient d'instinct la nécessité de ne

pas laisser s'éteindre ce brasier. Je faillis commander qu'on les jetât hors de chez moi, mais je me précipitai vers eux, je les pris chacun par l'épaule et les entraînai vers le jardin.

» Il a commencé de pleuvoir, des bandes de corbeaux tiennent tribunal dans les pins, jugent et condamnent ; l'on voit parfois s'abattre l'un d'eux, frappé à mort en plein vol par ses congénères qui l'ont estimé indigne. Les corbeaux ont une justice expéditive et efficace, Oribase. Aux vélums de grosse toile étendus sur le péristyle afin de protéger la mosaïque, le Sicilien a ajouté des planches pour poursuivre son travail en toute tranquillité. Il partira en décembre pour son pays et ne reviendra qu'en avril. Son départ me fâche car l'œuvre est loin d'être achevée et s'il y a quelque chose ici que j'aimerais voir dans sa totalité, dans sa forme absolument mature et rayonnante, c'est ce soleil, mon ami, juste cet éclatant soleil que j'emporterai avec moi dans les ténèbres à venir... »

sence ne fût nullement nécessaire, comme l'expliqua ensuite le prince Aldobrandini au docteur Bembo, il resta là du matin au soir, tantôt en spectateur, tantôt allant et venant fébrilement le long de la fouille. Présent et absent à la fois, il semblait pourtant préoccupé par un problème plus abstrait, plus complexe que tous ceux posés par l'activité du chantier.

Chaque jour, Dino venait directement de l'école le rejoindre sur le champ de fouilles. A Luella Capodilista que le sort du garçon semblait préoccuper, puisqu'elle l'interrogea plusieurs fois à son sujet, le prince Aldobrandini raconta comment Thomas Bald avait obtenu de ses parents la permission d'initier leur fils à l'archéologie, permission qui devint peu à peu un consensus équivalent aux pleins pouvoirs d'un précepteur. Au jour prévu pour l'achèvement du hangar, voyant que l'on n'avançait pas assez vite, Bald travailla avec les ouvriers. Avant la nuit, la construction était achevée.

On y accédait par une porte unique ouverte dans l'une des deux parois latérales. Sur la toiture voûtée, plusieurs baies de Plexiglas diffusaient la lumière à profusion. Les jours suivants, après avoir pompé l'eau de la fosse, il fallut élever un mur en travers de l'excavation pour isoler le hangar du reste de la fouille. Une autre entreprise se chargea de ce travail et, cette fois, les ouvriers vêtus de cuissardes descendaient chaque matin dans la fosse. Il ne cessait de pleuvoir, le niveau de l'eau monta de quinze centimètres pendant la construction de la cloison isolante. Impatient, Bald arpentait le terrain vague. C'est là que le trouva Arnolfo Panatti, secrétaire de la Mission archéologique lombarde.

L'archéologue n'interrompit pas son va-et-vient ; stupéfié par l'activité inattendue qui se déployait sur le champ de fouilles, Panatti le suivit dans sa déambulation, silencieusement, ne sachant comment entrer en matière. « Vous savez que M. Mateotti, l'actuel maire de Florence, grâce à qui nous avons pu reprendre les fouilles, est à l'hôpital depuis deux semaines... », dit-il sans cacher le déplaisir qu'il ressentait à se promener ainsi sous la pluie battante. Mais l'archéologue ne lui accorda pas un regard. Il allait les mains croisées dans le dos, les yeux au sol et, comme le secrétaire de la Mission le conta le soir même avec amertume au prince Aldo-brandini, la mauvaise humeur s'exprimait sur toute sa personne. « Nous pourrions poursuivre cette conversation dans le baraquement... », suggéra-t-il en relevant le col de son imperméable. Les lèvres de Bald remuèrent, mais il ne se passa rien de plus. Depuis un moment, Panatti avait l'impression qu'un vacarme intense s'éle-vait de partout autour d'eux, comme s'ils se trouvaient sur le pont d'un vieux cargo ferraillant qui luttait contre la houle. « Dans le baraquement... », répéta-t-il. Thomas Bald s'arrêta alors, le regarda sans aucune aménité mais sans hostilité non plus, comme il aurait regardé un vieux pneu. « Certainement pas », dit-il. Puis, sans plus s'occuper de Panatti, il reprit sa marche.

Pendant quelques secondes, le secrétaire resta trop consterné pour réagir. Planté là, il regarda Thomas Bald s'éloigner, obtus, entêté, masse totalement inabor-dable et totalement coupée du reste du monde ; puis il le rejoignit, l'agrippa par son ciré et, maintenant au comble d'une fureur apoplectique, il cria : « Quelques jours ! Les médecins ne donnent plus que quelques jours à Mateotti, monsieur Bald ! Et après sa mort, il y aura de nouvelles élections municipales, on élira Lau-renzo Colussi et c'en sera fait des fouilles ! Alors à quoi bon ce hangar, hein ? A quoi bon puisque Valverde vous foutra dehors avant l'hiver ? »

L'archéologue réagit de façon inattendue. Il parut réfléchir sérieusement, se tourna vers Panatti, souriant, d'un calme médullaire. « Vous avez raison, c'est absurde... » dit-il. Sur quoi il se dirigea droit vers la fouille entièrement dissimulée à leurs yeux par les reliefs du terrain et d'où provenait une rumeur qui se répercutait à l'ensemble du sous-sol, une rumeur étouffée de moteur, de voix et d'autres choses encore qu'on ne pouvait identifier, le souffle rauque d'un dormeur bronchiteux ponctué par les chocs fracassants du pilon pneumatique sur l'acier du coffrage. Dans la perspective du toit de tôle dont les reflets mats, absorbants dégageaient une impression accablante d'ennui et d'inaboutissement, la cheminée de la station d'épuration régurgitait de gros bouillons plâtreux. Arnolfo Panatti, dont la mission semblait à présent bien comprise (« Est-ce ma faute si notre président m'a chargé d'adresser à M. Bald certaines remarques concernant la façon cavalière dont il a congédié *sine die* les hommes mis à sa disposition ? demanda-t-il un peu plus tard au prince Aldobrandini. Est-ce ma faute si la commission a jugé bon de limiter son budget ?... ») — Arnolfo Panatti le suivit à distance mais il n'insista pas et, bientôt, quittant Testa di Becco, il se rendit directement au Savoy, où logeait le prince quand il demeurait à Florence.

Lorsque le béton fut sec dans le coffrage, on mit les pompes en marche. Il fallut pomper sans interruption pendant quarante-huit heures pour assécher l'excavation. Alors seulement, Thomas Bald put pénétrer dans le hangar.

Dino et deux étudiants restés à son service l'accompagnaient (les contrats des autres membres du personnel — des saisonniers pour la plupart — ne furent pas renouvelés, les deux chercheurs mis à disposition par la Mission archéologique lombarde apprirent que leur présence sur le champ de fouilles ne serait désormais plus nécessaire) ; ils pénétrèrent un à un sous la voûte de tôle par l'unique accès — une porte si petite qu'en la franchissant on croyait entrer dans une cathédrale par le trou d'une serrure. L'assourdissant roulement de la pluie sur le toit emplissait l'espace vide d'un écho semblable à celui que produiraient plusieurs chœurs d'esprits chantant à l'unisson. Bald s'avança jusqu'au centre de l'immense volume où il demeura un instant recueilli. « Il y a encore pas mal d'eau », remarqua Dino en haussant la voix. Il y avait encore pas mal d'eau. De profondes flaches se vidaient les unes dans les autres, avec ce ruissellement de fontaine que l'on entend à marée basse quand s'écoulent interminablement les vasques marines. Puis l'attention des jeunes gens revint à Thomas Bald. Il ne bougeait toujours pas, sa méditation s'était appesantie, il se tenait dans la position affaissée d'un marcheur épuisé que sa course a conduit au pied d'une falaise abrupte. Chacun tentait maintenant de deviner la nature de ses pensées.

« Quand je suis entré dans le hangar avec les garçons, une femme s'y trouvait déjà, confia Bald quelques heures plus tard au prince Aldobrandini. Je m'attendais à la rencontrer un jour ou l'autre, je l'attendais depuis longtemps. Je l'ai trouvée pareille à elle-même, nous avons évoqué nos souvenirs communs, de bien lugubres souvenirs... »

Un moineau prisonnier des tôles voletait en piaillant sans trouver où se poser ; les jeunes gens levèrent la tête ; revenant de sa longue randonnée mentale, Thomas Bald éleva les yeux vers l'oiseau puis les abaissa jusqu'à la seule issue que l'animal ne trouverait sans doute jamais. D'une démarche lourde et lente, il se transporta jusqu'à la pierre où le nom de Porphyrius se trouvait gravé. Un moule de boue la recouvrait tout entière. Pour la première fois depuis des mois, les jeunes gens eurent l'impression qu'un certain accablement pesait sur les épaules de l'archéologue. « Allons voir comment fonctionne notre système », dit-il en gagnant le fond du hangar. Devant la haute paroi de tôle plaquée contre l'extrémité de la fosse, il parut à nouveau préoccupé, absent, et Dino qui se trouvait près de lui l'entendit murmurer ces mots : « Nous couchons dans le lit des morts, nous nous asseyons à leur table, nous fumons leur pipe ; ils sont partout autour de nous par myriades, nous vivons en hôtes de passage dans leurs propriétés, et ils le savent... » Puis il sortit une clé de sa poche, l'introduisit non sans un peu de solennité dans une serrure dissimulée par un rabat métallique. Exerçant des deux mains une forte poussée contre la tôle, il déclencha un événement que chacun attendait mais qui produisit néanmoins un effet saisissant. Avec un bruit de coffre-fort, un bruit ténu de déplacement d'air, un pan de tôle glissa sur d'invisibles rails, une énorme porte coulissante s'ouvrit sans effort, tel un panneau japonais, sur un mur de terre luisant d'humidité et si rébarbatif que tous eurent un même réflexe de recul. L'archéologue dessina devant lui dans l'espace un geste circulaire et ample : « Nous creuserons ici, en droite ligne. Si nous ne rencontrons pas d'obstacle important, je pense que nous devrions atteindre le péristyle après une vingtaine de mètres au plus. »

L'attitude de Bald avait maintenant radicalement changé, il les dévisageait d'un air malicieux et goguenard. Dino observait avidement le chasseur. Tant d'événements s'étaient produits dans sa vie depuis qu'il l'avait vu pour la première fois chasser le lièvre dans la combe ! A présent, chaque fois qu'il se trouvait en sa compagnie, il se sentait plus intelligent, plus sensible, plus vivant aussi, comme si la présence de cet homme sur la terre donnait à son existence un avenir dont elle aurait été privée sans lui. Or brusquement, après qu'il

198

l'eut entendu murmurer ces étranges paroles à propos des morts — et peut-être encore à cause de cette
paroi de terre brusquement surgie devant eux —, Dino
pensa que le chasseur lui aussi était mortel, qu'un jour il
reposerait inhabité et froid sous un quelconque linceul,
et il fut pris d'une horrible détresse. A ce moment,
quelqu'un appela au-dehors. Bald fit coulisser la porte
et tous sortirent du hangar.

Ils trouvèrent Aldobrandini assis au bord de l'excavation sur un siège pliant, légèrement penché en avant,
comme s'il lançait des ordres à une multitude affairée
dans la fouille. Il ne pleuvait plus mais le prince gardait
son parapluie ouvert, le manche appuyé contre sa clavi-
cule ; dans l'autre main, il tenait un papier qu'il tendit à
Bald. Il s'agissait d'une lettre adressée au prince Aldobrandini par le président de la Mission archéologique
lombarde. L'archéologue la lut attentivement puis, sans
commentaire, il la rendit au prince. « Nous avons le
sentiment que M. Thomas Bald poursuit ses recherches
comme s'il œuvrait pour lui seul, comme si cette
mosaïque — dont rien ne nous assure encore de l'existence — lui appartenait, constituait un élément de son
existence privée, disait en substance la lettre. A aucun
instant, il ne semble songer que son travail concerne
notre civilisation en général, l'État italien en particulier,
et nous sommes convaincus que nul autre motif que
l'égoïsme ne le guide, qu'il se moque des milliers d'indi-
vidus qui viendront plus tard admirer et réfléchir sur ce
vestige... »

Le prince Aldobrandini ferma enfin son parapluie, se
leva en s'appuyant sur lui de tout son poids tandis que
Bald prenait la direction du baraquement. « Je suis de
votre côté, Thomas. Mais vous devriez aller faire un
tour à Milan... », dit-il. Il entendait son ami chantonner. Parvenu sur le seuil, Thomas Bald se retourna,

fit une grimace comique et chanta à tue-tête « Non, *no ch'io non mi pento ; vane lontan da me... No, vecchio infatuato !* », puis il fit signe au prince de le rejoindre. Alors Aldobrandini sentit une chaleur couler agréablement le long de son visage, inonder ses mains croisées sur le manche du parapluie, ses mains soudainement rajeunies par une lumineuse blancheur et que, pendant un instant de parfait bonheur, il contempla avec émerveillement. Un miraculeux rayon de soleil éclairait entre les nues le lieu-dit Testa di Becco.

1944-1946

Un roulement de pierre attira l'attention des bergers sur l'homme qui gravissait l'éboulis. Il montait en plein soleil vers le front bleu du glacier, des ruisselets de cailloux coulaient sous ses semelles dès que son pied prenait assise plus haut sur la friable déclivité. Ayant placé leur main en visière, les deux bergers le regardèrent avec stupeur grimper maladroitement un chemin que lui seul voyait et qui n'allait nulle part, sinon vers le dédale inaccessible des séracs. « Nous ne l'avions pas vu remonter le val et voilà qu'il était planté au beau milieu du pierrier, sorti de terre, né du rocher, à cette altitude où ne poussent plus que des lichens... » raconta vingt ans plus tard le berger Alfonso Manzu à cette étrangère qui voulait à tout prix connaître l'histoire de Pietro di Augusto (ainsi le baptisèrent-ils dès le premier jour, parce qu'il était surgi d'un pierrier au mois d'août de l'année 1944, tout juste douze mois après le débarquement des Alliés en Sicile et l'arrestation du Duce, et que jamais il ne voulut ou ne put leur révéler sa véritable identité).

Le souvenir que le berger Manzu garda jusqu'à sa mort de cette scène insolite fut sans doute magnifié par le temps, en sorte que sa mémoire en conserva d'insignifiants détails, tel par exemple le cri que poussa soudain son compagnon pour inciter l'inconnu à faire demi-tour, cri dont la brusque fulgurance figea pour un instant les moutons du troupeau. Répondant aussitôt à cet appel, l'homme interrompit son ascension et rejoignit le sentier. Les bergers dégringolèrent du promontoire où ils s'étaient juchés pour fumer et découvrirent un individu encore jeune, épuisé, amaigri et hagard. Il portait un petit sac à dos d'enfant raide de crasse que sa stature athlétique et voûtée rendait ridiculement minuscule et il semblait venir de très loin, d'une région dont ils ne pouvaient seulement imaginer l'apparence, une de ces régions livrées au fer et au feu. De fait, remarqua encore le berger Manzu quand on l'interrogea, « il sentait encore la guerre et les ruines, il portait sur lui les traces de tous les champs de bataille qu'il avait traversés à pied ». Il les salua courtoisement, dans un italien qu'ils comprenaient mal car il parlait le langage des villes avec un fort accent étranger. Lorsqu'ils lui demandèrent où il allait, il indiqua le sud sans conviction et, au vide de son regard, ils comprirent qu'il n'allait nulle part précisément, que dans sa tête rien ne fonctionnait plus au mieux. « Oui, dès que nous l'avons vu de près, avant même qu'il ait parlé, nous avons compris qu'il n'était pas dans son état normal, dit le berger Manzu. Peut-être bien qu'il grimpait vers le glacier avec l'intention d'aller se coucher là-haut, sur les pierres, et d'y attendre la mort... »

LA MOSAÏQUE

De son origine comme de son identité, il prétendit ne rien savoir. Il ne se souvenait que des dernières semaines vécues, le cauchemar d'une marche épuisante de villes dévastées en villages incendiés, toujours se cachant, vivant dans les bois ou dans les décombres. La dernière fois qu'il avait dormi dans un lit, c'était avant de franchir la frontière italienne, à Hermagor (les deux bergers ne connaissaient point d'autre ville autrichienne que Villach), où une femme l'avait recueilli chez elle. Ils lui donnèrent à manger. Et bien qu'il fût plus grand qu'eux de deux têtes, ils montrèrent envers lui une attention quasi maternelle : cette folie vague dont ils le supposaient victime leur inspirait un respect craintif et de la pitié. « Nous avions affaire à un innocent », remarqua Manzu. Puis le second berger suggéra de conduire l'inconnu au village, de l'emmener chez le docteur et de le laisser se reposer quelques jours, ceci dans le plus grand secret, car leur instinct les avertissait que cet homme était menacé. Comme le berger Manzu l'avouera plus tard, ils s'attachèrent curieusement à lui dès le premier instant et, bien qu'un être ainsi surgi d'un pierrier fût susceptible d'éveiller la méfiance chez des esprits simples, ils le considérèrent comme une sorte de *don* — sans pouvoir préciser si ce don leur venait de Dieu ou des dieux. Il se produisit alors dans ce petit hameau du nord de l'Italie qu'aucune carte ne mentionnait et que les fascistes avaient négligé d'investir un phénomène dont les principaux protagonistes n'eurent pas clairement conscience. A la femme qui tant d'années après ces événements vint interroger le berger Manzu, ce phénomène fut expliqué par le médecin de la vallée, un certain Giovanni Piri : l'inconnu découvert dans la montagne devint pour les habitants du village le présage que la guerre allait bientôt finir.

202

« Oui, chère madame, Pietro di Augusto fut pour tous les gens d'ici une espèce de prophète annonciateur de la paix, confia le docteur Piri qui allait sur ses quatre-vingts ans quand il reçut sa singulière visiteuse. Dans nos vallées, le fossé n'est pas large entre religion et superstition. Or quelques mois après l'arrivée de Pietro, l'Allemagne capitulait... » Véronais socialiste qui avait trouvé refuge dans la montagne, le docteur Piri fit entrer clandestinement l'étranger à l'hôpital de Tarvisio où il vint lui rendre visite presque chaque jour, veillant à ce que personne ne s'intéressât de trop près à son identité. « J'ai attendu quelques jours pour lui poser des questions, chère madame. Il souffrait de malnutrition, il portait à la base du crâne, un peu au-dessus de la nuque, une vilaine plaie mal cicatrisée dont il prétendait avoir oublié l'origine. Il prétendait d'ailleurs ne se souvenir de rien mais il mentait, évidemment, car il n'y a pas d'amnésie de ce genre. A la suite d'un traumatisme crânien suivi d'un coma prolongé — ce qu'il avait très probablement subi —, un malade peut occulter plusieurs mois de son passé mais non *tout* son passé. Après quelque temps, je lui demandai carrément : " Êtes-vous allemand ? Déserteur ? Communiste ? " Eh bien, il ne répondit pas, chère madame, il fit un geste évasif et se tourna vers la fenêtre... »

Le docteur Piri se souvenait de ce détail parce qu'ils se trouvaient alors ensemble dans une salle du rez-de-chaussée de l'hôpital, assis devant une baie vitrée, et qu'à ce moment précis, une patrouille allemande traversait la cour. Pietro di Augusto regarda défiler les soldats avec une parfaite indifférence. « Et pourtant, s'ils s'étaient doutés de sa présence ici, ils l'auraient embarqué et fusillé illico », fit remarquer le docteur Piri à sa visiteuse. A la mi-septembre, quand il fut rétabli, il prit la décision de remonter au village. Piri demanda au berger Manzu si quelqu'un là-haut pouvait l'héberger pendant l'hiver car, pour l'avenir immédiat, c'était évidemment la solution la plus sage, encore que parler d' « avenir » concernant un garçon qui se prétendait sans passé et qui traversait le présent en somnambule semblait saugrenu. Le docteur Piri utilisa sans se méfier devant sa visiteuse le mot « somnambule » puis, pris d'un doute, il s'interrompit : « Et si la vérité était exactement inverse, chère madame ? Si Pietro avait été au contraire riche d'une extraordinaire clairvoyance, d'une lucidité et d'une volonté qui, l'ayant rendu amnésique, lui permirent de rester en dehors de l'immonde massacre collectif ? Qui sait si, creusant dans sa mémoire un vide qui débouchât sur l'oubli, il n'était pas réellement parvenu à sortir de l'atroce réalité historique ? Maître de sa mémoire, il eût pu à volonté *entrer et sortir...* » Passé sans transition de l'exaltation à la rêverie, le docteur répéta plusieurs fois en hochant la tête et en accompagnant ses paroles d'un mouvement giratoire de la main : « ... *Entrer et sortir,* oui chère madame, à volonté *entrer et sortir...* Mais, bien sûr, ce jeu était dangereux, il pouvait conduire à la mort par imprudence et c'est ce qui faillit arriver. »

Le berger Manzu l'accueillit chez lui et c'est ainsi que l'inconnu devint officiellement Pietro di Augusto et fut unanimement reconnu comme tel par les soixante-quatorze habitants du hameau, phénomène exceptionnel dans une communauté rurale pauvre où ce qui est étranger est frappé d'ostracisme. « Nous l'avons tout de suite adopté, dit le berger Manzu pour qui, vingt ans plus tard, cela semblait encore aller de soi. C'était la guerre, il fallait s'entraider. Il a vécu chez moi pendant deux mois puis le curé a mis à sa disposition une petite baraque derrière l'église, chauffée par un poêle à bois. » Quant au docteur Piri, il montait de temps à autre au village, plus souvent que d'habitude depuis que l'inconnu s'y était installé. La fréquence de ses visites s'accrut encore quand di Augusto prit ses quartiers dans la baraque.

« Je lui apportais des livres, nous discutions pendant une heure ou deux. J'espérais toujours qu'il allait commettre une erreur qui m'en apprendrait davantage sur lui, qu'il enfourcherait un dada révélateur... Mais rien à faire, chère madame ! Il ne semblait pourtant pas se surveiller, je ne le surpris jamais en flagrant délit de dissimulation. Je n'appris rien. Peut-être n'y avait-il rien à apprendre, c'est une manie humanitaire de penser que les êtres ont nécessairement quelque chose à nous apprendre. »

Jusqu'aux marches de l'hiver, l'inconnu garda le troupeau de Manzu. Le berger ne lui avait rien demandé et quand di Augusto le lui proposa, il fut effaré et voulut refuser. Il n'accepta que quand il fut certain que celui-ci trouvait du plaisir à cette tâche, mais il ne cessa jamais de s'inquiéter à ce sujet. « Garder le troupeau, lui, quelqu'un comme lui ! » s'exclama Manzu, sans prendre garde que, si par hasard la femme à qui il racontait ces événements lui demandait ce qu'il entendait par « quelqu'un comme lui », il ne saurait que répondre. « L'étranger ne possédait pas un sou et le berger Manzu, qui avait à peine de quoi subvenir à ses propres besoins, le logea et le nourrit pendant deux mois sans songer à protester, lui donnant ce qu'il avait de meilleur, l'installant dans son lit et refusant finalement que di Augusto travaillât pour payer les bienfaits qu'il lui prodiguait. Vous reconnaîtrez qu'il devait posséder un certain magnétisme... » ajouta le docteur Piri d'un air songeur, regardant au loin derrière la visiteuse cette masse considérable et floue, traversée de pâles lueurs que constituait à présent son passé. Comme les autres, il avait subi ce magnétisme et aimé l'inconnu. Mais ce fut au berger Manzu qu'il revint d'exprimer l'essentiel : « Je crois qu'il était heureux parmi nous. Je grimpais parfois sur le plateau où il gardait le troupeau, je me cachais derrière un arbre et je regardais. Il avait l'air content. Il restait assis sur un rocher sans bouger, ou bien il se promenait parmi les bêtes en parlant tout haut dans sa langue et souvent, il se mettait à rire sans raison. N'importe qui pourra assurer qu'il était heureux et cela nous faisait plaisir, même si nous ne savions pas pourquoi. »

Le docteur Piri confirma les paroles du berger car lui aussi trouva toujours l'étranger d'humeur sereine. Selon lui, la grâce de cette sérénité rejaillissait sur l'ensemble des habitants du hameau et contribuait à attirer sur Pietro di Augusto la bienveillance de chacun. Le malheur détruisait tout dans le monde comme une bête sauvage, comme une hydre dont les têtes s'entre-dévoraient sans fin, et l'homme qui sortait de cet affreux carnage prouvait, en apportant avec lui le bonheur, que ce dernier triompherait bientôt. « Il faut reconnaître que, pour une fois, le bonheur de l'un ne faisait pas le malheur des autres, admit le docteur Piri. Mais nos gens sont naïfs, n'est-ce pas, chère madame, ils confondent le général et le particulier, l'individuel et le collectif. Je crois personnellement que le bonheur de Pietro n'était pas la fleur cueillie sur le fumier de la guerre mais le résultat d'un égotisme surnaturel, un égotisme quasi mystique... »

D'emblée, Pietro di Augusto se comporta avec aisance dans le village. On se confia bientôt à lui, les femmes étaient attirées sans doute parce que, à son contact, elles retrouvaient vivace un peu de leur féminité usée par les travaux et les jours. Mais il n'en séduisit jamais aucune et, pendant les deux ans qu'il séjourna au hameau, nul ne lui connut de liaison. « Pour se défouler, il chassait..., dit le berger Manzu en rougissant un peu. Il me ramenait souvent des lièvres, un jour il revint avec un coq de bruyère et, pendant le dernier hiver, il tua trois chevreuils. Il les rapporta sur ses épaules, de belles bêtes, chacune de plus de quatre-vingts livres. Comment les avait-il tuées, on n'en sait rien. Il partait les mains vides, avec seulement un cou-teau. » Jusqu'aux premières neiges, di Augusto fit de longues randonnées dans la montagne. Il s'absentait des jours entiers, arpentant l'alpe inlassablement, comme s'il cherchait quelque chose. « Nous avions par-fois peur qu'il ne revienne pas, qu'il se soit lassé de nous », avoua le berger Manzu. Puis, en novembre, il s'installa dans la baraque voisine de l'église.

« Il nous arriva avec pour seul bagage un sac à dos d'enfant, rappela le docteur Piri. Il y avait là-dedans une chemise et un pantalon, deux ou trois bouquins — parmi eux *la Vie de Fibel*, de Jean-Paul — et des pape-rasses. Quand je vins le trouver pour la première fois à son nouveau domicile, je vis tout cela empilé sur la table, les feuilles couvertes d'une écriture serrée. Je suis d'un naturel curieux, chère madame. A distance, je tentai plusieurs fois de lire quelques phrases. Alors imaginez ma stupéfaction quand je découvris qu'il s'agissait de textes grecs et latins !... » En décembre, Pietro di Augusto voulut aider au partage des affouages communaux et participer aux coupes de bois. Le bûche-ronnage restait à peu près la seule activité pour les mâles du hameau. Il fut engagé et, cette fois encore, on put observer le plaisir qu'il tirait de cette activité. « Il était très fort, beaucoup plus fort que la plupart d'entre nous, dit le berger Manzu, mais nous n'aimions pas le voir faire ça, nous avions peur qu'il se blesse. Et puis il n'était pas arrivé chez nous pour couper du bois... »

Il en coupa cependant. Hors des heures de travail, il s'enfermait dans la baraque, lisait et écrivait. Quand la neige devint trop abondante pour poursuivre les coupes, il ne se livra plus qu'à ces deux activités. On lui livrait régulièrement du bois, les femmes du village venaient une à une lui apporter sa nourriture, les hommes lui rendaient visite, fumaient une pipe, buvaient un verre de gnôle. De l'extérieur — il fallait pour atteindre la cabane traverser le cimetière —, ils apercevaient par la fenêtre givrée un homme à demi nu penché sur la table, ils frappaient timidement et pénétraient avec respect dans l'antre : Pietro di Augusto chauffait le poêle au rouge et vivait là torse nu, comme dans un sauna. Ceux qui entraient suaient et finissaient par se défaire. L'hiver passa, vint le printemps, les troupes allemandes d'Italie et d'Autriche capitulèrent à Caserte, l'Axe fut démembré, le Duce et la Petacci assassinés, le traité de Yalta signé, des dizaines de milliers de sans-patrie furent orientés sur les camps, les nations redistribuées dans la fumée des cigares, les familles éparpillées erraient sur les routes d'Europe, ceux qui depuis des générations avaient une identité la perdirent et Pietro di Augusto, rebaptisé par l'été et la roche, apprit à faucher les prairies de gentianes. Les nouvelles le laissèrent indifférent. Tous pensaient qu'il allait s'en aller, poursuivre son voyage qui menait Dieu sait où, mais il resta. « Le lendemain de la capitulation, le 30 avril, je lui apportai le *Corriere*, conta le docteur Piri. Il me remercia puis, sans le lire, il le mit au feu. Ceux du village vinrent tour à tour l'embrasser, comme s'il était responsable des événements. Il y eut une grande fête pour le départ des Allemands, une fête dont il fut la vedette involontaire. Il se soûla avec les autres. Oui, chère madame, je l'ai vu ivre et, cependant, aucune révélation ne passa ses lèvres. Il était fils du ciel et des nuages, ce qui se passait sur la terre ne le regardait pas. Il avait survolé les charniers avec les ailes de Mercure, il jonglait avec ses métamorphoses. A ce moment, nul ne se souvint qu'il était allemand. »

Di Augusto resta donc au village et une autre année s'écoula. « Au mois d'octobre 1946, un matin très tôt je suis allé chez lui, dit le berger Manzu. La porte était ouverte, je suis entré. J'ai trouvé la cabane vide, il était parti, il avait tout emporté. Tout sauf le petit sac à dos, vide lui aussi, et qu'il avait abandonné sur la table... » Et faisant tristement écho aux paroles du berger, le vieux docteur Piri dit à son tour à sa visiteuse : « Oui, chère madame, rendez-vous compte : rien que le petit sac à dos vide !... »

1966

Sans cesser de jouer, Fiora Capodilista ferma les yeux. D'où il se trouvait assis, le docteur Bembo ne voyait d'elle que le haut du buste et la beauté crispée du visage — ce visage depuis si longtemps aimé en secret qu'il constituait la pièce de collection la plus précieuse de son musée de l'amour. Bientôt, parallèlement à l'obsédant tempo de la cloche de *Gibet* que les doigts invisibles soulevaient avec une régularité impitoyable et monotone, il entendit distinctement le tohu-bohu qui éclatait sous le front de la pianiste ; pendant quelques minutes, il fut certain que, malgré ses paupières closes, celle-ci le voyait : son regard sans yeux, pareil à celui des statues attiques, sondait son cœur et ses reins. Un voile flotta sur la face de la femme puis se pétrifia en un repli amer à la commissure des lèvres. Au lieu d'emplir les hauteurs de l'espace, la musique tombait avec la componction d'un glas.

« Plus lent, plus monotone, avec le lancinement d'un désespoir de très vieille fille qui regrette tout et n'attend plus rien... » murmura Fiora Capodilista en laissant tomber ses épaules et sa tête sur le clavier.

Mais elle pensait à autre chose. Elle voyait un paysage de montagne, une route en lacets, les premières maisons d'un village d'altitude, le visage tanné et barbu d'un homme sans âge, un livre ouvert en plein soleil à la première page et le titre de ce livre. Sur cette même page, en haut à gauche, tracés d'une écriture irrégulière, ces quelques mots : *Grizzio, été 1944*. Ce même livre, il lui suffisait maintenant d'ouvrir les yeux pour le voir réellement : elle l'avait posé à côté du lutrin, comme preuve à conviction en prévision de la venue du docteur Bembo. Je veux à tout prix savoir qui est Bald et je ne sais pas qui je suis moi-même, pensa-t-elle. Elle ouvrit les yeux. Bembo la dévisageait avec insistance mais la musique l'éloignait d'elle, le repoussait hors du songe, en pleine immanence. Je ne devrais jamais cesser de jouer, se dit-elle. Quand elle tira les dernières notes de *Gibet*, avant même que leur écho mourût, elle s'étonna d'entendre sa propre voix demander : « Pourquoi Bald ne m'aime-t-il pas, pourquoi ne s'abandonne-t-il pas ?... »

Aussitôt, il lui apparut que depuis des mois, elle ne cessait de se poser cette question en n'importe quelle circonstance, qu'elle n'était plus capable de rien accomplir ni de jouer une seule note ni d'avoir un regard ou une pensée quelconque d'où elle ne fût absente. De ce ton impérieux et jupitérien dont il usait parfois à profit avec les malades difficiles, Bembo tonna : « Cessez d'ennuyer le monde avec vos rengaines ! Croyez-vous qu'il n'y a rien de plus intéressant dans l'univers que vos amourettes contrariées ? »

Il vit le beau visage descendre comme un soleil couchant derrière le lutrin et il pensa avec effroi : elle va pleurer. Il resta quelques instants dans cette expectative mais aucun sanglot ne se fit entendre. Alors il se rendit compte que l'odeur de la porcherie pénétrait jusqu'ici, douceâtre, écœurante, malgré la sécheresse de ce début d'été. Puis deux longs arpèges retentirent, la fin de *Gaspard de la nuit,* le début d'*Ondine.*

Le docteur se cassa en deux, plaqua ses mains contre ses oreilles et rugit : « Assez ! je vous ai assez entendue jouer pour aujourd'hui, je ne supporterai pas... » Sa voix roula d'un bord à l'autre du vaste espace comme une vague de fond, il se leva dans un fracas de boiserie en un mouvement de divinité ulcérée, déploya sa monumentale stature puis, voyant réapparaître la tête de la pianiste dont la physionomie n'exprimait pas la plus infime contrition, il se rassit en soupirant.

Au début de chaque mois de juin, depuis des années, Fiora Capodilista transportait son piano du salon de musique dans la chapelle où il faisait plus frais. On déposait l'instrument sur un podium à l'emplacement de l'ancien chœur, face à la nef et aux trois pierres tombales des plus anciens Dini — deux hommes et une femme réunis depuis quatre siècles par cette devise gravée dans une dalle et que l'usure n'avait pu entièrement effacer :

FAIRE DURER

L'autel avait disparu, ainsi que toute trace d'objet liturgique à l'exception d'un crucifix saint-sulpicien accroché contre un mur si léprosé que le Supplicié d'ivoire et ses atroces blessures y paraissait flambant

211

neuf. Comme le remarqua Fairchild la première fois que Fiora Capodilista le fit entrer dans le sanctuaire pour y admirer la fresque de Santi di Tito représentant *les Noces de Cana,* le sentiment vous venait, sitôt le seuil franchi, que Dieu avait logé là peu de jours, pour ainsi dire à contrecœur, avant de s'en aller en ne laissant que ses divins déchets et les prières inexaucées des hommes. Trois prie-Dieu au velours usé par des genoux redevenus poussière et deux rangées de six stalles en bois sombre dressées de chaque côté du chœur, ultime pompe dynastique, constituaient les seuls sièges de la chapelle. Son arrière-train coincé entre les volutes des accoudoirs, Bembo s'était carré dans l'une d'elles. Il fut surpris de ne pas entendre le son du piano, il pensa être devenu enfin sourd ; puis il regarda à nouveau Fiora Capodilista. Il ressentit alors une douleur familière, une douleur qu'il retrouvait avec plaisir, le feu nostalgique et doux d'une jalousie patinée qui conservait encore, à l'instar de la beauté chez certaines femmes vieillissantes, une fraîcheur d'embaumement. Leurs regards se croisèrent — ne firent que se croiser sans se rencontrer — et la présence de Thomas Bald se dressa entre eux, formidablement pondérable pendant un instant (« ... Alors qu'en ce moment même, il creusait probablement sa galerie, il avançait sous la terre avec une petite lampe, aussi loin de nous que s'il était sur une autre planète ou dans le royaume des morts », dit ensuite Bembo au prince Aldobrandini). La douleur se fit plus cuisante. Et tout à coup, le docteur vit que, sans songer à quitter le piano, la femme lui tendait un livre. « Savez-vous ce que j'ai fait après avoir accompagné Luella en convalescence à Cortina, docteur Bembo ? demanda-t-elle. Non, vous ne pouvez pas deviner. Je me suis rendue dans un petit village du haut Adige, à Grizzio, où j'ai rencontré un berger. Nous avons passé ensemble un après-midi entier. Le lendemain, je suis allée à Tarvisio où j'ai rencontré un médecin, un très vieil homme. Je voulais connaître la vérité, je ne pouvais plus supporter de ne pas savoir... »

Elle tenait toujours le livre à bout de bras, sans penser que le docteur n'entendait rien à ses paroles ; elle parut soudain s'en aviser, rougit, puis, d'un geste inattendu et précis, elle lança le livre dans la direction de Bembo. « Ouvrez-le à la première page », ordonnat-elle en se levant brusquement. Elle resta debout devant l'instrument et sa rougeur vira à la lividité. Après avoir ramassé le livre, le docteur la considéra d'un œil soudain clinique et, tout à coup, il remarqua son embonpoint. Il feuilleta distraitement l'ouvrage, puis demanda d'un air candide : « Avez-vous découvert quelque chose qui vous concerne dans *la Vie de Fibel* ? »

Elle rit, un rire violent et vulgaire qu'il ne lui connaissait point. « Pas dans *la Vie de Fibel,* non, pas dans *la Vie de Fibel,* dans celle de Bald ! Ce livre lui appartient, je le lui ai volé un jour que je fouillais sa chambre. Parce que je fouille désormais, docteur Bembo, je fouille ignominieusement à la recherche de la vérité. J'ai ouvert ses armoires, j'ai soulevé ses chemises, j'ai cherché la vérité dans ses caleçons avant de la chercher dans ses paperasses que j'ai feuilletées une à une. Et tandis que je fouillais, je me disais : ce que tu vas trouver te punira : sous une pile de mouchoirs, tu découvriras la pire des félonies ! Oh ! ce n'est pas l'existence d'une autre femme que je cherche, ce n'est pas seulement cela qui me tourmente mais plutôt quelque chose de terrible qui est l'essence même de la nature masculine... »

En parlant, Fiora Capodilista était descendue du podium. Faisant face à la fresque des *Noces de Cana* qu'elle semblait examiner attentivement, elle tourna le

213

dos au docteur qui continuait de l'écouter sans l'interrompre (« ... Je pensais : quel ennui, quel ennui ! Oui, elle a grossi, les hanches, les cuisses... et elle a vieilli également, comme nous tous... Mais je pensais ainsi pour m'endurcir ou me disculper car la souffrance des autres n'est jamais ennuyeuse et j'avais surtout envie de la prendre dans mes bras... », avoua-t-il des mois plus tard au prince Aldobrandini), et, pendant le silence qui suivit, il entendit le chant des oiseaux, le roucoulement d'une tourterelle sur la plus proche fenêtre, le grondement d'un avion. Au timbre de ces rumeurs, à la façon dont elles pénétraient l'air, on savait aussitôt que le printemps touchait à sa fin. Puis il récita à mi-voix : *Celui qui aime sans espoir pour la seconde fois est un fou ; moi je suis ce fou. Le ciel, le soleil, les étoiles en rient. Moi aussi, j'en ris. J'en ris et j'en meurs...*

Fiora Capodilista fit volte-face, l'interrogea d'un regard scrutateur mais ne lui posa aucune question. Un éclat triomphant passa dans ses yeux, puis elle reprit son monologue. « Tout ce que j'ai trouvé, c'est ce livre. En marchant dans ce village, là-haut, à Grizzio, je me disais : ce n'est pas possible, tu es en pleine légende, il n'a pas pu vivre ici... »

Elle alla s'asseoir dans l'une des stalles, de l'autre côté du chœur, en face de Bembo, plaçant entre eux la largeur de la chapelle et les trois pierres tombales devant leurs pieds. Puis elle raconta en détail sa visite dans le haut Adige. Le soleil déversait par les vitraux incolores une lumière subtile où partaient à la dérive des spirales de poussière. Bembo écoutait, il la regardait intensément, sans aucune pudeur, et il croyait voir sa fille, Luella, mais Luella lorsqu'elle était malade. « Je sais qu'il y a quelque chose à apprendre, quelque chose d'effrayant, je l'ai senti aussitôt, la première fois qu'il est entré dans mon lit. On ne ment pas facilement à une femme dans ces moments-là, même par omission ! Parce que vous comprenez, docteur Bembo, quand je le recevais sur moi, quand ses reins entraient en mouvement et qu'il commençait à perdre la tête, je continuais à fouiller, je continuais à chercher la vérité. Et même plus tard, quand il commença à aller rejoindre Luella dans sa chambre, quand je l'appris, eh bien je n'aurais pas voulu manquer une seule de leurs rencontres malgré l'horreur que j'en ressentais : il fallait que je regarde *ça* en face, lui et elle en train de... parce que cela existait et qu'au fond de cette existence se trouvait la vérité. Et je m'en fiche si la vérité est égale à ça, l'essentiel est de haïr le mensonge, de ne jamais tolérer que le mensonge s'installe, même le plus anodin. Et pourtant, je sais qu'il est partout, que l'homme n'est rien d'autre que son propre poids de mensonge... »

Elle tenait à présent sans raison son bras tendu devant elle, son poing serré si fort que les phalanges blanchissaient ; ses pieds ne touchaient pas le sol de la chapelle, elle donnait à la fois l'impression de se cramponner à une corde pour sonner une cloche et d'étrangler quelqu'un. Bembo se leva tranquillement (« ... Si tranquillement que j'en fus étonné. Je me levai sans idée préconçue, je savais et j'ignorais ce que j'allais faire, j'étais d'un calme souverain ; je me souviens d'avoir éprouvé la sensation que ce calme croulait autour de moi comme les plis d'une cape lourde et encombrante, raconta-t-il au prince Aldobrandini. Une phrase lue des années auparavant me hantait : " Il y eut de braves femmes qui ont été martyrisées par des brutes, mais quelle femme, bonne ou mauvaise, a jamais souffert d'une brute autant que les hommes ont souffert des femmes les meilleures ? " ») Et tandis qu'il traversait sans hâte la chapelle, il dit : « La vérité est votre pire ennemie, Fiora. »

La femme desserra son poing, son bras retomba. Quand Bembo parvint devant elle, si près que leurs genoux se touchèrent, il la saisit à deux mains sous les aisselles, la mit debout puis, reculant d'un pas, il la gifla à toute volée.

Elle bougea à peine sous le choc, seule la tête partit de gauche à droite. Un battement d'aile retentit au-dessus d'eux, l'ombre fugace d'un pigeon quitta le profil de l'ogive. La femme souriait, exsangue. Le docteur se sentait parfaitement étranger à son acte ; il ne lui semblait pas l'avoir accompli mais, comme il tenta de l'expliquer au prince Aldobrandini, seulement rêvé puis raconté à quelqu'un. Il regardait avec incrédulité les empreintes de ses doigts sur les joues de la femme. D'un mouvement de tête, celle-ci lui indiqua la porte. « Partez, docteur Bembo, partez vite », souffla-t-elle. Alors qu'il s'éloignait dans l'interminable longueur de la nef, ce qui ressemblait à un gémissement et à l'impuissante imprécation d'un enfant humilié s'éleva derrière lui, le poursuivit jusqu'au-dehors. Sur l'escalier torride, il fit halte, s'épongea le front et se mit à trembler de froid. Subitement, il entendit le monodique et vrillant vacarme des cigales.

1966

Accoudé à la fenêtre du baraquement, Dino entendait les deux hommes parler derrière lui et ces voix le rassuraient, le portaient. Thomas Bald et Aldobrandini

étudiaient une épure où figurait en pointillé le plan
détaillé de la villa de Publius que le percement de la
galerie permettrait d'excaver partiellement : l'atrium et
son bassin, le portique du péristyle, puis, enfin, le but
de leur travail de taupe, le péristyle proprement dit
qu'il faudrait dégager sur une trentaine de mètres
carrés, surface supposée de la mosaïque. Le garçon
entendait les questions sceptiques du prince, l'argumen-
tation calme et rassurante du chasseur. Ici, il était
accepté en tant qu'individu à part entière, apprécié,
libre d'aller et venir dans un univers dont, quelques
mois plus tôt, il ne soupçonnait même pas l'existence. Il
lui semblait parfois, comme en ce moment où la simple
vision du toit bleuté du hangar lui apportait un inexprimable bien-être, s'être hissé miraculeusement hors d'un
cloaque sur un sommet où soufflait un vent pur et vivi-
fiant. Vivre, il ne demandait que cela, vivre et croire en
ce monde. Je vais descendre travailler, pensa-t-il nonchalamment en regardant dans le ciel les nuages ronds
qu'une main d'air poussait comme des ballons sur
l'eau. Et il n'attendait plus rien de ce côté-là : ni le fulgurant vaisseau de feu dont il souhaitait si souvent,
jadis, la venue sur la Terre, ni l'apparition magique de
l'étoile vesper, ni même l'éternelle plénitude de la
Lune ; il n'attendait plus personne qui vînt des confins
de l'univers pour le ravir à ce monde d'ennui car il ne
s'ennuyait plus. Alors qu'il croyait entendre encore les
deux hommes discuter derrière lui, il vit avec étonnement le chasseur passer devant la fenêtre et prendre la
direction de l'excavation. Il se retourna : la baraque
était vide. Il sortit, se précipita vers la fouille, dégringola l'échelle et courut jusqu'au hangar où, brutalement, il perçut le bruit pourtant devenu familier du
bloc électrogène comme un mauvais présage.

Une rampe de projecteurs éclairait *a giorno* le chantier. L'entrée de la galerie béait dans son cadre de tôle telle une gueule aux mâchoires maintenues écartées par les étais, il en sourdait les sons indistincts et étouffés d'une activité clandestine qui semblait se dérouler à des profondeurs incalculables, comme si les rumeurs mêmes des forges de Vulcain montaient jusque-là. Une lumière accablante, saturée au point qu'elle en devenait ténébreuse, éclairait crûment les détails de cette gueule. Les yeux protégés par des lunettes noires, le prince Aldobrandini se tenait devant l'entrée, assez éloigné pour laisser les manœuvres qui déblayaient la terre sortir avec leur brouette. Il hochait la tête machinalement, incrédule, en équilibre sur l'une des planches instables qui protégeaient le sol de céramique de l'atrium. La terre déblayée s'entassait près de l'entrée du hangar avant d'être transportée jusqu'à une benne de chargement qu'un camion récupérait chaque matin.

Thomas Bald ne se rendit jamais à Milan. Mais en avril, il alla trouver le docteur-ingénieur Marcello Valverde chez lequel il resta plusieurs heures. Nul ne sut de quoi les deux hommes s'entretinrent, mais Bald obtint l'assurance que, si le prince payait régulièrement le loyer du terrain, l'industriel n'entreprendrait aucune action contre lui pendant une période de six mois, c'est-à-dire jusqu'à la fin du mois d'octobre. « J'ai toujours préféré ignorer la nature de leur accord, confia par la suite le prince Aldobrandini au docteur Bembo. Thomas est un honnête homme, il exécrait Valverde et tous ceux de sa trempe, mais il voulait trouver cette mosaïque et rien ne pouvait l'arrêter... »

Le mois de mai fut consacré aux préparatifs du percement et à la recherche de terrassiers qui ne risquassent pas de bavarder. A présent, quatre Turcs engagés à Ancône et qui ne parlaient pas un mot d'italien se relayaient deux par deux au fond de la galerie où ils

travaillaient à la pelle, à la pioche et à la barre à mine.
Le plus délicat consistait à conserver une trajectoire
rectiligne, sans dévier en hauteur ou en profondeur. De
la poussière de bois, de brique ou de céramique consti-
tuée par l'effondrement des murs et de la toiture indiquait avec une relative précision où se trouvait le
niveau du sol à l'époque. Pour ne pas perdre de vue ce
reliquat millénaire, Bald décida d'éclairer profusément
la galerie. Tous les deux mètres, des étais métalliques
vissés entre deux planches — l'une au sol, l'autre au
plafond — soutenaient la poussée de la terre. A la fin
du mois de juin, la galerie mesurait huit mètres de profondeur. « A présent, nous devons être à peu près de
l'autre côté de l'avenue », déclara Bald. Et le lendemain, en atteignant l'extrémité ouest de l'atrium toscan,
il constata que, malgré les précautions, le tracé de la
galerie avait dévié sur la droite ; selon ses plans, il fallait donc pour atteindre le portique du péristyle tourner
à angle droit puis creuser sur trois ou quatre mètres
dans cette nouvelle direction.

Dino prit une brouette, devança le prince Aldobrandini et s'engouffra dans la galerie. Comme chaque fois,
la lumière freina son élan. Sous sa brutalité, la terre sca-
rifiée par les pioches prenait l'aspect céruléen et grume-
leux d'une peau maquillée vue à la loupe. Blanche et
noire, striée de cicatrices, la galerie semblait poursuivre
un cheminement interminable sous cet acharnement
électrique. Chacun des étais supportait un projecteur
d'une puissance bien supérieure à la nécessité et qui
obligeait à avancer les yeux mi-clos. Pendant le travail
de déblaiement, nulle parole ne s'échangeait, la clarté
ayant, par sa violence physique, instauré une sorte de
règle du silence. L'absence d'ombre surtout se révélait
difficilement supportable ; ceux qui allaient et venaient
dans la galerie ne projetaient aucune ombre tant la

lumière était uniformément répandue, et ce défaut les privait d'une part d'eux-mêmes dont l'importance ne leur était jamais apparue. C'est cela qui effraie les Turcs, se disait Dino en surveillant entre ses paupières la roue de la brouette sur la planche. « De la lumière, je veux de la lumière! avait clamé Thomas Bald. Ce n'est pas parce que nous travaillons clandestinement que nous devons rester dans l'ombre. » Peut-être, en effet, ne prenait-il pas conscience du pouvoir annihilant des projecteurs.

Poussant sa brouette jusqu'au tas de terre qui s'élevait rapidement au fond de la galerie, Dino prit une pelle et attendit que le Turc ait achevé de remplir la sienne. Il travaillait en chantonnant d'une voix plaintive, vite, comme si un esprit maléfique le talonnait. Il passa devant Dino sans lui accorder un regard et fonça vers la sortie toute proche que la lumière occultait jusqu'au dernier mètre. Derrière le tas de terre, le chasseur travaillait à genoux, torse nu, et le garçon entendait le raclement du grattoir contre une surface dure. Mais les sons à l'intérieur de la galerie ne possédaient aucun volume, ils n'étaient que des vides ouverts dans le bloc du silence, instantanément comblés par la lumière, et l'on éprouvait à les entendre une sorte de vertige. Un étudiant se tenait à côté du chasseur, il époussetait ce que le grattoir décollait, une couenne noirâtre, pareille à de la suie solidifiée, et dans leur dos deux projecteurs sur des trépieds assenaient leur éclat délétère. Dino s'approcha. Thomas Bald ne sentit sa présence qu'après un temps assez long, puis il se retourna et lui sourit. Sa tête parut énorme au garçon, énormément pleine de sujets contradictoires qui se faisaient la guerre, et pesante comme de la fonte. « Voilà, nous sommes arrivés à peu près à l'angle de l'atrium, dit-il comme s'il s'excusait auprès de Dino de n'avoir rien de mieux à lui annoncer. En dégageant à droite, nous trouverions certainement les traces d'un corridor accédant au quartier rustique (il montra la murette de brique haute d'environ cinquante centimètres qu'il venait d'excaver et qu'il nettoyait de son dépôt) et si nous passions par-dessus cette paroi, nous déboucherions sans doute sur la colonnade du péristyle. Mais nous ignorons si celui-ci est transversal ou longitudinal : dans le second cas, nous passerions à côté et nous pourrions continuer de creuser comme ça jusqu'à Borgo San Lorenzo. Alors nous allons obliquer, longer ce mur pendant quelques mètres pour atteindre le portique de l'atrium puis pénétrer dans le péristyle par la voie normale. »

Dino regardait d'un œil obnubilé le vestige mis au jour et la terre d'où il émergeait, toute cette terre insondable, cette matière de rêve, sensuelle et vaguement répugnante mais où l'on avait parfois envie de se vautrer comme dans quelque bouillie organique composée de la plus pure essence et de la décomposition la plus immonde. Une question lui vint à l'esprit, audacieuse et inopportune, mais pressante car il lui sembla soudain que de la réponse dépendaient son espérance et sa force. Il n'aurait jamais osé la poser, mais elle se formula d'elle-même, elle s'imposa tel un besoin naturel, alors que le chasseur et l'étudiant reprenaient leur travail d'excavation.

« Qu'aimeriez-vous faire plus que tout si vous saviez que vous allez mourir dans très peu de temps ? » demanda Dino à Thomas Bald. A ce moment, le prince Aldobrandini apparut. Il vint à eux en regardant autour de lui avec un étonnement grimaçant. Le garçon sentit le sang battre dans ses tempes, le visage lui cuisait. L'étudiant le dévisageait, stupéfait, la lame du grattoir passait et repassait avec un grincement crispant sur la

221

brique de la murette. « Exactement ce que je suis en train de faire en ce moment », répondit l'archéologue sans interrompre son travail.

1968

« Deux ans déjà, presque jour pour jour... », constata Jonathan Fairchild en déplaçant à peine le chevalet où reposait le portrait en cours de Luella Capodilista. Assise à sa place habituelle, sur la chaise, dans l'attitude un peu contrainte de la pose, la jeune femme n'avait maintenant plus rien sous son regard qu'un flacon de térébenthine et des chiffons jetés à terre. Elle ne bougea pas. Fairchild alla sous l'escalier de la mezzanine, prit un chevalet de grande taille qu'il campa devant elle, mais à l'envers, de façon que la toile qui viendrait y prendre place se trouvât face au modèle. Puis il s'éloigna à nouveau, disparut dans la crypte, resta un moment absent. Luella l'entendit jurer. « Nom de Dieu, quelle honte ! » disait-il. Elle détacha son regard du flacon, le porta vers une forme insolite sur l'établi : la dague fichée là plusieurs séances de pose auparavant et que le peintre avait oubliée. « Attention, Jonathan, si vous ratez mon portrait, je vous tue ! » Fairchild revint, il portait une toile aussi haute que lui, seuls ses pieds et ses doigts dépassaient du châssis. En avançant à l'aveuglette, il continuait de jurer. Un chat miaula au-dehors, un miaulement solitaire qui retentit comme une plainte dans le volume de l'atelier. Luella se leva, elle crut apercevoir l'ombre du chat sur le seuil ; mais déjà il n'y avait plus rien, et elle douta que le miaulement eût réellement retenti. Fairchild posa la toile sur le chevalet, régla la hauteur du support, prit du recul. Il arborait une mimique épouvantable. « Deux ans déjà que j'ai foutu en l'air le travail de plusieurs mois pour recommencer ce nom de Dieu de portrait, grommela-t-il. Et regarde-moi ça ! » Il poussa un cri rauque, se prit la tête à deux mains. Luella s'approcha. Thomas Bald se dressait devant elle. Il se trouvait assis sur cette même chaise où elle prenait place trois fois par semaine, le buste droit, les jambes écartées, les mains croisées sur le bas-ventre. Sa physionomie surgissait d'un brouillard plâtreux, elle émergeait des blancs délibérément laissés tels quels ou rajoutés par le peintre pour effacer les maladresses ; elle semblait s'imposer malgré et non grâce à la volonté du créateur, comme si, cherchant l'essence de la forme, Fairchild avait aussi voulu l'abolir. « En mai 1966, peu après ta guérison et ton départ en convalescence, Bald est venu à San Leolino. Je ne l'attendais pas ce jour-là, je bricolais devant la maison et j'ai tout de suite vu qu'il avait changé. Il venait de commencer le percement de la galerie. Nous sommes entrés, il s'est assis et il m'a dit : " Eh bien allons-y. " J'ai mis la toile sur le chevalet et je me suis rendu compte que tout était foutu, que le travail accompli jusqu'à maintenant ne valait plus rien. Je m'en serais cassé la tête contre le mur... »

Le miaulement se fit à nouveau entendre. Luella remua, la porte ouvrait un rectangle d'un bleu outremer dans le mur beige ; cette fois, le chat apparut, un animal superbe, d'un roux flamboyant. Il fit quelques pas dans l'atelier, s'assit, les regarda d'un air somnolent. « Je ne l'ai jamais vu ici, celui-là, dit Fairchild, c'est peut-être la réincarnation de Bald... » Il posa sur la jeune femme un regard tendre, plein d'une mystérieuse gratitude, puis il alla se servir à boire. Il emplit à demi un grand verre de whisky pur, le vida en trois gorgées, puis rejoignit Luella qui, accroupie, caressait le chat. Assis sur sa chaise, impénétrable mais plus humain que nature, Thomas Bald les surplombait. Ses yeux au fond de profondes orbites n'étaient qu'un lacis de lignes, l'homme semblait regarder devant lui avec l'ensemble de sa tête. La ressemblance ne résidait pas dans l'apparence, elle remontait de l'intérieur du portrait pour s'imposer subtilement mais avec une robustesse physique inébranlable. Et tout à coup, malgré la précision du trait, quelque chose d'indicible se brisait à la hauteur du menton, dans la masse de la mâchoire. Jonathan Fairchild vint reprendre position devant le tableau en serrant ses mains dans le geste de broyer. « En fait, il a glissé..., murmura-t-il. Je voulais l'étreindre et il a glissé, il m'a échappé. Comme c'est étrange ! » Il poussa le chevalet de côté, remit à sa place le portrait de Luella, vérifia la position de la chaise. « Ceux qui nous sont indifférents, on les tient ; mais ceux que l'on aime nous échappent... Allons, au travail maintenant ! »

Luella Capodilista revint s'asseoir docilement. Le chat la suivit, mais Fairchild lui lança un torchon. L'animal s'arrêta net, regarda le peintre avec une expression d'étonnement scandalisé puis fit demi-tour, alla s'asseoir un peu plus loin. Dès les premiers coups de pinceau, la tête posa un problème à Fairchild. Elle se trouvait trop à gauche ou trop à droite, trop haut ou trop bas. Luella avait beau la bouger, changer de position, cela ne marchait jamais. « La tête s'en va ! s'écriait-il. Qu'est-ce que je vais faire si elle quitte la toile complètement ? » Luella sourit malicieusement. « Je vous échappe, donc vous m'aimez », dit-elle. Le peintre se mit à jurer, à haleter. Pendant une heure, il travailla dans un état d'excitation extraordinaire. Puis sans que rien le laisse prévoir, il se calma. « Je crois qu'elle est revenue », dit-il seulement. Alors sans interrompre son travail, il se remit à parler de Thomas Bald.

« Dès le début du percement de la galerie, il n'est plus monté à San Leolino qu'une fois par semaine. Il me demanda un jour si je croyais possible d'achever le portrait pour l'automne. Nous nous sommes mis à rire. " Pourquoi spécialement l'automne ? — Parce que l'automne me paraît une bonne saison pour finir quelque chose. " Il montait chaque jeudi ; à quinze heures tapantes il était là ; il repartait à dix-sept heures et, pendant les semaines qui suivirent, je le vis perdre sa graisse à vue d'œil. » Jonathan Fairchild fit un pas de côté, regarda dans le vide de l'atelier, ouvrit et ferma les yeux plusieurs fois comme pour en chasser la poussière. « On arrête un moment, il faut que je repose ma vue », dit-il. Il emplit le même verre d'une même quantité de whisky et, quand il se retourna, il trouva Luella debout devant le chevalet. Elle regardait intensément la toile. « La tête est revenue, hein ? Ça a progressé... », dit-il d'un ton embarrassé. Elle ne répondit pas immédiatement, elle recula, revint près de la toile et enfin, elle affirma : « Ça n'a pas progressé, c'est terminé. Je ne veux plus que vous y touchiez. »

Fairchild resta d'abord silencieux ; il fit un pas vers la toile qu'il se contenta de regarder de biais, puis il éclata de rire. « Tu en as marre de poser, je te comprends. On arrête pour aujourd'hui. » Mais Luella secoua la tête ; campée sur ses jambes écartées, bras croisés et dans ses vêtements masculins, tout son être exprimait une volonté inflexible, presque risible. « Non. Le portrait me plaît tel qu'il est. Il s'agit de moi-même, je suis en droit de décider. Si vous refusez de me le donner, tant pis, je ne reviendrai plus jamais. Avec votre façon de travailler, nous serons encore là dans cinq ans, peut-être que je mourrai sur cette chaise et que vous continuerez à peindre mon cadavre... »

Fairchild leva les bras au ciel et ne trouva rien d'autre à dire que : « Mais il n'est pas fini ! Nous venons à peine de commencer... » Luella Capodilista s'approcha de l'établi, elle en arracha la dague, fit face au peintre. « Ça ne fait rien. Est-ce que je suis finie, moi ? Le portrait me plaît, je ne vous tuerai pas, Jonathan. » Accablé, Fairchild examina la toile à son tour comme s'il ne la connaissait pas. Il la retira du chevalet et, l'emportant furieusement sous son bras, il quitta l'atelier.

Luella le retrouva devant la chapelle. Ayant appuyé le portrait contre le tronc d'un pin, il réfléchissait sans plus s'en occuper. Il parlait tout haut, mais dans sa langue et de façon inaudible, sans paraître sentir la présence de la jeune femme. Elle tenait toujours la dague à la main, le chat se frottait contre ses jambes. Brusquement, l'attitude de Fairchild changea. « Sais-tu qui m'a rendu visite hier ? demanda-t-il d'un ton mondain. Le docteur Bembo. Il voulait acheter le portrait de Bald pour l'offrir au prince. Je lui ai dit qu'il s'agissait d'une toile inachevée, que par conséquent elle n'était pas à vendre et ne le serait jamais. Ta mère l'accompagnait, cela m'a fait un choc. Elle ne m'a pas reconnu — ou elle a fait comme si elle ne me reconnaissait pas, on ne sait —, elle n'a pas dit un mot. Ils sont repartis bredouilles. » Il haussa les épaules, enfonçant ses mains dans ses poches et, dans l'ombre parcimonieuse du pin, se retira dans une rêverie morose. Ni l'un ni l'autre ne prononça une parole pendant un long moment. La scie des grillons et le ronronnement du chat dominaient les autres rumeurs, le portrait gisait abandonné contre le tronc de l'arbre et Luella se douta alors qu'en exigeant la toile, elle arrachait à Fairchild une partie de lui-même. Il fit quelques pas sur le chemin, les yeux au sol, puis il resta planté là en plein soleil. « Petite sotte ! Tu n'as rien compris », dit-il trop faiblement pour qu'elle pût l'entendre. Puis il revint vers elle, dignement, comme s'il avait tourné la page. « Eh bien prends-le, d'accord, embarque-le, dit-il avec emphase. Mais je ne veux pas un sou, c'est un cadeau... » Saisissant le portrait au passage, il empoigna la main de Luella et, plutôt rudement, il l'entraîna sur le chemin. « Je te raccompagne à ta voiture. Si, si, ça me fait plaisir. Tu peux revenir quand tu veux, je t'apprendrai à dessiner. Et puis à peindre si tu es douée. On verra ça. » Il balança la toile sans ménagement à l'arrière de la jeep, sauta au volant et démarra.

Luella Capodilista ne rentra pas directement à la villa Strizzi. Elle laissa la grosse limousine la conduire au hasard dans le dédale des routes secondaires et des chemins vicinaux qui parcourent les collines. Assez rapidement, elle eut le sentiment mélancolique et doux d'avoir laissé le monde derrière elle, de l'avoir perdu à jamais. La voiture s'enfonçait toujours plus profondément dans le prolifique giron de la nature, une nature étincelante, vierge, qui venait d'être créée et dont les replis intimes se refermaient sur elle comme une corolle. Elle traversa deux hameaux déserts et sales, puis la volonté qui agissait à sa place depuis son départ de San Leolino jeta la Bentley hors de la route goudronnée dans un chemin creux si étroit que les ailes raclèrent les haies. Dès les premiers cahots, Luella ressentit un bienfaisant vertige et un soulagement viscéral. Les branches tendaient un arceau criblé d'éclats de lumière, une ombre brune, chaudement mystérieuse, s'épanchait entre les troncs serrés des noisetiers, entourait comme des îlots les flaques de soleil ; pas une particule de matière visible ne demeurait immobile, tout remuait, frémissait dans l'attente d'un événement dont on pressentait l'imminente irruption. Un raidillon sortit le chemin de son tunnel feuillu, la végétation devint plus aérée, la voiture s'arrêta dans un bois de pins où se dressait, patriarcal au milieu d'eux, un chêne druidique. Luella ouvrit la portière, resta assise au volant, égarée et heureuse de l'être. Une grume abattue au milieu du chemin barrait le passage mais elle ne s'en souciait pas, elle considérait être parvenue au terme de son errance et elle pensa à haute voix : « Je ne bouge plus, je reste là. » Puis elle se retrouva hors de la voiture, dans un bourdonnement puissant d'insectes et une lumière brumeuse, enfumée. Elle s'approcha du chêne, le regarda de bas en haut, éleva un regard avide dans l'entrelacs de plusieurs siècles de branchages, appuya ses cuisses, son ventre et sa poitrine contre le tronc, l'entoura de ses bras. « Qu'attends-tu, toi ? » dit-elle en s'adressant à l'arbre. Mais cette question valait pour elle aussi car elle attendait impatiemment, elle baignait immergée dans une énigmatique attente. Elle serra le chêne plus intimement, appliqua sa joue contre l'écorce, pressa très fort, puis bougea rudement sa tête de haut en bas, jusqu'à sentir un déchirement contre ses gencives. « Fairchild est amoureux de moi. Mais moi, je n'aime personne », murmura-t-elle. De sa joue maintenant déchirée, le sang coulait dans son cou. Elle se laissa glisser le long du tronc, très lentement, s'assit le dos à l'arbre, jambes allongées sur la mousse, et elle glissa davantage, comme si la terre sous elle s'approfondissait, comme si elle s'y enfouissait tout entière. Attirées par le sang, les mouches voletaient autour de son visage mais elle ne cherchait pas à les chasser. Je suis une belle charogne, pensa-t-elle en fermant les yeux.

Lorsqu'elle les rouvrit, le prince Aldobrandini se tenait devant elle.

Appuyé sur sa canne, il la regardait amicalement ; tout en lui était bienveillant mais, cependant, elle ne put soutenir son regard. « Pourquoi fuyez-vous ? » l'entendit-elle demander. Avant qu'elle ouvrît la bouche, avant même qu'elle songeât à ce qu'elle allait répondre, sa propre voix résonna dans les branches du chêne. « Parce que mon regard détruit tout ce qu'il touche. » Les mouches bourdonnaient dans le soleil qui la frappait en pleine face. Elle ferma à nouveau les yeux, mais le prince Aldobrandini se dressait toujours contre le voile sanglant de ses paupières. « Et maintenant, qu'allez-vous faire ? » demanda-t-il en se penchant sur elle. « Je vais vendre la villa Strizzi et m'en aller très loin d'ici », répondit-elle. Puis elle s'endormit profondément.

Quand elle s'éveilla, l'ombre envahissait le bois. Elle fit péniblement demi-tour, retrouva la route. Mais elle ne connaissait pas cette région, ne possédait aucune carte, et il lui fallut rouler encore longtemps dans le crépuscule. Elle parvint tard à la villa Strizzi ; au bout de l'allée de cyprès, la maison lui apparut tel un mausolée qui attendait sa dépouille. Elle arrêta la voiture devant l'escalier et, dès cet instant, elle agit très vite, comme si elle avait répété maintes fois chacun de ses mouvements. Traversant le grand hall, elle ouvrit une porte sous l'escalier d'honneur. Elle tenait son portrait entre pouce et index ; qu'une telle somme de travail et de doute pût peser aussi peu la ravissait. Depuis des années, elle n'était plus entrée dans cette pièce et elle dut tâtonner pour trouver l'interrupteur. Les faces des ancêtres surgirent des ténèbres, terriblement vivantes ; elle resta sur le seuil, obnubilée par les dix-huit regards qui convergeaient vers elle — vers elle qui venait

229

prendre place parmi eux. Elle avança cependant sans hésiter entre les deux rangées de Dini, comme si elle passait en revue la défunte armée familiale, jusqu'au dernier d'entre eux, un jeune homme charnu aux lèvres purpurines, Francesco Dini della Liberta, son cousin qu'elle n'avait jamais connu, mort d'un accident de cheval en 1939. A l'emplacement destiné au portrait de sa mère, Fiora Dini Capodilista, elle suspendit le sien, inachevé.

Puis elle quitta la pièce rapidement, quitta la villa Strizzi dont la porte historique se referma sur ses morts comme le couvercle d'un catafalque et gagna le pavillon où, depuis le départ de sa mère, elle s'était installée dans une chambre odorante et vétuste, juste au-dessous de l'appartement qu'occupait autrefois Thomas Bald.

1966

A la mi-juillet, une canicule pulvérulente priva les rues de Florence du moindre souffle d'air. Le ciel ne respirait plus. La température devint si élevée dans le hangar que, malgré la chaleur dégagée par les projecteurs, la galerie semblait fraîche. Le prince Aldobrandini, que ses affaires tenaient éloigné de Florence depuis trois semaines, revint enfin sur le champ de fouilles. Grâce au système que Bald avait prévu à son intention — une sorte d'ascenseur constitué d'un treuil et d'une nacelle d'osier —, il descendit aussitôt dans la fosse. Quand la nacelle toucha terre, il n'en sortit pas immédiatement mais demeura sous le feu du soleil dans son costume blanc immaculé, comme s'il poursuivait mentalement sa descente. L'étudiant en faction devant la porte du hangar crut bon d'aller l'aider à se tirer de là mais il n'avait pas fait trois pas que déjà l'éblouissant vieillard s'avançait à sa rencontre, serein, indifférent à la chaleur. Le jeune homme constata alors un changement important dans l'allure du prince : il allait sans canne.

Il lui ouvrit la porte, le regarda marcher jusqu'à l'entrée de la galerie. Il boitait à peine et il ne subsistait à vrai dire dans sa hanche et sa jambe droite que le souvenir de ce boitement, rien de plus qu'une vague raideur. Avant de s'enfoncer dans la terre, il retira son panama d'un geste solennel et, comme Dino surgissait de la galerie précisément à ce moment-là, il posa le chapeau sur la tête du garçon. Ils restèrent un moment face à face à s'examiner mutuellement, comme s'ils se rencontraient pour la première fois. Dino pensait : il n'a pas sa canne — puis le prince Aldobrandini dit enfin : « Alors ça y est ? Vous... Thomas m'a fait prévenir, je suis venu aussitôt... »

Le garçon acquiesça hâtivement, rendit le panama au prince et, jetant un coup d'œil par-dessus son épaule au couloir illuminé, il pensa encore : il n'a pas sa canne et il ne transpire pas... Les étudiants et les Turcs passaient et repassaient devant eux avec leur brouette aussi vite que la chaleur le leur permettait, avec des mouvements cotonneux et une façon de porter la tête en avant comme s'ils fonçaient dans une paroi de bourre. Mais on devinait chez eux une excitation jusqu'alors inconnue et les Turcs même, d'ordinaire indifférents et taciturnes, semblaient mus par une nouvelle ardeur.

Tous ruisselaient de sueur et le prince Aldobrandini eut honte de sa sécheresse. « Nous avons déjà déblayé quatre mètres carrés, on voit trois oiseaux, un phénix et deux colombes », expliqua Dino. Maintenant, le prince tenait son chapeau pressé contre son cœur. « Un phénix ? Es-tu sûr qu'il s'agit bien d'un phénix ? » murmura-t-il. Puis des coups de klaxon retentirent à l'extérieur — le camion qui livrait le matériel d'étayage — et ce bruit familier leur parut d'une indicible étrangeté. Le prince demeurait sidéré. Dino lui indiqua la galerie. « Il est au fond, dit-il. A présent, nous sommes arrivés sous la station d'épuration. »

Aldobrandini ne se souvenait pas de cette faculté qu'ont les enfants et les adolescents de trouver tout normal ou tout extraordinaire, selon leur humeur ; mais bien qu'il fût vieux, ou justement parce que la vieillesse, ayant épuisé les arguments de la raison, restitue à l'homme des émotions et des espoirs enfantins, il retrouvait un sentiment vieux comme le monde : sa véritable existence ne faisait que commencer. Pourtant, si cette *vraie vie* lui permettait à présent de marcher sans canne, elle ne répondait à nulle attention, nul projet ni ambition quelconque n'orientaient son cours ; elle ne ressemblait en rien aux idées que l'homme se fait ordinairement d'une existence temporelle active — elle n'était pour ainsi dire pas une vie mais tout le contraire, sans être cependant la mort. « Un phénix... eh bien, c'est plutôt bon signe, non ? » dit-il en s'efforçant à la désinvolture. Puis son visage s'égaya. Comme Dino s'éloignait, il le rappela, lui demanda de l'accompagner dans la galerie.

Jusqu'à l'ancien mur de l'atrium, là où le boyau tournait à angle droit, seulement trois projecteurs orientés au sol éclairaient les planches où circulaient les brouettes. Ils franchirent le coude. De temps à autre, le prince Aldobrandini levait la tête pour regarder avec inquiétude, à moins de vingt centimètres au-dessus de lui, le plafond étayé d'où ruisselait çà et là, entre les lattes disjointes, de fins filets de terre. « Tu es en vacances, n'est-ce pas ? Pourquoi passes-tu ton temps sous la terre alors que tu pourrais aller à la mer ou à la campagne ? » demanda-t-il soudain à Dino. Le va-et-vient des terrassiers les contraignait sans cesse à reculer entre les étais, à se plaquer contre la paroi pour les laisser passer. « Parce que ça m'amuse », répondit le garçon.

Ils se trouvaient à peu près à mi-parcours, quelque cinq mètres plus avant la galerie s'élargissait pour former une sorte de crypte autour des vestiges étonnamment bien conservés d'une colonnade dont la base et le sommet disparaissaient dans la terre : ce qui subsistait du portique central du péristyle. Au-delà, la galerie retrouvait son orientation initiale puis se terminait quelques mètres plus loin en cul-de-sac éblouissant comme l'optique d'un phare. Des hommes s'y affairaient — deux Turcs et Thomas Bald — et l'œil ne percevait d'abord dans la froide révélation du brasier que des spectres près de l'évanouissement. Le prince Aldobrandini promenait un regard incrédule autour de lui. Malgré sa hâte de rencontrer l'archéologue, il restait captivé par les vestiges du portique — « ... Une porte ouverte au cœur de la pierre, docteur Bembo, deux colonnes qui jaillissaient du sol, venant de nulle part, n'allant nulle part, comme si elles embrochaient la planète d'un hémisphère à l'autre... Et je ne pouvais pas détacher mon regard de l'emplacement où le dernier fût visible disparaissait dans le plafond de la galerie, là où son chapiteau se dressait jadis dans le ciel... »

La galerie se poursuivait entre les deux colonnes

comme un tunnel étroit, puis elle s'élargissait à nouveau. Les hommes creusaient semi-circulairement. Grimpé sur un escabeau, Thomas Bald lardait la terre de bas en haut à l'aide de la perforatrice jusqu'au niveau de ses chevilles ; les deux Turcs enfonçaient sans effort dans la matière ameublie leur pelle et leur pioche. Le sol originel de la villa restait ainsi recouvert d'une couche de vingt à trente centimètres que l'on creusait ensuite à la main, avec infiniment plus de précaution que n'en permettait la perforatrice. Le prince Aldobrandini demanda à Dino de ne pas déranger les hommes. Il s'approcha, les regarda travailler. Puis il constata qu'il reposait non sur de la terre battue mais sur un plancher qui sonnait creux sous ses pas. « Et le phénix, et les colombes ?... » demanda-t-il au garçon. Dino le pria de reculer de quelques pas puis, s'agenouillant, il balaya de sa main la terre qui recouvrait le plancher, dégagea l'une des lattes et se redressant, il la souleva. « C'est là-dessous. Tout à l'heure, quand ils auront fini de travailler, je retirerai les planches. » Le prince se pencha. Il vit premièrement un éclat de lumière, comme l'étincelle d'un mica. Dino, qui maintenait la latte soulevée, épousseta de sa main libre quelques centimètres carrés, exposant à la clarté des projecteurs une fraction de la mosaïque solaire du poète antiochien Publius Optatianus Porphyrius. Alors seulement, Aldobrandini comprit que Thomas Bald avait gagné son pari.

Peu de jours après la découverte de la mosaïque, l'archéologue quitta la villa Strizzi pour s'installer dans l'un des deux baraquements du champ de fouilles. Il abandonna sur la colline la plupart de ses affaires, ses papiers, et ne prit que quelques documents essentiels. « Je dois rester sur place jour et nuit pour surveiller le chantier, dit-il à Fiora Capodilista. Je veux être à pied d'œuvre pour me mettre au travail à chaque instant. » Il bourra les sacoches de sa moto et partit.

Au début du mois d'août, les travaux ralentirent pour une raison technique : le manque d'air à l'intérieur de la galerie. Un jour où le prince Aldobrandini se trouvait à Testa di Becco (il venait de plus en plus souvent sur le champ de fouilles, Bald interrompait momentanément le creusement, libérait la mosaïque de son plancher protecteur et révélait au prince les nouveaux motifs mis au jour), Dino alluma une chandelle qui s'éteignit en moins d'un quart d'heure. Les hommes travaillaient maintenant approximativement sous le premier bassin de la station d'épuration, il devenait de plus en plus dangereux de continuer à creuser sans prévoir un système d'aération. Bald montra au prince un devis de plusieurs millions de lires. « Je suppose qu'il me faudra emprunter ou vendre quelques objets de mes collections », dit simplement Aldobrandini. Une semaine plus tard, une équipe venue de Rome posait la gaine métallique qui apportait l'air pulsé jusqu'à la salle de la mosaïque que chacun maintenant appelait « la chambre du soleil ». Les travaux recouvrèrent leur rythme normal. Avant la fin du mois d'août, on découvrit les squelettes.

Il faisait nuit au-dehors, les Turcs dormaient dans le baraquement, seuls Thomas Bald et Dino travaillaient encore dans la galerie. Pendant la journée, deux mètres en profondeur avaient été gagnés sur la largeur de l'excavation ; de ces deux mètres ne restait à déblayer, pour dégager la mosaïque, qu'une couche de terre peu épaisse. Le garçon travaillait à l'aide d'une petite pelle sans manche, pareille à un jouet d'enfant ; il n'enfonçait l'outil qu'après avoir sondé le sol avec une baguette de bois. Quand la baguette rencontrait la surface dure de la mosaïque, il pelletait horizontalement et le chasseur époussetait derrière lui. Centimètre après centimètre, l'œuvre sortait de son long sommeil de terre, empâtée jusque dans le mouvement de ses figures. L'évidence de l'image ne surgissait parfois qu'après un examen attentif, parfois dans son immédiate pureté ; loin d'être homogène, la dégradation de ce grand corps avait subi des nécroses précisément localisées et, à l'intérieur d'un même motif — un banquet, une chasse à cheval, des marabouts au bord d'une rivière —, les figures les plus vives côtoyaient des formes érodées aux couleurs presque entièrement passées. Aussi pouvait-on voir, jouxtant le portique du péristyle, un cerf aux contours estompés agressé par un lion magnifique accouplé à sa proie évanescente en un mouvement d'une éternelle vigueur. Les rayons qui portaient aux quatre points cardinaux de l'œuvre l'éclat de leur moyeu de feu évoquaient tantôt la faiblesse d'un astre en plein refroidissement, tantôt l'ardeur d'un soleil encore embrasé tout près de là et qu'un coup de pioche allait libérer. Après l'excavation d'une surface suffisante, on la lavait à grande eau et les couleurs, un instant rehaussées sous les projecteurs — ce ciel sans fond dans son aplat outremer où gravitaient, ainsi qu'autant de planètes familières, les épisodes du plaisir, de la cruauté et des munificences de la nature —, resplendissaient soudain, comme si le souffle de l'artiste circulait encore en elles.

Dino et Bald découvrirent les squelettes alors qu'ils travaillaient à exhumer le combat d'un aigle contre un serpent. Enfonçant la sonde, le garçon rencontra une résistance inhabituelle. Il creusa et bientôt une forme dure et sphérique comme la panse d'un cruchon lui emplit toute la main. Il l'agrippa, tira à lui doucement. « Je crois que c'est un crâne », dit-il, bien qu'il n'en eût jamais touché. Il tira un peu plus fort mais avec retenue et la chose apparut, plus petite qu'il ne pensait, cireuse, couleur de nicotine ; quand il vit qu'il la tenait par les orbites, il la laissa tomber.

Ils trouvèrent le second crâne un mètre plus loin, mais il leur fallut une partie de la nuit pour découvrir les squelettes auxquels ils appartenaient. Ceux-ci portaient un bracelet d'argent à la cheville, l'un gisait recroquevillé en chien de fusil sur le flanc, l'autre couché sur le ventre. Pendant les deux jours qui suivirent la découverte, ils nettoyèrent un à un au pinceau tous les ossements, lièrent au fil de nylon ceux qui tenaient entre eux trop fragilement afin de conserver les squelettes dans leur position initiale, telle que les corps vraisemblablement agenouillés tombèrent quand la lame du glaive les mutila. Un contact du doigt suffisait à réduire en poussière les osselets les plus fragiles.

Quand le prince Aldobrandini arriva le surlendemain sur le champ de fouilles, la terre était déblayée autour des squelettes, le sol nettoyé, les crânes déposés à l'endroit de leur découverte, de chaque côté de l'aigle et du serpent dont la lutte à mort se poursuivait en plein ciel tandis que l'une des femmes laissait apercevoir, sous le grillage de sa cage thoracique, un joueur de flûte mafflu et un haut thyrse lilas.

« Voici Doris et Délie, esclaves et concubines, décapitées par ordre du gouverneur Scudilo en automne 387, épargnées par la crémation grâce à la terre que celui-ci fit déverser sur leur cadavre pour recouvrir la mosaïque », expliqua Thomas Bald. Le prince avança sur la pointe des pieds le long de la planche protectrice, comme s'il craignait d'éveiller les deux esclaves qu'il examina cependant, mais avec la répugnance et la hâte de qui identifie un macchabée dans une morgue. Puis il rejoignit les autres et ils demeurèrent silencieux sous les terribles lumières. « Demain nous enlèverons ces squelettes pour continuer de creuser », dit enfin l'archéologue.

Une surprise attendait le prince Aldobrandini à la sortie de la galerie. Quand ils débouchèrent dans le hangar, l'étudiant de piquet parlementait avec un invisible interlocuteur. A plusieurs reprises, le nom d'Aldobrandini fut prononcé derrière la porte par une voix féminine familière. Bald fit coulisser le panneau mobile sur l'entrée de la galerie et commanda à l'étudiant de laisser entrer la visiteuse.

Dada Saltabecca fit quelques pas dans le hangar, s'arrêta, regarda autour d'elle sans étonnement. Puis elle dévisagea l'une après l'autre avec amusement les personnes présentes, à l'exception de Dino sur lequel son regard glissa sans se fixer une seconde. Le garçon ressentit une douleur inconnue, poignante, qui le rejeta en arrière si violemment qu'il trébucha. Sans paraître s'adresser à quiconque en particulier, la femme dit d'une voix forte : « C'est vous que je viens chercher, prince Aldobrandini. Je me suis laissé dire que vous souhaitiez vous promener dans mon *bolide* : il vous attend. »

Thomas Bald souriait. Dino tentait vainement d'attirer le regard de la Vénus des garages mais elle ne prêtait aucune attention à lui et, pour la première fois, il pensa qu'en ce moment, son existence entière était niée. La femme s'approcha du prince. « Mais qu'avez-vous fait de votre canne ? s'étonna-t-elle. Vous marchez sans canne à présent, comme un grand garçon ? » Elle partit d'un rire affectueux et, comme s'ils étaient de vieux amis, elle prit par le bras le prince Aldobrandini qui se laissa emmener sans prononcer une parole. Côte à côte, elle toujours riant, lui boitant peut-être davantage, ils quittèrent le hangar et s'éloignèrent dans la lumière d'été cependant que Dino continuait de

reculer, de reculer jusqu'au plus profond de ce tour-
ment inconnu, de son humiliation et de son existence
niée.

Le soir du même jour, il hésita à rentrer chez lui ou à
se précipiter « A la Vénus des garages ». Il erra sur le
terrain vague jusqu'à la nuit puis, prenant une lampe, il
descendit dans la fouille. Le ciel nocturne abaissait sur
lui sa douceur sidérale, il pénétra dans le hangar,
manœuvra la porte coulissante et s'enfonça sous terre.
Parvenu devant la mosaïque, devant les squelettes des
deux femmes, il éteignit la lampe et, pendant un instant, il ne souhaita plus rien que demeurer à jamais
dans les ténèbres avec sa douleur maintenant plus
douce, presque suave. Mais, bientôt, un autre sentiment
l'envahit furieusement, il ralluma, dirigea le faisceau de
la lampe devant lui. La surface de la mosaïque scintillait comme de la glace, des reflets luisaient dans le
silence de la matière et les rayons qui convergeaient
vers le foyer central en partie déterré semblaient irra-
dier d'autant de portes ouvertes dans le sein odorant de
la terre. Dino s'approcha des squelettes. « Où êtes-
vous ? demanda-t-il tout haut. Pourquoi me faites-vous
cela ? » Il déplaça la lampe. Les plumes rémiges de
l'aigle brillaient, le serpent enroulait ses anneaux cuivrés autour du corps de son ennemi. Puis les squelettes
réapparurent, le garçon fit un pas en avant sur la
mosaïque. Il se pencha, tendit sa main comme pour
aider quelqu'un à sortir de l'eau et, saisissant délicatement un osselet au sommet de l'épine dorsale, il tira à
peine. La vertèbre cervicale se détacha du rachis, le glissement furtif d'un corps s'introduisant entre deux draps
se fit entendre, le squelette tout entier remua de ce
mouvement de rotation alangui du dormeur qui se
retourne dans son sommeil. Puis il se désarticula sans
hâte, les os tombèrent comme les bâtonnets d'un jeu de

mikado, avec un son creux, les côtes une à une se déta-
chèrent, il ne resta plus enfin au bout des fils de nylon
qui assemblaient cette marionnette millénaire qu'un
misérable tas de reliques. « Et voilà ! » s'écria Dino sur
un ton de stupeur triomphale, comme si, par un geste
infime, il venait de venger les hommes des souffrances
que les femmes leur font endurer depuis toujours. Sou-
lagé un peu, il rejeta loin de lui la vertèbre cervicale.

CCCLXXXVII. « ... Aujourd'hui, Publius a quitté sa couche pour la première fois après trois semaines de fièvre. Le désir qu'il exprima tout d'abord fut que je lui montre les progrès de la construction. Tandis que je l'emmenai dans le temple d'Astarté, je compris que la fièvre et le délire avaient brouillé en lui toute chronologie. Comme il s'extasiait devant l'achèvement du mur d'enceinte, je lui rappelai que cette construction était terminée depuis huit mois déjà. En revanche, il se montra très attristé par le retard pris dans la création de la mosaïque du péristyle et je dus l'arracher à la contemplation morose de l'œuvre inachevée (parti pour son pays en novembre, le Sicilien n'est pas revenu et nous sommes sans nouvelles de lui). Pour le rasséréner, je lui montrai encore les transformations importantes apportées à l'atrium, les nouvelles fenêtres ouvrant sur le péristyle. Nous en vînmes naturellement à la chambre de Sabine. Pendant que Publius avait la fièvre, j'ai jugé bon d'en modifier autant la décoration que l'architecture intérieure, car même si cette pièce doit rester inhabitée à jamais, sa métamorphose inspirera moins de douloureux souvenirs. Je m'attendais à une vive réaction de sa part. Il se contenta de jeter un regard global sur la chambre et, une fois dehors, il me dit : " Maintenant, Milanion, je sais qu'il me sera toujours impossible de conserver auprès de moi ceux que j'aime. Tous les êtres qui me furent le plus chers — Julien y compris — me fuirent avant d'avoir franchi le seuil de ma solitude. C'est que je ne me suis sans doute jamais montré digne d'eux, que je n'ai cessé de me chercher et de me fuir moi-même. " Je voulus ensuite l'entraîner dans la roseraie, lui expliquer le nouveau système d'irrigation du jardin ; mais, déjà fatigué, il retourna s'allonger. Je ne crois pas inutile de consigner ici les événements qui l'ébranlèrent et provoquèrent sa maladie car, connaissant bien maintenant le caractère de Publius, je ne pense pas qu'il en fera état dans aucun de ses écrits futurs. Puisque je fus impliqué directement et que j'intervins en personne alors que peut-être il ne le souhaitait pas, ma responsabilité est grande et je tiens à m'en souvenir.

» Voici deux mois, le négociant milanais chargé par Publius de ramener d'Asie les ossements de Cynthie Cillix annonça son retour en Italie et son passage dans la région. Il laissa ici un coffre que Publius fit aussitôt transporter dans sa chambre. Peu après il me manda et, quand il me reçut, je vis immédiatement dans quelle perplexité il se débattait. M'entraînant dans une pièce voisine, il me montra le coffre ouvert plein d'ossements jetés en vrac qu'il renversa sur le sol. Je reculai, non de dégoût puisque ces reliques terreuses n'avaient plus rien de macabre ni de répugnant, mais de tristesse. " J'ai beaucoup aimé cette femme, me dit-il comme s'il me montrait dans la rue quelque ancienne beauté qui passait par là. Mais rien ne m'assure que ce soit bien elle... Elle a été ensevelie avec ses bijoux, ils ont disparu.

Les pilleurs de tombes ou le Milanais peut-être... Je comptais sur eux pour... Mais il est aussi possible que ce squelette soit celui d'une femme quelconque. Comment savoir ? " Je lui conseillai de jeter ces ossements ou de considérer qu'ils étaient ceux de Cynthie, puis de ne plus se poser de question. Il ne m'écouta pas. Il alla ensuite chercher une grande pièce d'étoffe, l'étendit sur le sol, en lissa soigneusement les plis. " J'aimerais reconstituer ce squelette, Milanion. Veux-tu m'aider ? "

» Je suis depuis plusieurs années au service de Publius et je n'ai jamais eu à me plaindre de lui ; il ne se montre jamais injustement sourcilleux, il ne manifeste pas la moindre velléité de despotisme. Mais je suis architecte, mon rôle est de construire des maisons, non des squelettes. Sa prière me mit dans une grande colère et je tournai les talons. Cependant, avant de m'en aller, je lui dis le fond de ma pensée concernant son attitude. " Cette maison est la vôtre, vous y agissez à votre convenance. J'en ai dessiné les plans, je l'ai construite, je l'améliore chaque jour selon vos désirs ; elle m'est donc chère, un peu comme un enfant, et aujourd'hui, Publius Optatianus, je refuse que vous l'ouvriez délibérément à la mort. En introduisant ici ces ossements, incomparables au souvenir vivant de cette femme, ces ossements d'une signification douteuse, vous conférez à votre esprit morbide les pleins pouvoirs dans cette villa. Or je m'y oppose car une maison est faite pour recevoir la vie. Si l'idée de la mort vous hante, montez à cheval, partez chasser, enfermez-vous avec vos concubines, faites n'importe quoi, même ce qu'il y a de plus absurde, car tout vaut mieux que cette hantise. La mort rôde aujourd'hui partout au-dehors, inutile de lui ouvrir la porte, de l'installer chez soi et de jouer à son sujet de mauvaises comédies. " Voilà ce que je lui dis avant de le quitter. Mais le soir, en repassant devant la chambre, la curiosité me poussa à écarter la tenture : reconstitué en partie, le squelette gisait couché tout de son long sur le drap dans la pénombre. Je jouis dans la villa de Publius d'une vaste chambre ouvrant sur l'atrium ; je décidai de la quitter le lendemain pour retourner vivre au bourg. Je n'en eus pas le temps car les événements se précipitèrent la nuit même.

» Quand je réprimandai Publius, je n'imaginais pas que ce squelette lui sauverait la vie. Peu avant l'aube, un double cri suivi d'un grand remue-ménage dans le péristyle me réveillèrent. On alluma des torches et, bientôt, un désordre complet agita la maisonnée. Je sortis de ma chambre. Publius se tenait adossé à une colonne, hagard, avec auprès de lui le jeune Lucius, un glaive à la main. Doris, Délie et Lycinna entraient et sortaient tour à tour de la chambre de leur maître en poussant des cris, quelques esclaves accourus du quartier servile restaient plantés là, ne sachant quoi faire. Puis Lucius laissa tomber le glaive. Quand je demandai à Publius ce qui se passait, il m'indiqua la porte grande ouverte de sa chambre. Nulle lumière n'y brillait, je pris une torche. Le lit m'apparut en premier puis, non loin du seuil de la pièce où gisait le squelette, un corps étendu, recouvert d'ombres dans une flaque épaisse qu'éclairaient les lueurs du péristyle. Je sortis et courus vers Lucius qui regardait fixement le glaive à ses pieds. Il ne desserra pas les dents. Publius m'observait, je sentais son regard dans mon dos. " Retourne te coucher, Milanion. Va, va, tu avais raison... ", dit-il d'une voix lamentable. Mais j'entrai à nouveau dans la chambre, la torche élevée, car la confusion troublait encore mon esprit. Au pied du lit de Publius où il dormait parfois depuis qu'il veillait sur son maître comme sur un père, la couche de Lucius était défaite. Alors, tout me devint évident. Je m'approchai du corps de la jeune esclave avec l'intention de le transporter dans le péristyle, mais je dus y renoncer : le glaive ayant frappé si fort le haut du crâne, la tête se partageait en deux comme une pastèque. Publius apparut enfin, vint lentement jusqu'à moi. " Quelle pitié, n'est-ce pas ? " dit-il en se baissant et trempant son doigt dans le sang. D'où je me trouvais, je voyais par la porte ouverte sur l'étoffe blanche le profil du squelette dans la chambre voisine. Il suivit mon regard, acquiesça et dit : " Oui, c'est elle qui a fait ça... " Enfin, trois esclaves entrèrent portant une natte où ils déposèrent le corps de la jeune fille.

» Quand, voici plus d'un an, Publius revint de Pise avec ses deux nouveaux esclaves, le marchand Vitellus me fit part de ses craintes concernant la fille qu'il n'avait pas achetée dans des conditions normales. En fait, elle n'était pas à vendre. Ayant tenté d'assassiner son maître quelques jours plus tôt, elle se trouvait entre les mains des esclaves de celui-ci qui devaient l'exécuter le matin même. Elle portait les chaînes d'infamie quand Publius s'enticha d'elle et la marchanda. Peu scrupuleux, son maître ne fit pas de difficulté pour la lui céder car il préférait en tirer quelque gain que jeter son cadavre aux chiens. " Ne la laissez jamais approcher de vous, prévint-il néanmoins. Elle n'a qu'une idée en tête : tuer son maître. " En quelques mois, Sabine sut endormir la défiance de tous, y compris la mienne. Publius n'est pas homme à exhiber ses sentiments, mais je vis croître de jour en jour la passion qu'il vouait à la jeune fille. Cela m'agaça un temps puis je n'y prêtai plus attention. A présent, je sais que la haine de l'esclave pour son maître se nourrissait de l'amour que celui-ci lui portait. Publius voue un culte au Soleil mais il ne se méfie pas assez du feu. Il ne se méfiait pas, l'autre nuit, quand Sabine pénétra chez lui avec un couteau. Il dormait comme notre défiance, d'un sommeil que le vin approfondissait. Mais la meurtrière, tout entière tendue vers son but, ne se doutait pas, en enjambant le rebord de la fenêtre, qu'elle sautait droit dans le royaume des morts. Le squelette de Cynthie Cillix divisait la largeur de la pièce entre elle et la porte, de sorte que rebondissant juste sur lui, elle ne put retenir un cri. Lucius qui ne dormait pas l'entendit, se précipita sur son glaive. J'ignore si, dans l'obscurité, il reconnut sa sœur de race avant de la frapper. Nous ne le saurons jamais, il ne parlera pas. Lucius n'a pas desserré les dents depuis la mort de Sabine et son maître, qui ne veut plus le voir apparaître devant lui, l'affranchira avant de le jeter dehors avec une petite somme d'argent. J'attendrai encore un peu qu'il ait repris des forces pour lui montrer, dans le jardin dionysiaque, la tombe que nous avons creusée pour la jeune morte. " . .

. . . .

» ... Hier, Publius a passé la journée dans sa salle de travail. En venant lui demander son accord pour les améliorations à effectuer dans le quartier rustique, je le trouvai occupé à recouvrir de graisse des rouleaux cylindriques d'épais cuir noir où il introduisait, après qu'il les eut roulés aussi serrés que possible, des papyrus couverts de son écriture. Le rouleau plein, il le fermait avec un couvercle qu'il scellait à la cire. " Je m'occupe de mes papiers, Milanion, je les mets à l'abri, on ne sait jamais... ", me dit-il quand je l'interrogeai. En fin d'après-midi, il se remit à travailler à *la Vie de Julien*. " Il ne reste à écrire, dit-il, que les chapitres sur la campagne de Perse. " »

1948

« ... Quand j'évoque son souvenir — mais cela devient de plus en plus rare — je le vois toujours tel qu'il m'est apparu pour la première fois, dans ce bar lugubre », dit Monica Montemartini en versant le porto avec des gestes qui semblaient être ceux de son arrière-grand-mère. « Il entre, il s'appuie au comptoir, je lui parle, il tend le bras et, d'un geste vif, pendant que le patron a le dos tourné, il saisit la réclame de San Pellegrino, pose devant moi le soleil grimaçant sur le zinc et nous rions tous les deux. Avons-nous souvent ri comme cela ensuite ? Je ne crois pas... »

L'homme la regarda avec une tendresse fraternelle. Lorsque, montrant de la tête le salon et son luxe kitsch où çà et là quelques objets doués d'âme semblaient égarés, il demanda « C'est donc ici que vous avez vécu avec lui ? », il pensait mélancoliquement à l'opulente et népotique bourgeoisie dont cette femme était issue et à l'identité sociale qu'en un clin d'œil la guerre avait anéantie en elle pour la jeter avec sa double tragédie, familiale et universelle, dans l'improvisation panique de la survie. Il l'entendit répondre : « Oui, c'est ici. Voilà pourquoi je voulais absolument que vous veniez et je suis heureuse que vous ayez enfin accepté. »

Examinant à la dérobée une photographie sur le guéridon — l'image floue et jaune d'une jeune fille à cheval devant le perron d'une demeure méridionale —, il voyait Dieu sait pourquoi en superposition ce terrible cliché que l'Italie entière exhibait à présent : Mussolini, la tête calcinée, pendu par les pieds au-dessus d'un feu éteint. Pourquoi cette macabre comparaison s'imposait-elle à lui maintenant, il n'en savait rien ; mais cette femme, née d'une des plus illustres familles du Mezzogiorno, qui avait indiqué à l'un de ses amants comment tuer son père et qui, un instant plus tôt, lui déclarait sans cynisme ni amertume : « En fait, contrairement à ce que je vous ai dit l'autre fois, je suis une putain comme les autres. Seulement un peu plus chère... » — cette femme mettait en branle dans sa mémoire l'interminable défilé des victimes et secouait en lui les abominations de l'Histoire.

L'appartement ombreux donnait sur une cour pavée, il y régnait un silence sépulcral. Quand elle lui ouvrit la porte, l'homme faillit repartir tant ce silence lui parut celui d'un monde cadavéreux où finissaient de mourir les derniers soupçons de vie, une tombe où les fracas qu'il portait en lui allaient se déchaîner soudain, réveillant les vieux morts d'autrefois et ceux à venir. « Bien entendu, Stefan ignore que je suis venu vous voir, j'ai respecté votre volonté... », dit-il en franchissant néanmoins le seuil. Elle lui fit remarquer que, dans ces conditions, un secret les liait désormais, mais il crut déceler dans sa voix un peu de déception. Il songeait : Elle est si jeune ! J'ai l'âge de son père assassiné... Et tandis qu'elle s'effaçait pour le laisser entrer dans ce salon au capharnaüm hétéroclite de cartomancienne, il pensait encore : Si elle retournait vivre chez elle, dans le Mezzogiorno, elle serait une héroïne populaire et non une prostituée.

Une lueur de pâte de verre éclairait la pièce et les

zones les plus claires semblaient crépusculaires, boréales. Le salon de Monica Montemartini ne donnait pas sur la cour mais sur un champ de ruines. Une grue se dressait non loin de la fenêtre, sa flèche passait parfois son mufle de fer très près de la vitre, comme un animal fabuleux qui les épiait en tournant lentement son cou de saurien sur la grisaille des décombres. L'immeuble de rapport où vivait la femme s'érigeait à la lisière d'un quartier insalubre que l'on venait de raser ; privé des masures auxquelles il s'appuyait autrefois, il tenait en équilibre précaire, comme ces bâtisses épargnées par un tremblement de terre qui se dressent, solitaires et surréelles, au milieu d'une ville détruite.

Monica Montemartini buvait son porto en observant les réactions de son visiteur avec une curiosité enfantine, elle paraissait retenir son énergie tandis que la nuit se déversait autour d'eux et que l'homme perdait des forces de seconde en seconde, comme le sang par une blessure béante. « La dernière fois que nous nous sommes vus, vous ne m'avez pas dit ce que Stefan allait faire à la bibliothèque de Braidense et à l'abbaye de Chiaravalle », dit-il. Mais il songeait moins à la réponse qu'à la façon dont la femme lui avait parlé de la mer et du soleil de son enfance. Et il se mit à l'observer, lui aussi, avec une attention minutieuse, comme si elle eût porté visible sur elle, mais à demi dissimulés sous sa robe noire de veuve méditerranéenne, la lumière du Midi et les souffles marins. « Je ne sais pas, dit-elle, je ne l'ai jamais su. Il travaillait, je suppose... »

Elle se leva, l'invita à la suivre et lui montra une petite chambre aveugle, presque une alcôve, où il fut saisi à la gorge par une odeur de vétiver et de clou de girofle. Elle n'alluma pas, il dut avancer son buste dans la pièce pour distinguer ce qu'elle contenait, une minus-

cule coiffeuse de voyage, une table pliante recouverte
d'un tapis et encombrée de cosmétiques. « Il travaillait
ici. Il verrouillait la porte et gardait toujours la clé sur
lui. Maintenant, c'est là que je me prépare pour mes
clients. » Puis elle le conduisit vers une autre chambre
où elle le pria d'entrer. Il y régnait une chaleur de serre,
la même odeur de girofle flottait dans l'air lourd, mais
enrichie d'un indéfinissable parfum semblable à du
papier d'Arménie. En face d'un lit grand comme un
radeau, il vit, suspendue contre le mur, la fameuse
réclame pour le San Pellegrino. « Et voilà mon cabinet
de travail », dit-elle avec une nuance d'ironie. Un
ébranlement sourd fit vibrer l'air de la chambre et, pendant un instant, une rumeur de lointain orage retentit
dans les murs. « Ce n'est rien. Ils abattent l'immeuble
voisin avec une boule de fer qu'ils balancent contre les
parois, expliqua-t-elle. La maison a reçu une bombe en
43. »

Elle éteignit l'un des deux radiateurs électriques et,
presque aussitôt, l'homme eut beaucoup moins chaud,
comme si un vieux froid de guerre s'exhalait derrière
des couches de moiteur. « Vous voyez cette armoire —
approchez-vous, ne craignez rien... », dit-elle en
ouvrant les battants d'un meuble énorme de style
Renaissance qui vivait d'une existence monumentale et
chagrine dans cet espace trop exigu. Il lui apparut plus
colossal encore quand il constata qu'il ne contenait pas
le moindre objet. Puis, comme si rien n'était plus
naturel, la femme qui tenait la porte ouverte lui dit :
« Entrez, oui, oui, entrez ! Il y a de la place pour six
personnes de votre taille. Allons ! Vous voulez tout
savoir, n'est-ce pas ? » Et il entra dans l'armoire. Elle
referma la porte et, pendant un instant, il fut dans l'obscurité totale. Puis un point lumineux apparut, un peu
plus bas que son visage, et il se baissa. Il sentait la

proche présence de la femme derrière le battant, il l'entendait respirer et pensait : Elle pourrait m'enfermer, me laisser mourir de faim ici, personne n'en saurait jamais rien... « Le trou, regardez par le trou, commanda-t-elle. Que voyez-vous ? » Il hésita. « Le lit », répondit-il après avoir cherché vainement à voir quelque chose de particulier. Elle rouvrit la porte et il respira. « C'est Stefan qui l'a percé. Il aimait parfois se mettre là-dedans, il s'asseyait sur une chaise pour me regarder travailler. Anthropologiquement, disait-il. J'avais toujours peur qu'il fasse du bruit et qu'un client l'entende. Mais vous savez comment sont les hommes dans ces moments-là : sourds et aveugles à ce qui n'est pas leur plaisir. »

Ils regagnèrent le salon. La femme servit encore du porto et elle but, plus vite alors car il fallait maintenant qu'elle parle, et même pendant qu'elle buvait l'homme entendait sa voix, régulière, tranquille, comme un professionnel qui enfonce un clou ; il évitait de la regarder parce qu'il avait à présent sous ses yeux l'image vivante de sa mère, de sa grand-mère, de toutes les femmes de sa famille, et toutes étaient également gorgées de mer, de soleil qu'elles irradiaient par chaque fibre de leur regard. « Pour être franche, je l'aime encore d'une certaine façon, dit Monica Montemartini. Si je veux sauvegarder ce sentiment fragile, il vaut mieux que je ne le voie jamais plus. Il était distant, mais très affectueux et bon. Si nous étions restés ensemble plus longtemps, il aurait nécessairement fini par souffrir, malgré toute son indifférence ; il n'aurait pas souffert dans son amour — il n'en éprouvait aucun pour moi — mais dans son orgueil parce que je l'aurais trompé sans cesse avec d'autres. J'ai besoin d'hommes jusqu'à en crever, monsieur, jusqu'à me jeter dans la nuit à corps perdu pour aller en cueillir un dans le dernier faubourg. J'ai besoin d'une grande quantité d'hommes, interminablement — de *tous* les hommes ! —, je ne suis jamais en paix avec eux, dès qu'il s'en présente un, je le veux, beau ou laid, je le prends, j'espère qu'il... et puis plus rien, de la fumée, je ne touche pas le fond, mon désir reste aussi ardent, insatiable. Alors j'en prends un autre, j'espère à nouveau que je vais trouver la moelle, la substance même de l'homme et de mon désir... Avant d'avoir seize ans, j'avais laissé tous les ouvriers célibataires de mon père me coucher sous eux. Ensuite, je me suis occupée des hommes mariés, jeunes et moins jeunes, et maintenant je fais ce métier par goût autant que par nécessité. Je cherche, comprenez-vous ? Je cherche... »

L'homme respirait mal, l'émotion lui serrait la gorge. Il pensait à nouveau à Mussolini pendu par les pieds, et une question posée peu de temps auparavant par celui que Monica Montemartini appelait indûment Stefan Helf lui revint à la mémoire : « Pourquoi devons-nous livrer nos destinées à l'Histoire qui tient les hommes pour moins que rien ? »

« Je ne devrais pas être ici, je vous fais du mal », dit-il vivement en se levant et en restant debout, raide devant le fauteuil. La femme se tut, elle serra les poings et s'en frappa le front, si fort qu'il entendit plusieurs fois le choc des phalanges contre l'os crânien. « Non, non !... », répéta-t-elle. Puis elle se calma, respira profondément. « C'est fini, excusez-moi... » La nuit stagnait autour d'eux, les lampes en pâte de verre flottaient sur l'obscurité comme des amers dans un chenal dangereux. « C'est fini... », dit-elle encore avec un sourire blanc.

1966

Le secrétaire Giuseppe Savino relut plusieurs fois la copie de l'arrêté municipal ordonnant l'arrêt des fouilles sur le lieu-dit Testa di Becco et la pose des scellés en date du 12 novembre 1966. Il n'éprouvait pourtant aucun contentement parce qu'il était trop tard à son gré : quand il eût fallu agir beaucoup plus tôt par la force, ils avaient temporisé, révélant ainsi leur faiblesse devant un homme seul et la pusillanimité incompréhensible du docteur-ingénieur Valverde. Mais ce qui lui rendait plus odieuse encore l'attitude de son patron pendant ces derniers mois, c'est qu'il soupçonnait chez celui-ci des desseins irrationnels et supérieurs auxquels il ne comprenait rien. Valverde siégeait à son bureau, impénétrable et totalement opaque. En ses instants de plus grand désarroi, le secrétaire entendait, comme s'ils résonnaient encore dans cette même pièce où ils se trouvaient en ce moment, les propos insensés que lui tint Valverde quelques semaines auparavant. « Tu ne peux rien comprendre aux sentiments que j'éprouve pour Bald. Je suis un voyou, il est un saint, Savino ! Je ne t'expliquerai ni pourquoi, ni comment, ce serait beaucoup trop compliqué et tu es trop obtus ; mais en tout cas, je ne toucherai jamais un seul cheveu de sa tête et tant que je serai en vie, personne ne lui fera le moindre mal. S'il lui arrivait un accident dont je sois responsable, de grands malheurs s'abattraient sur moi... » Et quelques jours plus tard, après qu'il se fut rendu sur le champ de fouilles sans rien dire à personne pour y passer un après-midi entier, le docteur-ingénieur fit à Savino cette déclaration non moins aberrante : « Si je puis m'en douter, je ne veux rien savoir de ce qui se passe dans ce hangar. J'ai prévenu Bald qu'avant la fin de l'année, Testa di Becco retournerait à la terre avec l'ensemble de ses vestiges, que tout serait enseveli une seconde fois. Je lui ai donné jusqu'à fin octobre. A lui de se débrouiller : ce délai passé, la justice s'en occupera. Sais-tu ce que je lui ai dit, Savino ? Si vous trouvez cette mosaïque, je vous conseille de la desceller morceau par morceau, sans en parler à quiconque. Et puis fichez le camp en l'emportant. S'il le faut, je vous donnerai un camion. Voilà ce que je lui ai dit, Savino ! »

Marcello Valverde se leva, arracha l'arrêté des mains de son secrétaire, le parcourut avec une moue dédaigneuse puis le jeta dans la corbeille. « Et s'il faisait des difficultés ? », risqua à mi-voix Savino. Valverde haussa les épaules. Il alla jusqu'à la fenêtre, examina attentivement le ciel ; les toits luisants de pluie reflétaient dans la courbure molle des tuiles le bleu lavé d'une éclaircie qui s'épanouissait sur l'ensemble de la ville. Les voitures passaient en chuintant dans les rues trempées, le docteur-ingénieur leva le doigt comme pour imposer le silence autour de lui et, pendant quelques instants, il écouta la voix secrète qui parfois retentissait en lui. Depuis des années, il lui imposait le silence ; mais à présent, il la laissait s'élever et répéter avec une insistance discrète les sept mots qu'elle semblait seuls connaître, sept mots qui, si on les comprenait avec le cœur, ouvraient toutes les portes qu'un homme trouve fermées devant lui. Or si Marcello Valverde savait que cette voix contenait une révélation suprême, il n'en saisissait pas le sens. Il se retourna avec un geste de colère. « Tu dis des âneries, Savino ! Une fois que la machine administrative roule, tu sais que rien ne l'arrête. Elle écrase tout sur son passage. Bêtement, froidement et, mieux encore — c'est là sa plus grande force —, aveuglément. La machine administrative écrase autant les saints que les voyous. Alors comment voudrais-tu qu'il fasse des difficultés ? Ce bulldozer nivellera le terrain où nous construirons l'usine, Bald ne compte pour rien dans cette entreprise, il n'existe pas. Ne trouves-tu pas admirable et grotesque, Savino, que les hommes aient inventé une machine qui doit les sauver du chaos mais devant laquelle ils ne sont plus des hommes ? Maintenant va réfléchir à cela, va. Il fait beau, je sors faire un tour. »

Valverde monta dans la plus belle de ses automobiles. Il roula lentement, très lentement, d'abord sans savoir où il allait, avec une sorte de vacuité sidérée et de totale absence de réflexion, puis il vit le panneau qui indiquait Peretola et il sourit, d'un sourire vide lui aussi de la moindre satisfaction. Quelqu'un assis au volant de cette voiture l'emmenait néanmoins vers un lieu précis. La vitesse n'avait pas d'importance, ni rien de ce qui se trouvait autour du véhicule — cyclistes, piétons, la ville, le ciel, la route bleue — et cependant, on appuya un peu plus fort sur l'accélérateur pour tourner à droite sous le panneau tandis que, dans l'esprit du docteur-ingénieur, défilaient, singulièrement privés de sens et dérisoires, les épisodes les plus importants de sa vie. Puis la voiture s'arrêta en pleine banlieue, au bord d'une large avenue vide et défoncée, devant l'église moderne de Peretola appelée Notre-Dame du Béton, bâtisse aux angles de guingois, comme un Christ démantibulé posé de travers sur sa croix.

Valverde descendit, entra dans l'église, s'approcha de

l'autel, s'agenouilla au premier rang. Il ressentit douloureusement ses genoux contre le bois et l'inconfort de
la position dans ses reins, mais cela était sans importance. « J'aurais pu rester ainsi cent mille ans, Savino,
dira-t-il le lendemain au secrétaire, même la douleur
n'avait plus de sens. » Éparpillées dans la nef, un lot de
veuves telles qu'on en rencontre dans les églises de village priaient. « Elles priaient, Savino, et voilà comment
j'ai compris pourquoi on m'avait guidé jusqu'ici... »
Valverde se retourna, regarda les femmes l'une après
l'autre avec insistance. L'une après l'autre, elles levèrent
la tête, le regardèrent furtivement sans cesser de prier.
Il lui sembla alors que le monde ne comptait pas de
créatures plus enviables que ces femmes, sinon toutes
les autres femmes qui priaient dans toutes les églises du
monde, en ce moment même. Il enfouit son visage dans
ses mains, essaya de prier. Il n'y parvint pas. Mais il ne
parvenait pas non plus à ne pas prier, il ne pouvait simplement pas rester là, dans ce lieu saint comme dans ce
monde, ne croyant vraiment ni à l'un ni à l'autre, et il
lui était plus impossible encore de se décider à quitter
l'église pour retourner à ses affaires. C'est pourtant ce
qu'il fit. En descendant l'escalier devant l'église, il se
rendit compte que, depuis un moment, il psalmodiait
une phrase à laquelle il ne pensait même pas, venue il
ne savait comment lorsqu'il tentait de prier et imposée
avec l'irrépressible force de son vide, jusqu'à devenir
une authentique prière. « Mon Dieu, faites qu'il trouve
sa mosaïque ! »

Il prit la direction de la zone industrielle et, cette
fois, personne ne conduisait à sa place. Il gara la voiture devant la station d'épuration mais resta au volant,
se contentant d'observer le hangar. Rien ne bougeait de
ce côté-ci, la lumière brillait comme en pleine nuit dans
les deux baraquements et, cependant, nulle présence ne

s'y manifestait. Il se mit à pleuvoir. En quelques secondes, l'eau dégringola en cataractes avec la violence d'un orage d'été, une vapeur flottait sur le toit de tôle, puis les nues furent chassées, le ciel redevint limpide comme un regard. Et l'auto se remit en route le long du champ de fouilles, longea la falaise du cimetière de voitures où elle pénétra pour s'arrêter non loin du cabanon, sous la plate-forme mobile de la grue. Le docteur-ingénieur Marcello Valverde se trouvait dans son fief.

Il descendit sans se soucier de la gadoue et appela. Le vieil homme en bleu de travail sortit sur le pas-de-porte, fit une moue dégoûtée devant la boue et resta au sec sur les planches, figé dans une expression d'incommensurable dédain. « Ma salopette, Adolfo, je vais travailler une heure ou deux. Tu m'as laissé quelque chose à faire ? » Valverde enfila le survêtement, chaussa une paire de godillots, puis se dirigea vers la grue. Les carcasses dégouttantes d'eau bruissaient comme autant de fontaines, des coassements s'élevaient d'une mare creusée par les intempéries au beau milieu du cimetière et l'on pouvait penser que la campagne arrivait jusque-là, invisible derrière les empilements mais accessible en quelques pas avec ses rus et ses allées de saules. En s'installant aux commandes de la grue, le docteur-ingénieur constata du coin de l'œil qu'il avait oublié de stopper l'essuie-glace de sa voiture.

La flèche pivota sans un grincement. Avec toujours la même émotion, Valverde abaissa lentement le bloc électromagnétique sur le toit d'une épave puis, d'une poussée sur le commutateur, il libéra le courant. La voiture aspirée se colla au pôle d'acier, s'éleva aussitôt dans les airs en se balançant au bout du câble et parcourut en volant comme un trapéziste les quelques mètres de son ultime voyage. Alors commença pour

259

Marcello Valverde la seconde phase de la manœuvre, celle qui, par l'irrésistible puissance qu'elle dégage, lui procurait les sensations les plus grisantes et pouvait, selon sa réceptivité, le conduire au seuil de l'extase.

Sous la cabine vitrée de la grue béait la fosse d'acier du concasseur avec ses parois mobiles couleur de rouille, son sol jonché de débris de verre et de limaille. Le mécanisme de la gueule était automatique. Il suffisait de presser un bouton pour que les mâchoires se referment sur leur proie, d'abord transversalement, puis latéralement, et se rouvrent enfin sur un bloc compact d'à peine plus d'un mètre de côté mais d'un poids de plusieurs tonnes. Valverde fit descendre l'épave, coupa le courant, pressa sur l'interrupteur du concasseur et s'appuya au tableau de commande. L'opération de broyage ne durait guère plus de quatre minutes, trois lorsque la machine était chaude et les pistons qui poussaient les parois bien lubrifiés. Chaque jour, Adolfo, aidé de deux ouvriers, transportait à l'aide d'une grue mobile les épaves de la périphérie du cimetière jusqu'au concasseur. Quand l'industriel annonçait sa venue, on lui préparait un empilement spécial de vingt à trente carcasses ; mais, souvent, ce nombre ne suffisait pas à apaiser sa faim et, manœuvrant lui-même la grue mobile, il allait chercher de quoi satisfaire son appétit. Les parois, des plaques d'acier rivetées de plus d'un demi-mètre d'épaisseur, avançaient en bourdonnant, bourdonnement d'une douceur redoutable, tandis que peu à peu, dans l'ombre graisseuse du mécanisme, se déployait l'éclat chromé des pistons télescopiques. Puissants et lisses, ils semblaient sortir d'une gaine de chair, précieux comme des organes vitaux, et Valverde éprouvait pour eux un attrait particulier. « Regarde les pistons, Adolfo, quelle beauté ! », disait-il au vieil homme indifférent, pour qui le concasseur n'était qu'un

260

gagne-pain monotone. Pour mieux les admirer, il lui arrivait d'arrêter la machine en pleine action et de descendre de la grue. Alors presque toujours le même souvenir lui revenait. Enfant, il voyageait avec sa mère sur un bateau à aubes du lac de Garde ; pendant le trajet, il demeurait penché sur les terribles bras articulés qui, dans un mouvement de rotation monstrueux, entraînaient avec des éclats noirs et cuivrés les roues dont il entendait plonger les pales dans l'eau tranquille.

Ayant laissé la porte de la grue ouverte, Valverde écouta les mâchoires se refermer sur la carrosserie puis le bourdonnement des parois latérales qui se mettaient en branle. Son regard tomba à nouveau sur sa voiture dont l'essuie-glace balayait inlassablement le parebrise. Il pouvait entendre leur battement de métronome, le grincement des balais sur le verre sec. Puis la gueule du concasseur se rouvrit, les parois s'immobilisèrent sans bruit. De la Chevrolet ne restait qu'un hexaèdre posé dans une poussière de verre qui luisait comme des strass sur le sol de la fosse.

Quand le docteur-ingénieur fit descendre la cinquième épave dans le concasseur — il faisait nuit, il travaillait depuis un moment à la lumière des projecteurs —, il entendit à nouveau la voix : *Je suis la Résurrection et la Vie.*

Elle retentit derrière lui et, quoiqu'il y fût habitué, il se retourna en jurant à mi-voix. Il coupa le courant du bloc magnétique trop tôt, la carcasse s'abattit de plusieurs mètres dans la fosse d'acier avec un étrange fracas de pacotille. Qu'y puis-je si je ne sais pas prier ? songea Valverde. Je ne peux même plus parler à ma mère, comment pourrais-je parler à Dieu ! Il mit en marche le concasseur, inquiet quant au déroulement normal de la manœuvre car la voiture se tenait verticalement dressée sur l'arrière du châssis contre la paroi métallique, et une partie importante du capot dépassait de la fosse. La voix s'éleva une fois encore, il se demanda si elle s'adressait à lui, si elle ne retentissait pas simplement dans le désert qu'il était devenu. *Je suis la Résurrection et la Vie...* « Vas-tu te taire ! Tu sais que je ne suis pas à toi ! », cria-t-il. Et il sentit que son âme restait muette, que la ferveur et la béatitude dont la voix l'emplissait lorsqu'il était enfant et qu'il savait prier dans l'innocence gisaient, exsangues, sur le sable froid de sa mémoire. Maintenant que les mâchoires du concasseur touchaient presque l'épave, celle-ci lui apparut telle une proie cherchant vainement à s'élancer hors de ce piège. *Je n'en ai jamais raté aucune, sauf au début...* se dit-il avec colère, tandis qu'à l'extrémité supérieure de la carcasse déjà aux trois quarts broyée la calandre et le pare-chocs demeuraient intacts. *Il ne faut surtout pas penser, la force est de ne pas penser,* pensa-t-il. Puis vit une forme claire à sa droite, en contrebas, une silhouette fuselée et élégante dans la nuit poisseuse du cimetière, semblable à une superbe femme parmi les détritus : sa voiture.

Les essuie-glaces battaient toujours. Il ne les voyait plus mais il croyait les entendre, et l'obscurité était tout ébranlée par leur rythme. Une bouffée de haine le saisit. Il se dit : *J'ai de la haine, pourquoi ?...* Il savait ce que ses mains accomplissaient — rien de définitif au demeurant —, il les laissa manœuvrer avec plaisir. La flèche de la grue tourna, s'immobilisa, le bloc magnétique, masse amorphe chargée d'une force abstraite, s'abaissa sans hâte. La forme claire au-dessous de lui tressaillit et fut arrachée au sol. Alors le bruit des essuie-glaces cessa d'agacer les oreilles du docteur-ingénieur. Sans cesser de manœuvrer la flèche qu'il stoppa au-dessus du concasseur, il se renversa en arrière sur le siège patiné par les fesses du vieux grutier et, dans la solitude de la cabine, il lâcha ces mots vidés de substance mais qui pendant un bref instant lui réjouirent le cœur : *Béni soit Celui qui vient au nom du Seigneur!*

Beaucoup plus tard, épuisé et après avoir détruit plus d'épaves qu'il n'en pouvait compter, il se changea à la lueur d'une lampe de poche dans le cabanon aux parois tapissées de photos de femmes nues. L'atmosphère confinée puait la limaille, l'huile et le pneu brûlé. Il huma avec bonheur sa propre odeur sous ses aisselles, quitta le cimetière et gagna tranquillement à pied « la Vénus des garages ». Il pleuvait mais il ne s'en rendait pas compte, il marchait au milieu de l'avenue et voyait au loin, posé comme un vaisseau spatial sur la nuit accidentée du terrain vague, le toit du hangar où flottait une lueur opalescente. Là se trouvait l'âme de la zone industrielle, l'âme de Marcello Valverde. Et il allait détruire cette âme parce qu'il ne pouvait ni prier, ni renier.

Le lendemain à l'aube, avant le départ des premiers camions, il téléphona au secrétaire Giuseppe Savino de venir le chercher. « Passe par le cimetière avant de venir ici et laisse un mot à Adolfo. Dis-lui de me faire livrer au bureau la casse blanche qui est à gauche de la grue. C'est la Jaguar. » Il sortit dans la rue vide où l'herbe semblait pousser en toute saison entre les pavés et il se souvint qu'à l'intérieur du bloc de métal sorti du concasseur se trouvaient son porte-documents, son parapluie et son chapeau. Puis il entendit dans le lointain trois explosions, trois déflagrations que le vent apporta des confins de la ville comme des montgolfières sonores qui frôlèrent en passant sa conscience, mais sans y laisser aucune trace.

1966

« Chacun à Florence a pu entendre ces explosions, enfin ceux qui étaient réveillés à cette heure-là — un peu moins de six heures —, et je n'avais pas fait dix pas hors de chez moi avec ma canne à pêche quand elles ont retenti (en automne, je descends trois fois par semaine pêcher dans l'Arno avant le lever du soleil), si proches que je me suis instinctivement jeté par terre, les mains sur la tête... Il faut vous dire que notre maison est à moins de deux cents mètres de là. Tout couché que j'étais, j'ai entendu les vitres vibrer, j'ai senti le souffle passer sur moi, un souffle chaud qui laissa une sacrée puanteur dans l'air. Quand je me suis relevé, une colonne de fumée noire montait derrière les arbres. Près de moi, à quelques mètres sur la pelouse, j'ai vu une chose rose, poilue, un peu ensanglantée. C'était une oreille... »

L'homme se tut quand le procureur esquissa un geste d'agacement ; pourtant, le magistrat garda le silence et lui fit signe de poursuivre. L'homme racontait son histoire pour la dixième fois sans se lasser et jamais de la même manière, car il trouvait toujours de nouveaux détails à évoquer. Cette oreille, par exemple, il n'y avait jamais fait allusion jusqu'alors ; fortuitement, il en découvrait tout à coup l'intérêt. « Oui, une oreille, répéta-t-il avec le même étonnement que s'il venait de la découvrir sur le bureau du procureur. Mais il m'a fallu plusieurs secondes pour comprendre de quoi il s'agissait parce que, voyez-vous, même à la devanture d'un charcutier, je n'ai jamais vu une oreille comme ça, isolée, et encore moins sur une pelouse. Je suis sorti du jardin après avoir regardé le ciel. La route était jonchée d'autres morceaux : certains bougeaient encore comme des vers qu'on a coupés en deux... Aux alentours, personne, pas une voiture, rien. Les gens se terraient chez eux et je me suis demandé si je n'étais pas en train de rêver. J'ai longé le mur de la villa Strizzi pour descendre vers la porcherie aussi vite que possible. La fumée s'épaississait de plus en plus, on voyait des porcs partout — enfin, des morceaux de porcs —, accrochés aux buissons, suspendus aux arbres, et les bêtes encore entières que le souffle de l'explosion avaient projetées n'étaient pas belles à voir. Beaucoup couraient en hurlant, traînant leurs tripes derrière elles, le ventre ouvert, d'autres n'avaient plus de pattes... Je devais faire très attention où je posais les pieds et à un certain moment, je me suis rendu compte que je tenais toujours ma canne à pêche. Je suis allé la poser contre le mur de la villa et quelques instants après, j'ai vu la femme... »

Cette fois, le procureur lui coupa la parole et lui demanda d'être plus elliptique. L'homme ne comprenait pas ce que l'on attendait de lui. Il regarda à tour de rôle d'un air interrogatif les personnes présentes — le magistrat, le docteur Bembo, le policier et le greffier devant sa machine à écrire —, puis il lui vint l'idée de protester que justement, là commençait le véritable intérêt de l'histoire, après qu'il eut posé sa canne à pêche. En un éclair, il repensa aux événements, à chacune de ses réactions à partir du moment où, ayant tourné le coin du mur pour arriver devant la porcherie, il la vit dans sa longue chemise de nuit soyeuse, comme enchâssée dans le mur, à l'image de ces madones vici-

265

nales que l'on découvre sans s'y attendre dans le feuillage, au détour d'un chemin.

La petite porte de fer était ouverte, Fiora Capodilista se tenait sur le seuil, mais légèrement en retrait, dans son déshabillé constellé de taches de sang. Elle ne prêta aucune attention à l'homme quand celui-ci se dirigea vers elle, elle regardait fixement les décombres fumants de la porcherie. Soulevée par l'explosion, la toiture du bâtiment le plus proche gisait, fracassée, près de la seule construction demeurée intacte et d'où éclatait l'apocalyptique fanfare des hurlements terrorisés des porcs. Une sirène retentit bientôt, l'homme vit arriver une voiture de pompiers, un car de police et deux ambulances. Mais hormis la femme et lui-même, personne n'apparaissait. Et, comme il eût aimé le préciser au magistrat qui l'interrogeait si celui-ci l'avait laissé s'étendre, il lui sembla que ces véhicules officiels téléguidés dans le matin inhabité ne contenaient aucun être humain. Cette impression subsista curieusement lorsqu'une vingtaine de pompiers s'égaillèrent sur le terrain en traînant leur appareillage, et elle s'enrichit même d'un sentiment de dérision quand les lances crachèrent leurs premiers jets sur les parpaings calcinés, bouleversant horriblement, par soubresauts clapoteux, l'hécatombe animale et le lisier des soues dont l'odeur, jusque-là stagnant au ras du sol, s'exhala partout alentour comme l'haleine d'un gangrené. Les ambulanciers cherchaient vainement des blessés humains. L'un des trois policiers descendus du car — celui qui se trouvait aujourd'hui dans le bureau du procureur — alla droit à l'homme et lui demanda ce qui était arrivé. Puis lui aussi vit la femme et tous deux s'approchèrent d'elle.

« Que s'est-il passé, madame ? », demanda le policier en criant presque, comme si le vacarme des explosions qu'il n'avait pas entendues retentissait encore à ses

266

oreilles. Fiora Capodilista parut enfin remarquer une présence auprès d'elle. Une expression de contradiction aiguë passa très vite dans son regard, elle croisa ses mains sur sa poitrine, recula d'un pas. « Ne m'approchez pas ! Je suis chez moi et vous n'avez pas de mandat de perquisition ! » Le policier hésitait, gêné mais suspicieux et légèrement dégoûté, car la femme semblait être passée sous une douche de sang. Dans l'arbre au-dessus d'elle, et jusque beaucoup plus haut dans le parc, des lambeaux de chair pendaient aux branches. Il échangea un regard de connivence avec son voisin, l'un et l'autre pensaient la même chose. « Bien sûr, vous êtes chez vous, madame. Mais dites-nous tout de même ce qui s'est passé ici. » Fiora Capodilista redressa la tête, les considéra de haut avec un sourire méprisant et dit : « Les démons étant sortis de cet homme entrèrent dans les pourceaux, et le troupeau se précipita dans le lac et s'y noya. »

Maintenant, d'autres personnes arrivaient, les habitants des maisons voisines, et les brancardiers regagnaient leurs véhicules, les civières vides. Ils n'avaient trouvé de blessés nulle part, la porcherie restait sans surveillance pendant la nuit et les coupables de l'attentat — « ... Parce que, bien sûr, il s'agissait d'un attentat, j'en ai tout de suite été convaincu, dit l'homme au procureur. Et monsieur aussi (il désigna le policier), nous avons pensé de même en observant la femme, c'est-à-dire qu'elle se trouvait déjà là au moment des explosions et que... » —, les coupables avaient donc pu poser leurs explosifs en toute tranquillité. Dérouté par la réponse sibylline de la femme, le policier tenta à nouveau de franchir la petite porte. Cette fois, Fiora Capodilista s'y opposa d'un geste impérieux — « ... Elle ne dit rien, elle se contenta de tendre le bras et cela suffit à nous arrêter, parce que nous venions de comprendre qu'elle n'avait plus toute sa raison », dit l'homme —, mais sans cependant refermer la porte de fer sur lui : en fait, elle continuait de regarder avec fascination pardessus les épaules des deux hommes les décombres de la porcherie. Peu à peu affluaient des badauds que les deux autres policiers tentaient vainement de refouler. Tout demeura ainsi un certain temps — la femme d'un côté, le policier, l'homme et la foule de l'autre — jusqu'au moment où quelqu'un fit remarquer que la Signora Capodilista ne paraissait pas dans son état normal, que mieux vaudrait avertir son ami, le docteur Bembo. Au nom de Bembo, le policier appela son collègue et lui ordonna d'aller téléphoner.

« Quand j'arrivai à la villa Strizzi, ces messieurs étaient auprès d'elle depuis plus d'une heure, dit pensivement le docteur Bembo au procureur. Les gens grelottaient mais Fiora ne semblait pas sentir le froid. Par mesure de précaution, je suis entré dans la propriété par le grand portail et, bien avant d'arriver près d'elle, je l'ai appelée. Quand elle s'est retournée, j'ai su immédiatement de quoi il retournait. »

En apercevant le docteur Bembo, Fiora Capodilista tendit vers lui ses bras. « Cher ami, très cher... comme c'est gentil à vous de venir me rendre visite ! Vous voyez, maintenant, je vais enfin pouvoir jouer *Gaspard de la nuit...* » Mais elle ne vint pas à sa rencontre, elle attendit qu'il la rejoigne sans s'occuper davantage des badauds groupés toujours plus nombreux près de la porte. « Je descendis la pelouse tranquillement, sans manifester le moindre étonnement, et j'allai directement fermer la porte, expliqua Bembo au magistrat. Quand nous fûmes seuls, elle me suivit sans difficulté. Nous sommes remontés vers la maison sans rien dire, très simplement, comme si nous nous promenions par une belle matinée. Une fois à la villa, je la laissai agir à sa guise mais je lui conseillai d'aller s'habiller. Parfaitement docile à présent, elle aurait exécuté n'importe lequel de mes ordres. Cela se passe souvent ainsi quand on sait entrer dans le jeu du malade. Pendant son absence, je téléphonai à la clinique pour qu'on m'envoie une voiture et deux hommes. Bientôt, elle me rejoignit dans le hall, vêtue d'une robe de concert. Elle me pria de passer dans le salon de musique où elle s'installa au piano. Je ne l'avais jamais vue aussi calme, aussi souriante. Puis elle se mit à jouer. A jouer... mon Dieu... comme elle n'avait jamais joué... »

Le procureur resta un moment silencieux. Il regardait ses mains et y trouvait une intarissable source de réflexion. Comme Bembo ne poursuivait pas, il finit par parler sans s'adresser à personne en particulier. « Je veux bien admettre que le cas de Mme Capodilista relève de la psychiatrie et non de la justice ordinaire. Cependant, à quand remonte sa... ses troubles mentaux, voilà ce qu'il serait intéressant de savoir. Car si elle est coupable, elle n'a pu agir seule, elle s'est adressée à quelqu'un... je veux dire quelqu'un qui a posé les charges de dynamite. Cela réclame un sens de l'organisation, une préméditation... » Le docteur Bembo fit remarquer au procureur que certains malades mentaux possèdent un sens de l'organisation minutieux jusqu'au délire, mais le magistrat ne parut pas l'entendre. Il demeurait concentré sur ses mains. « ... Si Mme Capodilista s'est adressée à quelqu'un, elle a dû payer, payer assez cher. Or j'ai mené une enquête auprès de ses banques : elle est quasiment ruinée. Elle n'a pas un sou... » Bembo leva le bras pour demander la parole, mais il n'attendit pas qu'on la lui donne. Il dit très vite et à mi-voix : « Pardon : elle avait de l'argent. Je venais de lui acheter un tableau de valeur, le portrait d'un ancêtre peint par Baccio Bandinelli. Une somme bien suffisante pour payer de petits malfrats... »

Le procureur observa le docteur avec curiosité. Pour la première fois depuis le début de l'entretien, il manifestait de l'intérêt pour l'un de ses interlocuteurs. Comme Bembo l'apprit plus tard, c'est à cet instant même qu'il décida d'accepter le rapport médical, de renoncer à poursuivre la procédure judiciaire (« ... Et ceci parce qu'il considéra soudain que ma bonne foi ne pouvait être mise en doute puisque j'apportais une preuve supplémentaire de la culpabilité de Fiora, alors que quelqu'un d'autre en moi venait de prononcer ces paroles à propos du tableau, quelqu'un qui cherchait à me sauver in extremis de la tyrannie où j'allais délibérément m'enfermer en accueillant cette femme, ma pire ennemie, chez moi, dans ma clinique », dit le docteur au prince Aldobrandini quelques mois plus tard).

Le greffier abandonna sa machine à écrire pour se relire « ... suffisante pour payer de petits malfrats », puis il attendit que Bembo continuât. Mais le silence se prolongeait, comme si tous ici sombraient lentement dans une coupable somnolence. Le procureur examinait toujours Bembo, mais plus de la même manière, avec un relâchement nouveau. Il dit enfin, sans relever les derniers aveux du docteur : « Eh bien, je crois que Mme Capodilista est folle. C'est à vous désormais d'en prendre soin et pas à nous. Nous mènerons l'enquête dans une autre direction. » Il se leva. Tassé dans son fauteuil, Bembo offrait le désolant spectacle de l'accablement le plus total alors qu'il aurait dû triompher. Le greffier retira la feuille du rouleau de la machine, parcourut au hasard un passage écrit un instant plus tôt. *« Elle se tenait debout sur le pas de la porte, dans sa chemise de nuit soyeuse, belle comme la madone sur un autel, tout à fait comme la très Sainte Vierge dans un oratoire de campagne... »*

270

trophes naturelles ; voilà pourquoi, même s'il était encore un enfant — précisément parce qu'il était un enfant, car méconnaissant l'habitude de vieillir, il devinait la vraie nature de la vieillesse —, il se sentait parfois plus vieux que le chasseur, plus vieux que le prince Aldobrandini, vieux comme la beauté. Souvent, tard dans la nuit, s'asseyant devant la mosaïque avant que le chasseur le raccompagne chez lui, il regardait devant lui les yeux mi-clos, comme s'il voulait se placer à côté de son propre regard pour le laisser libre ; car il pressentait qu'avec ces yeux-là, ces yeux qui demeuraient tyranniquement les siens, il ne verrait jamais vraiment. Quand Bald venait le chercher — cet homme dont l'adage favori affirmait « Nous serons jugés par la grandeur de notre échec » mais dont la perpétuelle ardeur épuisait quiconque se trouvait dans son sillage —, quand se plantant devant le garçon il lui ébouriffait les cheveux en commandant « Viens, c'est l'heure de retourner chez ta mère », quoique la main qui caressait sa tête fût bien réelle, Dino doutait de ce que ses yeux voyaient, de ce que ses sens lui communiquaient.

Le 20 octobre, la mosaïque fut entièrement dégagée. Elle déployait dans son écrin de terre une quarantaine de mètres carrés divisés en trois zones superposées représentant le monde et les activités des hommes, le ciel et la fécondité du soleil et, sur la zone supérieure, seule entièrement achevée, la demeure céleste et les occupations des dieux. Sur le registre médian, d'une superficie sept fois supérieure aux deux autres zones, le soleil régnait autant sur le jour que sur la nuit comme sur l'ensemble de l'univers puisque les constellations tournaient autour de lui, gardien unique du troupeau des astres, étoile toujours nouvelle. Et l'on saisissait alors le but de l'artiste : la mosaïque, dans sa matière comme dans son esprit, naissait puis se développait à partir de ce foyer de vie au-dessous duquel figurait cette maxime d'Héraclite :

Tout ce que nous avons vu et pris, nous le laissons.
Tout ce que nous n'avons ni vu ni pris, nous l'emportons.

A droite de l'œuvre, au-dessus du registre inférieur, un buste de femme dans un médaillon dominait la figure stylisée d'une ville, vraisemblablement Antioche. Un petit personnage du registre inférieur plaisait beaucoup à Dino. C'était un jeune garçon portant un flambeau et qui galopait dans les airs comme Hermès ; on le retrouvait onze fois sur la longueur de la frise, le flambeau s'enflammait au contact du soleil, la terre s'illuminait mois après mois sur le passage de l'héliophore ; l'air, comme embrasé, prenait des tons de gemmes, le garçon mythique volait, plus rapide que le vent, mais son pas était réglé par le mécanisme universel. Enfin, il filait beaucoup plus loin que la mosaïque, échappant à toute contrainte et à son rôle même pour disparaître, libre et anéanti, dans le vide de l'œuvre inachevée.

On nettoya la mosaïque centimètre par centimètre, puis le chasseur entreprit de la badigeonner de paraffine. Deux des Turcs disparurent d'un jour à l'autre, un étudiant retourna à Milan ; ils n'étaient maintenant plus que quatre à travailler dans la galerie. L'étayage de la salle nécessita des précautions infinies, il fallut réduire au minimum le nombre des étais, augmentant proportionnellement le danger d'écroulement. Pourtant, la terre ne bougeait plus. Puis Thomas Bald reçut l'arrêté municipal.

Il resta un jour entier enfermé dans un baraquement. Depuis quarante-huit heures, il pleuvait sans discontinuer, une pluie de mousson qui s'abattait sur le lieu-dit Testa di Becco, noyant tout. Bald resta allongé sur le lit

273

de camp, muet, à écouter la cataracte marteler le toit. En fin de journée, il sortit enfin de cet état crépusculaire. « Ma décision est prise, dit-il au prince Aldobrandini qui regardait tomber la pluie. Nous sommes le 26, il nous reste dix-sept jours avant que les autorités viennent poser les scellés et découvrent la galerie. Je ne veux pas que cette mosaïque devienne l'attraction d'un musée poussiéreux ni qu'elle soit enterrée à nouveau. Elle mesure sept mètres cinquante sur quatre, nous allons la morceler, numéroter les fragments et nous la sortirons de la galerie. Ce sera un travail minutieux et pénible, il faudra prendre garde de ne pas briser les cubes là où nous découperons les joints de ciment. Ceux-ci sont extrêmement fins... »

Le prince Aldobrandini resta sans réaction, il se contenta de remarquer laconiquement : « Il paraît que l'Adige a débordé et que le Pô est en crue... » Puis ce fut le silence, et le crépitement de l'eau sur le toit devint lui-même silence. Après un moment, le prince dit encore : « Il faut que je m'en aille, mais je vais attendre qu'il pleuve un peu moins. Quelque chose s'est déréglé dans le ciel... »

Il plut pendant des jours sans discontinuer. Au début du mois de novembre, la ville de Grosseto fut inondée par les eaux limoneuses de l'Ombrone et ses habitants trouvèrent refuge sur les toits. Les eaux de la rivière et celles de la mer confondues transformaient la plaine en un lac brun, étale, où s'abattait tout le liquide du ciel. Les eaux montèrent encore, dans le Nord comme dans le Sud, jusqu'aux abords de la ville de Venise. Les hommes jeunes montaient sur les toits avec les vieux, et les femmes qui étaient mères avec leur progéniture, et celles qui étaient en gésine, et tous, quelle que fût leur condition, riches ou pauvres, pourvu qu'ils habitassent au pied des collines, se retrouvaient sur les toits sans savoir pourquoi, tandis que d'autres s'en allaient en barque, n'importe où puisque l'eau s'étendait à perte de vue, ramaient entre le sommet des arbres et le faîte des maisons en interrogeant le ciel, sans cesse hélés, insultés par ceux qui réclamaient leur secours et au large desquels ils passaient en se détournant, à grands coups d'avirons, honteux, surchargés de fatras, ramant vers nulle part, ayant tout perdu comme les autres, leurs barques alourdies par le petit bétail, les chiens, les enfants, les misérables instruments de cuisine qu'ils avaient pu embarquer dans l'affolement, poussés irrésistiblement par les courants sous-marins vers des lieux inconnus. Ils étaient là, logés à la même enseigne du malheur, ceux des grandes villas cramponnés à leurs cheminées, pestant non contre le ciel qui n'en finissait pas de se liquéfier mais contre la municipalité, contre Rome, contre le pape et contre Dieu même, unis dans l'incompréhension et l'injustice, tandis que les rivières et les fleuves poursuivaient leur cours sous les eaux pluviales qui montaient, se perdaient en vastes marécages sans bornes d'où émergeait çà et là, comme des chevelures hirsutes, la ramure flétrie des arbres. Dans la plaine de Grosseto, le long des routes dont on suivait le tracé grâce aux poteaux télégraphiques et aux ormes, hommes et femmes se groupaient en grappes noires suspendues aux frondaisons, assis sur les branches, jambes pendant jusqu'à l'eau qui montait toujours, les forçant à grimper plus haut avec leurs valises de carton bouilli et leurs vêtements trempés par la pluie glaciale de novembre et, après une trentaine d'heures, plus personne ne pouvait croire que cela dût s'arrêter un jour. Pendant la nuit, où l'on entendait le glissement rapide de l'eau contre les troncs et les façades des maisons, chacun pensait aux petites villes ensoleillées, à la douceur de la promenade vespérale quand pépiaient sur le mail les moineaux et les jeunes filles à marier. Des voci-

275

férations retentissaient de loin en loin, des imprécations, des sanglots et, quand il cessait de pleuvoir pendant quelques minutes, les voix des sinistrés dans la
nuit couraient vainement à la surface des eaux, se croi-
saient, s'interceptaient comme des personnes réelles qui
eussent erré au hasard sur les ténèbres liquides, maudis-
sant les lointaines lumières des villages surélevés,
momentanément épargnés, mais où l'on attendait
cependant dans la prière d'être à son tour submergé.
Car la voix du Seigneur avait annoncé : tout ce qui est
sur la terre doit périr.

Dans la galerie, Thomas Bald, Dino et les deux Turcs
qui ne desserraient pas les dents même pour se parler
dans leur langue, travaillaient d'arrache-pied du matin
au soir. Puis ils regagnaient le baraquement pour
s'endormir d'un sommeil de bête tandis que le chasseur, inépuisable, poursuivait parfois jusqu'à l'aube le
lent et délicat travail de découpe au burin selon les
figures de la mosaïque, cube après cube. L'irrégularité
de ceux-ci, leur friabilité nécessitaient parfois l'extraction pièce par pièce des centaines de fragments compo-
sant un motif et qu'il fallait ensuite rassembler en les
soudant par la base à un nouveau socle de ciment. Avec
des précautions d'horloger, les hommes creusaient horizontalement sous le support originel dont souvent le
ciment s'effritait, soulevaient doucement la partie des-
cellée à la barre à mine puis recollaient les cubes déta-
chés de l'ensemble. Les plaques ainsi extraites étaient
déposées dans des clayettes fabriquées sur mesure puis
empilées dans les caisses sur des couches de paille
superposées. Chacune contenait environ quatre fragments, en sorte que pour emballer les quarante mètres
carrés de la mosaïque, Bald ayant établi un calcul
précis de division sur un dessin à l'échelle estima
qu'une vingtaine de caisses suffiraient. Le 1er no-

vembre, treize caisses se trouvaient empilées sous la bâche. Un matin qu'il passait par le champ de fouilles en se rendant à l'école, Dino vit un camion garé le long de la palissade. Le chasseur et les hommes dormaient encore dans le baraquement, la pluie soufflée par le vent tombait en rafales. Dino grimpa dans le camion, trouva sur le tableau de bord une carte de visite au nom de Marcello Valverde où il était écrit : « En cas de besoin. Il vous reste dix jours. »

Et les eaux montèrent davantage. Dans la plaine de Pistoia, le Bisenzio et l'Ombrone sortirent de leur lit. En quelques heures, leurs eaux se rejoignirent pardessus la campagne, les fermes isolées, les hameaux et les routes, et deux mille personnes au cœur de la nuit sortirent elles aussi de leur lit qui partait à vau-l'eau pour grimper dans les greniers, attendre que l'eau monte encore, estimant au grondement des courants qui s'engouffraient dans les goulets des rues l'ampleur de la crue et la persistance du courroux divin. Carmingnano, Campi, Casimi, Olni furent isolés du reste du monde par le raz-de-marée qui fondit sur ces bourgs et leurs champs, balaya tracteurs et moissonneuses-batteuses comme des fétus, abattant les étables, emportant le bétail mugissant dont on voyait, dans l'entrebâillement des ténèbres, les têtes aux yeux exorbités sortir du flux torrentueux avant de disparaître dans le calme des eaux enfin apaisées. Au matin, les pilotes des hélicoptères qui ne trouvaient nul endroit ferme où se poser survolèrent, à la surface du flot à peine ridé, par endroits plus immobile qu'un miroir et à d'autres parcouru d'un frisson qui signalait le cours de la rivière au-dessous de l'inondation, d'ocres radeaux de tuiles où s'accrochaient tantôt une famille entière, tantôt un individu isolé agitant désespérément les bras car il était seul et savait que le sauvetage arriverait pour lui en dernier. Des maisons les plus basses émergeait le faîte où l'on s'était assis à califourchon, les pieds dans l'eau, transi de froid et de frayeur, et de leurs hélicoptères les sauveteurs volant au ras des courants se demandaient ce qu'un homme peut penser pendant toute une nuit, seul sur un toit avec de l'eau partout autour de lui et ayant tout perdu — maison, meubles, bétail et peut-être aussi femme et enfants laissés la veille à Narnali, chez les cousins. A l'aube, de grandes barges maniées à la gaffe se propulsèrent sur les flots, glissèrent d'un village à l'autre, de grange en grange — on trouva même une femme, isolée dans un arbre, agrippée aux dernières branches où elle avait pu se hisser, restant ainsi plus de dix heures sous la pluie battante à maudire l'arbre pour sa petite taille — et, aux sinistrés qui embarquaient, l'on offrait du thé brûlant et des couvertures avant de les interroger discrètement, sans jamais parvenir à en tirer que de rares paroles. Lorsque les barges retrouvant la terre ferme débarquaient ces malheureux, quand les journalistes s'emparaient d'eux avec la sauvage impudence qui leur est propre, personne ne pouvait leur arracher aucune confidence, car ce qui peut être dit n'a jamais l'importance de l'indicible, et toutes les paroles prononcées par des êtres qui viennent de vivre une expérience terrible, extraordinaire ou merveilleuse, ne constituent jamais que la partie émergée de l'iceberg tandis que le vrai volume de leur perception demeure dans le silence des eaux. Quand, dans l'aube catastrophée où naviguaient les barges sous l'interminable roulement de la pluie, on voyait glisser le long du toit dans l'embarcation salvatrice des hommes et des femmes dont la seule expression était un regard exténué de peur et le claquement de leurs dents, on découvrait mieux qu'en aucune autre circonstance combien chacun transporte avec soi le poids d'un mutisme sans faille qui est son être vrai.

278

Le 2 novembre, Thomas Bald prit la décision de retirer une partie de l'étayage afin d'extraire les derniers fragments de mosaïque sur lesquels reposaient les étais. Le temps manquait pour mettre en place un nouveau système de sécurité ; mais cette partie de la galerie, située juste sous les chapes de béton qui soutenaient la station d'épuration, échappait aux infiltrations d'eau, laissant la terre parfaitement sèche. Les deux derniers Turcs refusèrent de continuer à travailler dans ces conditions. Bald annonça alors son intention, vu les risques, d'achever seul l'extraction de la mosaïque — il restait une dizaine de mètres carrés —, il demanda au prince Aldobrandini et à Dino de ne plus pénétrer dans la galerie. Mais dès le lendemain, le garçon était auprès du chasseur et il y demeura toute la journée. « Je n'ai pas bougé de ma chambre d'hôtel, je n'ai rien fait que tourner en rond pendant des heures puis, finalement, j'ai pris un taxi pour Testa di Becco mais je suis resté dans le baraquement, près du poêle, raconta ensuite le prince Aldobrandini au docteur Bembo. A deux reprises, j'aperçus les silhouettes de Dino et de Thomas transportant sous la pluie diluvienne une caisse dans le camion, et je calculais mentalement combien de mètres carrés il restait à extraire. Je regardais la cheminée de la station d'épuration, je ne pouvais rien regarder d'autre, la pluie tombait si drue qu'elle·semblait dégringoler en sens inverse, de la terre vers le ciel. Je me disais : si tu continues à regarder cette cheminée, elle finira par s'abattre sur le baraquement... » Puis, en fin d'après-midi, l'eau de la fosse déborda le barrage du mur protecteur et s'écoula dans le hangar. Le débit n'était pas important, Bald mit en marche les deux pompes. Mais après quelques heures, le bloc électrogène tomba en panne. Demeuré à demi prostré à côté du poêle éteint, le prince Aldobrandini vit Dino entrer en coup de vent, charriant avec lui une odeur de glaise. Il venait chercher les lampes à acétylène. « Comment marche le travail ? », demanda-t-il au garçon. Mais celui-ci ne répondit pas. Il prit les lampes, sortit en courant, laissant ouverte la porte par où la pluie s'engouffrait convulsivement, comme si un puissant jet d'eau tournait au-dehors, à côté du baraquement.

Et les eaux continèrent de monter. Le jeudi 3 novembre à cinq heures du matin, un barrage de branchages, de troncs et de débris innombrables apportés par la crue de l'Arno obstrua les arches du Ponte Vecchio. En moins d'une heure, l'eau monta de plus de quatre mètres, ravageant les boutiques de joailliers du vieux pont, emportant les bicoques les moins solides, submergeant les quais et les ponts, s'engouffrant avec un vacarme de typhon dans les rues de Florence. Arraché à son sommeil, le prince Aldobrandini sortit malgré la pluie torrentielle sur le balconnet de sa chambre et, sans distinguer nettement ce qui se passait, il pensa que la fin de toute chose arrivait. « C'était l'un de ces spectacles que la raison refuse d'accepter parce qu'elle ne peut l'assimiler vraiment, contera-t-il quelques jours plus tard au docteur Bembo. La pluie m'arrivait en plein visage, l'eau m'aveuglait et quatre étages plus bas, dans la nuit pâlissante où l'on ne distinguait rien car l'éclairage urbain n'existait plus, un remuement vivant et fluide bouleversait la place de la République. L'hôtel tanguait comme s'il avait été transporté en pleine mer pendant une tempête et le bruit, docteur Bembo... le bruit était terrifiant, inimaginable ! En même temps qu'il retentissait d'on ne savait où, de partout à la fois, le ciel blêmissait sur les toits ruisselants comme au début de n'importe quelle journée d'automne, gardait une placidité mortelle... » Et ce bruit, le prince Aldobrandini en comprit bientôt l'origine : il venait des voitures en stationnement que l'eau précipitait les unes contre les autres avant de les fracasser sur les façades des maisons. Nulle lumière ne brillait dans la ville, une marée de fantômes surgissait aux fenêtres, quelqu'un frappa puis entra aussitôt dans la chambre du prince et se mit à crier : « Nous sommes perdus, l'eau monte ! » D'autres personnes arrivèrent, chassées des étages inférieurs par la panique, car le hall, la réception et le rez-de-chaussée étaient déjà inondés. Propulsées comme des boulets par le déferlement de l'Arno, les tables et les chaises de la terrasse réduisaient en miettes les baies vitrées du restaurant et des salons. En quelques minutes, la place de la République devint un maelström où tournoyait en grondant l'eau que déversaient les ruelles. A l'angle de la place du Dôme et de la via Calzaioli, où Jonathan Fairchild descendu en ville acheter des châssis séjournait chez des amis, l'eau se précipita avec d'autant plus de puissance qu'elle avait pris son élan et, enfermée soudain dans cet espace exigu, elle se rua d'une extrémité à l'autre de la place à la recherche d'une issue égale à sa fureur, s'acharnant contre les murs du Baptistère, « ... comme si elle avait eu une rogne particulière contre lui ou contre toutes les œuvres d'art conçues par l'homme pendant huit siècles », dira ensuite Jonathan Fairchild à Luella Capodilista, ajoutant qu'il n'avait jamais rien vu d'aussi sauvagement beau de toute sa vie que cette ville, gorgée jusqu'aux yeux de trésors culturels, soudain violée, dévastée par la nature. « Ma chambre donnait sur la place, j'entendais derrière la vitre les coups de boutoir de l'eau contre les portes du Paradis — il me fallut un moment avant de comprendre ce qui se passait réellement — et je te jure que je l'encourageais, je criais comme pendant un match et, nom de Dieu ! je trouvais cela divinement scandaleux, j'étais atterré, comme si un géant, un maître osait ce que nous n'oserons jamais : tout foutre en l'air... » Et l'eau montait, montait encore. Elle atteignit six mètres au-dessus du niveau ordinaire de l'Arno, envahit le palais de la Seigneurie, la loggia des Lanzi, le rez-de-chaussée et les caves du musée des Offices où elle détruisit l'ensemble des œuvres en restauration ; puis elle s'attaqua au campanile de Giotto et, sous les yeux de Jonathan Fairchild, elle finit par défoncer, à force de rage, les portes de bronze du Baptistère, arrachant les panneaux sculptés par Ghiberti, les projetant au loin dans la ville comme des feuilles d'aluminium. Puis le jour vint, flavescent, triste. Il vint de l'Arno partout répandu et non du ciel. Derrière sa fenêtre où, malgré la panique qui agitait maintenant l'immeuble, il restait nu, le nez collé à la vitre, les pieds dans l'eau jusqu'aux chevilles, Jonathan Fairchild vit arriver des rues voisines, flottant parmi les épaves sans nombre, quelque chose qu'il ne parvint à identifier qu'après coup et que le flot régurgitait par spasmes. « C'étaient des livres, des centaines de livres ! racontera-t-il à Luella Capodilista, des milliers de livres et de dossiers arrivant de la Bibliothèque nationale et des Archives d'État, charriés par le courant de rue en rue jusque-là, par Dieu sait quel hasard... » — quelques-uns des six millions d'ouvrages et d'incunables expulsés de leurs rayonnages par le bras déferlant des eaux.

La journée du lendemain et le surlendemain, Florence demeura coupée en deux par une sorte de détroit. Puis ce fut la décrue. L'eau redescendit, le fleuve retrouva son lit, laissant la ville étouffée sous une couche de boue où luisaient les reflets du mazout échappé des caves. Pendant trois jours, on vécut sans électricité ni eau potable, ni chauffage ; le ravitaillement était impossible, les ponts interdits à la circulation, en sorte que le prince Aldobrandini ne quitta pas sa chambre du Savoy où il demeura dans la plus insupportable inquiétude, sans nouvelles de Thomas Bald. Le lundi après-midi, sachant que le prince vivait à l'hôtel, Jonathan Fairchild passa par là avant de remonter à San Leolino et lui proposa de l'emmener sur le champ de fouilles. Sa jeep, garée dans une cour, avait échappé à la crue mais non à la boue et elle semblait sortir d'un marigot. Il pleuvait encore, une bruine pénétrante et glacée. Ainsi traversèrent-ils la ville dévastée, le prince trop consterné pour prononcer une parole, Fairchild concentré sur la chaussée jonchée de débris. Tous les quartiers n'avaient pas subi la même dévastation, il suffisait de monter un peu pour retrouver un paysage normal où des mères promenaient leurs enfants dans des landaus, comme si de rien n'était. Ils firent un long détour, passèrent par les collines pour redescendre sur la zone industrielle. La partie la plus basse, à quelques mètres à peine au-dessus du cours de l'Arno, était inondée mais rien ne semblait avoir bougé, sinon que l'on voyait des fûts de fuel éparpillés sur les avenues, des camions embourbés, des portes d'entrepôts défoncées. La petite route que Fairchild prit au hasard passait au flanc de la colline où s'appuyait la station d'épuration ; mais elle zigzaguait à travers bois et seul le sommet de la cheminée pointait parfois entre les arbres. Puis, dans une trouée, ils découvrirent une vue d'ensemble sur le champ de fouilles et la station. Le prince Aldobrandini voyait pour la première fois Testa di Becco sous cet angle et il comprit aussitôt que quelque chose n'allait pas. « La cheminée... un détail clochait dans la cheminée. Je ne vis pas immédiatement quoi : elle était fissurée sur toute sa hauteur. Une belle fissure qui se voyait de loin, comme un billot fendu dont les deux parties sont encore unies par des fibres,

283

dit-il au docteur Bembo. Beaucoup de monde se pressait en bas, plusieurs voitures de pompiers, les deux bassins de la station étaient tout de guingois, inclinés l'un vers l'autre. Mais quand on la voyait ainsi, de haut, l'avenue était particulièrement intéressante : le long du tracé de la galerie, une faille la coupait en deux comme s'il y avait eu un tremblement de terre ; là où se trouvait ce que nous appelions " la chambre du soleil " béait un cratère. Pas trace du camion où Thomas avait chargé les caisses... »

Fairchild lança la jeep à toute allure sur la petite route, puis il freina soudain et demanda au prince : « Vous voulez vraiment aller là-bas ? » Aldobrandini ne répondit rien, il lui fit signe de continuer. Son attitude changea brusquement, un sourire satisfait se figea sur ses lèvres, il prit un air de détermination fière, hautaine. A une centaine de mètres de la station d'épuration, ils se heurtèrent à un barrage de police. Le prince se redressa et dit assez fort pour être entendu de tous : « Je suis le prince Aldobrandini. » Un petit homme qui fumait la pipe en regardant rêveusement les bulldozers immobilisés fit volte-face et vint à eux. Quand il se trouva devant le prince, il dit familièrement, comme s'il s'adressait à une vieille connaissance : « L'eau n'est pas montée jusqu'ici, elle s'est infiltrée en profondeur. La dalle qui soutenait les bassins a cédé à cause de la mollesse du terrain. Je ne comprends pas très bien, mais je suppose que vous allez pouvoir m'expliquer. Je suis le procureur Locatelli. Savez-vous où se trouve l'archéologue qui dirigeait les fouilles ? »

Le prince Aldobrandini resta un moment sans rien dire, regardant autour de lui. Puis il indiqua la galerie effondrée. « Là-dessous, je suppose. » L'homme hocha gravement la tête. « Alors c'est donc là qu'il devrait être..., dit-il. Jusqu'à maintenant, nous n'avons rien découvert, il ne semble pas que quiconque soit mort ici. » Il pria le prince de l'accompagner et l'emmena jusqu'à l'effondrement de terrain. Les bassins étaient inclinés de vingt-cinq degrés et, hormis les étais, il ne restait rien de la galerie, rien de la chambre du soleil, pas trace du travail accompli ici pendant des semaines. Ils firent le tour des lieux en passant par le hangar. Alors le prince Aldobrandini raconta au procureur tout ce qu'il voulait savoir, sans omettre un détail. Puis il demanda : « Un jeune garçon travaillait avec Thomas Bald, sait-on ce qu'il est devenu ? » Mais il comprit aussitôt que le petit homme en savait plus à propos de Testa di Becco qu'il n'en laissait paraître car il répondit aussitôt : « Ne vous faites aucun souci pour Dino Stranieri. Un de ses camarades nous a prévenus, il est rentré chez lui en début de soirée, avant l'accident. » Puis il expliqua au prince que les bassins, en s'affaissant, avaient provoqué un glissement de terrain sur l'ensemble de la surface de la station d'épuration qui, de ce fait, devrait être entièrement reconstruite. « Pendant que le procureur me parlait, je pensais : Thomas est vivant, je le sais, dit le prince au docteur Bembo. Et le reste m'était indifférent, je me moquais de ce qui allait advenir, comme je m'en moque encore aujourd'hui... »

Bien qu'il continuât de pleuvoir, le prince s'appuyait sur son parapluie fermé. Le procureur rallumait sans cesse le tabac mouillé de sa pipe, il semblait à présent n'avoir plus rien à dire. Après une longue pause, et comme à contrecœur, il déclara cependant : « Je suis obligé de vous inculper, prince Aldobrandini. De quoi, je n'en sais rien encore. Qu'est-ce que cette histoire de station d'épuration et de mosaïque au regard de la catastrophe que nous venons de subir ? Je préférerais boucler le responsable du débordement de l'Arno. Mais il n'y en a pas, que je sache... »

Extrait de la Vie de Julien *écrite par Publius Opta-tianus Porphyrius. Notes rédigées sur place pendant la campagne de Perse et retranscrites presque telles quelles peu avant la mort de l'auteur, à la fin de l'été 387.*

CCCLXIII. « ... Nulle force ou nulle sagesse humaine ne peut retenir un homme qui marche où l'appelle sa destinée. Salluste, préfet des Gaules, Oribase et moi-même avions maintes fois tenté de retenir Julien à Antioche. Aucun argument ne pouvait arracher de son esprit la conviction que l'âme d'Alexandre l'habitait, que les armées d'Orient tomberaient une à une sous nos coups et que l'Indus nous attendait. Julien ne voulait pas reconnaître en lui l'homme d'action : il s'enferma dans la pensée, mais il ne possédait pas les facultés de la mener en profondeur. Il demeura toujours en retrait, à côté de lui-même par crainte de se découvrir une âme commune ; sa foi en la supériorité de l'esprit le conduisit à devenir philosophe alors qu'il était empereur ; sa honte de confesser sa volonté de puissance et son goût du pouvoir fit de lui un penseur ; son secret désir de conquérir le monde l'enferma dans son palais où il dissimulait sa vaillance de grand guerrier sous les taches d'encre de ses doigts. Julien ne connut jamais la paix intérieure, il pressentait en lui la présence de ses pires ennemis et, pour cela peut-être, l'aimions-nous parce qu'on aime naturellement un homme que l'on voit courir à sa perte.

» Maintenant, nous avions franchi l'Abora et nous étions en Perse. Les onze cents navires de notre flotte que vingt mille hommes conduisaient et halaient naviguaient sur l'Euphrate. Julien avait réglé avec le plus grand soin l'ordre de ses troupes. Elles marchaient en quatre carrés précédés et flanqués de quinze cents éclaireurs. L'empereur se trouvait au centre avec la plus grosse force d'infanterie. La droite, formée de plusieurs légions sous le commandement de Nevitta, longeait immédiatement le cours du fleuve ; la gauche, composée d'escadrons de cavalerie que conduisaient Arinthée et le prince Hormisdas, suivait une plaine unie, propice aux mouvements des chevaux. Afin d'impressionner l'ennemi et de faire paraître l'armée plus nombreuse, les cavaliers devaient marcher très espacés, sur une longueur de dix mille. L'arrière-garde avait pour chefs Dagalaïphe et Victor, et une extrême arrière-garde sous la conduite de Secondinus, duc d'Osrahène, surveillait les derrières de l'armée et ramassait les traînards. Nos vaisseaux chargés de victuailles couvraient le cours du fleuve à perte de vue. Les haleurs, pour la plupart des esclaves que les soldats faisaient travailler au fouet, moururent en grand nombre quand, passé la ville d'Anathan, la chaleur s'abattit sur nous. Plusieurs fois par jour, Julien allait jeter un coup d'œil à sa flotte. Il longeait la berge au trot et, souvent, tandis qu'Oribase et moi l'accompagnions, nous le vîmes contempler les vaisseaux d'un regard enfantin et émerveillé. Comme nous traversions une plaine brûlée qui étendait à l'infini son tremblement de chaleur, il fit remarquer : " N'est-ce pas la preuve de notre puissance que tous ces navires qui voguent en plein désert ? "

» La capture facile d'Anathan exalta l'armée tout entière, on acclamait le prince, on voyait en lui le protégé du ciel. Nous avancions maintenant sans rencontrer d'obstacles dignes de ce nom dans un pays fertile, mais Julien ne relâchait rien de sa vigilance. Il allait lui-même en éclaireur avec une petite escorte, on le voyait courir sur le front des bataillons, heureux, fouiller les fourrés suspects et les vallons pour déjouer les embuscades. Pendant trois semaines, nous nous enfonçâmes toujours plus avant dans la plaine sans rencontrer l'ennemi. Quand nous atteignîmes Diacira, la première grande ville où l'on pouvait s'attendre à quelque résistance sérieuse, on la trouva abandonnée. Les hommes avaient fui, seules restaient quelques femmes que nos soldats égorgèrent après se les être disputées. Puis notre armée parvint au pied des murs de Pirisabora et nous comprîmes que le temps des succès faciles était passé. Les trois jours de siège et de combat sous le feu du soleil furent terribles. Mais encore plus inexpugnable en apparence que Pirisabora, Maogamalcha ne tomba que grâce à la découverte d'un souterrain aboutissant au centre de la ville où quinze cents de nos guerriers s'enfoncèrent silencieusement. L'armée campait à présent sur les bords du Tigre, mais notre flotte mouillait sur l'Euphrate. Nous avions atteint le point où les deux fleuves se rapprochent le plus dans leurs cours parallèles ; cependant, il demeurait impossible de transporter de l'un à l'autre, par voie de terre, onze cents navires chargés. Malgré la chaleur qui faisait périr bêtes et gens, Julien décida d'entreprendre un travail considérable auquel participerait une part importante de l'armée. Après ses deux victoires de Pirisabora et de Maogamalcha, l'empereur, maintenant persuadé que la Perse tomberait comme un fruit mûr et que les dieux mettraient l'Orient à sa disposition, évoluait vers un état second qui inquiétait Oribase. Nous doutions parfois de sa raison quand, le soir, il parlait avec exaltation et fiévreusement de la puissance surhumaine dont il se savait investi — cette même exaltation qui exerçait au contraire une stimulation quasi magique sur les soldats. En quelques jours, il rouvrit au trafic un canal de jonction jadis creusé par Trajan et Septime Sévère et comblé par les Perses. Jetée dans ce canal, la flotte passa d'un fleuve à l'autre et arriva sur le Tigre, très près de Ctésiphon. Ainsi nous trouvions-nous au cœur de l'Empire perse. Sapor choisit ce moment pour envoyer à Julien une délégation lui offrant la paix.

» L'empereur refusa de recevoir les députés. Malgré les exhortations de ses généraux, les recommandations de Libanius et nos prières, il refusa la proposition de Sapor. En son orgueilleuse obstination, il ne voulut pas d'une paix dont Alexandre n'eût pas voulu. La veille de l'arrivée des émissaires de Sapor, il ordonna qu'on offrît en sacrifice à Arès* dix taureaux blancs. Or ces bêtes, épuisées par la chaleur, tombèrent une à une avant d'arriver à l'autel. Neuf taureaux tombèrent, le dixième rompit ses entraves et s'enfuit. L'armée rassemblée restait muette de saisissement et d'effroi. Les aruspices étrusques, dont l'empereur ne respectait jamais les funestes présages, souriaient. D'un coup de pied, Julien renversa l'autel, puis, s'adressant au ciel, il s'écria : " Je vous renie comme vous m'avez renié, dieux impuissants ! Je suis seul contre vous, fantômes ! seul dans ce monde désormais, sans hommes et sans dieux... " Comme l'indignation croissait dans les rangs, Oribase parvint à l'emmener dans sa tente. Julien était tragiquement seul contre tous avec son inutile vaillance, son éternelle allégresse, et ce que le ciel refusait

---

* Dieu de la guerre.

de lui accorder, il décida de le prendre. Il refusa l'offre de Sapor mais, se rangeant cette fois à l'opinion de ses généraux, il renonça à mettre le siège devant Ctésiphon, trop puissante pour son armée affaiblie. Il rejeta cependant la suggestion de son conseil de revenir en arrière par l'Euphrate, car il s'agissait d'une retraite. La marche vers Suze étant trop aventureuse, Julien choisit de remonter la vallée du Tigre vers le nord. Une raison que les généraux ne devinèrent point mais que je saisis aussitôt justifiait ce choix : cette route passait par Arbèle où Alexandre avait vaincu Darius............
....

» Julien ne manquait jamais de solliciter mon avis dans les affaires de la guerre. Sachant qu'il n'en tiendrait pas compte, je m'opposai violemment à cette décision quand les sentinelles du camp lui amenèrent un transfuge perse aux oreilles coupées et aux narines arrachées par la pince du bourreau. Nous étions sous sa tente, Amien, Hormisdas et moi-même quand ce monstre apparut. Calomnié auprès de Sapor et livré à la torture par celui-ci, il n'aspirait qu'à se venger. Il baragouinait le grec, prétendait s'appeler Artaban. Prostré aux pieds de Julien, il expliqua à l'empereur comment son armée pourrait atteindre sans danger et rapidement Suze et Ecbatane par une route que lui seul connaissait. Il prétendait en connaître chaque pierre, chaque puits. Hormisdas mit aussitôt Julien en garde contre cet homme. Mais fasciné soudain par une nouvelle perspective de victoire, l'empereur n'écouta que le transfuge. "Dans vingt jours, toute la Perse t'appartiendra..." J'intervins à mon tour, Julien ne m'écouta pas davantage. "Que ferai-je de ma flotte pour qu'elle ne tombe pas entre les mains de l'ennemi ? demandat-il au Perse. — Brûle-la ", répondit celui-ci sans hésiter. Je crus que Julien allait l'abattre sur place.

Mais il demeura immobile, le visage contracté, pendant que l'autre avançait un à un tous les arguments favorables à cet acte insensé : la flotte n'était pas utile car la certitude d'avoir toujours, convoyés par les navires, du blé et des vivres à volonté entretenait la mollesse des soldats ; puisque l'armée ne traverserait que des régions fertiles coupées d'un seul canton désert, il suffisait d'emporter pour trois ou quatre jours de provisions ; et les vingt mille hommes qui s'occupaient des vaisseaux s'ajouteraient au nombre des soldats actifs... Désignant le transfuge, Julien commanda : " Emmenez-le et gardez-le à vue. " Puis il sortit. Nous le vîmes donner à son lieutenant Victor l'anneau d'or portant le sceau impérial et nous l'entendîmes ordonner : " Va trouver les commandants de la flotte, Constantin et Lucilien. Avant l'aube, ils devront brûler les vaisseaux, à l'exception des cinq grands chargés de pain et des douze petits qui servent de ponts. Nous transporterons ceux-ci sur des voitures. Commande-leur de brûler tous les autres. " Puis il réunit le conseil de guerre et expliqua son plan.

» Les onze cents navires de la flotte brûlèrent toute la nuit. Sur une distance d'un mille, les hommes les groupèrent flanc à flanc ; puis, afin qu'ils s'enflammassent les uns les autres, ils répandirent sur les ponts le goudron et la poix qui servaient au colmatage. Le vent torride du désert concentra ses rafales sur le brasier naissant et, rapidement, un mur de flammes hautes comme des tours jaillit du fleuve. Des centaines de soldats allaient courant, tenant haut au-dessus de leur tête les torches qu'ils balançaient comme des lances de feu sur les ponts des vaisseaux, puis ils revenaient pliés en deux sous l'haleine suffocante, leurs bras et leurs jambes ceints de chiffons humides. On les aspergeait d'eau et ils repartaient en aval du fleuve, toujours cou-

rant le long de la berge pour enflammer d'autres
esquifs dont les ponts, tanguant dans la pénombre peu
à peu embrasée, déroulaient un fleuve de bois rigide et
mouvant qui remuait spasmodiquement, comme si le
courant du fleuve, agité par les souffles brûlants qui circulaient à sa surface, s'était soudain solidifié avant de
flamber. De la berge surélevée où je me rendis avec Oribase — peu après, nous dûmes battre en retraite, la chaleur devenant intenable —, nous n'apercevions plus de
l'eau que des éclats rouges et noirs, comme du métal en
fusion dans l'étourdissant mouvement des flammes, ou
de rapides glissements d'anguilles contre les coques
encore indemnes. Les porteurs de torches couraient au
feu en hurlant pour s'encourager mais, très vite, le grondement de l'incendie couvrit leurs cris. Nous les vîmes
dévaler la berge pour surgir en pleine lumière dans des
salves d'étincelles, bouche grande ouverte d'où aucun
son ne paraissait sortir et, en quelques instants, la
plaine dans notre dos devint un bloc de silence. Nous
étions attachés à ce bloc et, quand nous levions les yeux
au ciel, il nous semblait lancé à vive allure dans
l'espace stellaire ; alors nous ne savions plus si notre
effroi venait du feu ou de la nuit, du monde extérieur
ou de l'intérieur de notre esprit. J'ai vu brûler des
bourgs et des villes pendant les campagnes des Gaules,
j'ai vu brûler des hommes et des femmes sur les
bûchers, mais jamais rien de comparable à l'embrase-
ment de ces vaisseaux dans la nuit d'Asie. Malgré le
vent desséchant du désert, nous avions l'impression, en
nous éloignant peu à peu du fleuve, d'introduire nos
corps dans une onde presque fraîche. Je me souvins
qu'avant de s'enfoncer dans l'Orient, Alexandre avait
ordonné qu'on brûlât la flotte sur laquelle il avait
franchi l'Hellespont.

» Le ciel à l'horizon était sans étoiles, d'un noir de

poix, et lie-de-vin sur nos têtes ; au-dessus du fleuve, suivant exactement la courbe molle de son méandre, très haut sous la voûte nocturne, l'incendie projetait le spectre lumineux du Tigre. Dans ce monde inversé, des panneaux d'ombre s'entrouvraient sur l'Hadès. Jusqu'au camp, éloigné de plus d'un mille du fleuve, une pluie de flammèches s'abattait sur la plaine et l'on dut nous apporter des boucliers que nous tînmes au-dessus de nous, comme si nous avancions au pied d'une citadelle assiégée, sous les flèches de l'ennemi. Il fallut démonter en hâte des centaines de tentes, tendre des vélums de peaux de bêtes sous lesquels des milliers d'hommes se pressaient dans l'affolement tandis que d'autres demeuraient stoïquement assis sous leur bouclier, les jambes ramenées contre la poitrine. Mais un affolant désordre agitait l'armée, un bruit d'émeute s'élevait de plus en plus distinct de la foule des soldats. Nous retrouvâmes Julien entouré de ses généraux muets, tournés vers le fleuve et regardant le ciel empourpré sans en croire leur regard. Un instant plus tard, quelqu'un vint annoncer à l'empereur la fuite du transfuge Artaban et l'arrivée imminente de Sapor qui, selon les éclaireurs, avançait à la tête d'une armée innombrable. Sans songer à se protéger, Julien se précipita vers le fleuve. Mais il était bien trop tard pour éteindre l'incendie, il ne put que rester là à regarder le feu et le vent exécuter son ordre. A l'aube, il ne restait de la flotte que des carcasses fumantes qui partaient lentement à la dérive sur le fleuve.

» Julien revint au camp et ordonna le rassemblement de l'armée. Il ne paraissait ni découragé ni contrit mais, au contraire, mû plus que jamais par une force dont il savait n'être plus maître. Les soldats et les généraux réclamaient la retraite. " Qu'ils crient, dit Julien calmement en écoutant la rumeur. Pauvres enfants stupides !

1968

Assis sur l'accoudoir du fauteuil, le prince Aldobrandini se tenait dans une position précaire qui trahissait son intention de ne pas s'attarder ; mais il était là depuis une heure déjà et il avait oublié son intention, oublié son inconfort. Par les fenêtres ouvertes entrait un puissant parfum de roses. Sous le portrait scrutateur d'Agostino Dini, le docteur Bembo contemplait le parc. « N'importe quoi peut arriver, il y aura toujours la douceur de ce mois de juin à Florence, n'est-ce pas ? remarqua-t-il sans ironie. Je descends souvent travailler ici la nuit mais je ne fais pas grand-chose. Je reste dans l'obscurité, je vois le jour venir, les oiseaux commencent à chanter ; puis, sous le ciel déjà clair, c'est à nouveau le silence, le silence de toute la nature, comme si un événement exceptionnel se préparait : le lever du soleil... Au fait, Luella Capodilista est venue rendre visite à sa mère, aujourd'hui. Elle pourra vous raccompagner en ville. »

Dans la hanche gauche d'Aldobrandini, le corps poussa un petit cri, soulevant l'ensemble du bâtiment et rappelant au prince qu'il existait. « Je ne crois pas vous avoir jamais parlé du jeune Dino Stranieri, dit-il en se

297

levant et en étouffant une plainte. J'ai vu sa mère récemment, j'ai à nouveau tenté de lui expliquer et je me suis rendu compte une fois de plus qu'il n'y a rien à expliquer. Cette femme me hait. Elle veut me poursuivre en justice, elle aussi, mais, faute d'arguments juridiques, son avocat l'en a dissuadée. C'est un aspect des événements que vous ignorez, je crois... »

Une douleur lombaire aiguë transporta Bembo du bord de la fenêtre dans le fauteuil de son bureau. Là, il songea un instant au monologue plein de détresse et de sauvagerie que leurs corps poursuivaient parallèlement à leur conversation. « Je n'ai vu ce garçon qu'une seule fois sur le champ de fouilles, il m'a semblé très attaché à Bald », dit-il, vérifiant une fois encore avec amertume combien les conventions établies entre le prince et lui depuis qu'ils se rencontraient régulièrement ressemblaient aux arches d'un pont : elles leur permettaient peut-être de communiquer mais elles les maintenaient aussi à distance, chacun sur sa rive.

« Après le... l'accident de Testa di Becco, Dino s'est enfermé dans un mutisme total, poursuivit le prince. Sa mère l'a trouvé un matin dans sa chambre, muet, et elle n'a pu lui tirer une parole. Pensant qu'il agissait ainsi par caprice, elle le laissa tranquille. Quand le procureur le convoqua — ce même procureur auquel vous avez eu affaire, je crois —, il ne desserra pas les dents et la femme commença à s'inquiéter. Il n'ouvrait la bouche que pour manger. Il allait et venait normalement, mais ne parlait pas. On s'habitua à ce silence, même ses professeurs finirent par l'accepter en classe sans l'interroger. Mais la police insista. Pendant des semaines, un commissaire l'interrogea presque chaque jour. On me demanda de lui rendre visite. J'y suis allé, il m'a regardé bizarrement, comme s'il voulait me laisser entendre qu'il ne me parlerait pas plus qu'aux autres, mais qu'il s'en excusait. Nous étions dans sa chambre. A un certain moment, il a souri. Puis il s'est levé de son lit où il était assis, il a ouvert sa braguette, il a sorti son sexe et me l'a mis sous le nez. Comme vous pouvez imaginer, je suis parti aussitôt et je ne suis jamais revenu. Pendant cette scène, sa mère était derrière nous, dans le corridor. Je sais que le procureur de la République vint en personne la trouver pour lui conseiller de conduire son fils chez un psychiatre. Elle ne voulut rien savoir et jusqu'en décembre de l'année dernière, soit pendant plus d'un an, le garçon n'ouvrit pas la bouche. Puis d'un jour à l'autre, sans que rien le laisse prévoir, il a commencé une grève de la faim. A vrai dire, ce n'était pas exactement une grève, non, il a cessé simplement de manger. Sa mère se décida enfin à l'emmener chez un médecin. Deux semaines plus tard, on hospitalisait le garçon. Aucun argument ne put le convaincre, il continua de rejeter la nourriture comme de refuser de parler. On se mit à le nourrir artificiellement et, en février, il entra dans le coma. Il n'en est pas sorti depuis. »

Le prince Aldobrandini alla se pencher à la fenêtre, huma le parfum des roses. Il ne se retourna pas immédiatement quand il entendit le docteur Bembo soupirer d'un vrai soupir, douloureux, désespéré, et demander : « Mon Dieu, finirons-nous par voir clair dans tout cela ?... » Il restait assis, les mains croisées sur le buvard. Soudainement, son attention parut captée par un phénomène qu'il était seul à percevoir. Il demeura un instant tendu, comme aux abois, puis se leva avec brusquerie. « Venez, je dois vous montrer quelque chose », dit-il en gagnant la porte.

Le prince le suivit dans l'escalier. Sitôt sur le palier, le son du piano lui parvint comme un ruissellement irréel, une confusion harmonique d'où nulle mélodie ne se détachait vraiment, un jaillissement de notes qui allait de bas en haut dans le vide résonnant du hall et qui le poussa à se pencher par-dessus la rampe pour vérifier si l'instrument ne se trouvait pas juste en bas des marches. Au second étage, il crut reconnaître le style de Debussy et il interrogea Bembo du regard. Celui-ci descendait l'escalier derrière lui, beaucoup plus pesamment que d'ordinaire et comme à contrecœur. Sur le palier du premier, le prince fit halte, écouta. Il pensait maintenant qu'il s'agissait peut-être d'une méthode thérapeutique propre à l'établissement du docteur Bembo et il chercha du regard les haut-parleurs. « C'est très beau, dit-il, remarquable interprétation. Qui joue ? » Bembo ploya en avant, s'agrippa à la rampe, devint écarlate et se cassa en deux dans un rire fracassant. « Qui joue ? Mais elle, voyons, elle ! »

Au rez-de-chaussée, il conduisit le prince à un salon voisin de l'escalier et ils restèrent sur le seuil pour ne pas perturber l'étrange assemblée qui se trouvait réunie ici. Aldobrandini écoutait avec ferveur cette musique qui lui semblait de loin la plus belle qu'il eût jamais entendue. Une vingtaine d'hommes et de femmes assis ou couchés à même le sol, à demi recroquevillés sur eux-mêmes, enlacés parfois et comme endormis les yeux ouverts, écoutaient extatiquement Fiora Capodilista jouer *Gaspard de la nuit*. Elle semblait toucher à peine le piano, jouant comme une somnambule, la tête rejetée en arrière, et elle souriait à quelque merveilleuse apparition intérieure.

Non loin derrière elle, sa fille était assise sur une chaise, raide, le regard cave. Quand elle vit le prince et Bembo, Luella se leva, traversa la salle en enjambant les corps. « Laissons-la, dit-elle dans un souffle en jetant un regard vif sur sa mère. Elle ne voit plus rien, elle est heureuse... »

Ébloui, le prince Aldobrandini traversa le damier ciré du hall, lumineux et fluide comme la surface d'un lac, et il s'arrêta en cillant sur le seuil. La voix du docteur Bembo l'accompagnait, triste et grave, mais il ne lui accordait qu'une attention distraite. « Vous savez que Fiora prépare un concert au profit de la restauration des fresques de Santa Croce. Scriabine, Ravel, Schumann... Nous comptons sur votre présence... » Le prince acquiesçait machinalement d'un mouvement de tête continu et Bembo le vit avec étonnement presser le pas, comme si quelqu'un l'attendait au-dehors. Une étrange clameur s'élevait dans le soleil du côté de la pelouse, à la fois rires et sanglots, et le prince parvenant en pleine lumière étendit le bras dans le geste d'écarter une tenture. A l'instant où il s'arrêta sur le perron, face au parc, tout son être exprima l'apaisant soulagement et l'abandon soudain de qui vient d'atteindre son but. « Je crois bien que ce sera ma dernière visite ici... » dit-il sans accorder d'attention au docteur et à Luella Capodilista qui l'avaient rejoint. Puis il rit en regardant le ciel.

Très haut, bien au-dessus du faîte des arbres, une forme frémissait dans l'azur, une forme qui dansait sur place dans les airs comme un bouchon sur l'eau. Devant eux dans le pré, le signor Trapazzi courait maladroitement, se retournant parfois pour regarder pardessus son épaule le cerf-volant qui s'élevait régulièrement toujours plus haut, la queue guillerettement frissonnante, et il sanglotait sans cesse de courir, criait en indiquant à tous de son bras libre le merveilleux miracle. « Quel malheur ! Maintenant, il est perdu... » murmura le docteur Bembo. Alors le prince Aldobrandini se mit à applaudir avec véhémence. Presque aussitôt, la jeune femme l'imita en éclatant de rire.

Quand, après avoir raccompagné le prince à Florence, Luella Capodilista parvint à San Leolino, essoufflée par la grimpée du raide chemin de pierre, elle ne trouva pas la jeep de Jonathan Fairchild à sa place habituelle mais garée devant la chapelle et bourrée jusqu'au toit d'un chargement hétéroclite qui allait des toiles empilées aux vestons suspendus sur des cintres ; une paire de skis norvégiens du début de ce siècle gisait en croix au sommet. Elle n'avait jamais remarqué cet attirail dans l'atelier, elle supposa que le peintre recevait une visite. Par la porte ouverte, elle entendait sa voix de fausset entonner *the Merry Merry Milk Maid* et elle sut qu'il était ivre. La voix s'approchait puis s'éloignait ; elle resta immobile dans une lumière limpide de fin d'après-midi, immensément calme et rêveuse, et le souvenir exact des paroles que le prince avait prononcées un peu plus tôt, dans la voiture, n'entamait en rien ce calme et cette rêverie. « Il faut que je vous parle à propos de votre père. Je n'attends rien de cet aveu, ni votre absolution, ni votre indulgence, ni même la paix de ma conscience, mais je veux que vous sachiez comment va le monde. Depuis très longtemps, j'adhère à une société, une sorte de franc-maçonnerie à laquelle votre père appartenait également. L'une des règles de cette société veut que si l'un des membres commet une faute grave portant préjudice à l'ensemble, il soit jugé et condamné. Pendant plusieurs années, votre père s'était livré à diverses malversations alors qu'il travaillait pour un organisme appartenant à la société. Il fut donc jugé et condamné au suicide. Avec les autres membres, j'ai approuvé le verdict et donné ma signature. Demain, je serai jugé moi-même, mais par la justice officielle, ce qui est une honte. Pour cette justice, la mosaïque n'existe pas, personne n'a pu fournir aucune preuve de son existence, personne ne l'a vue, à l'exception des Turcs qui ont disparu, des deux étudiants que l'on ne prend pas au sérieux et de moi-même, que l'on considère à peu près comme un vieux cinglé... »

Fairchild apparut enfin, chargé de deux valises débordantes fermées par des ceinturons, qu'il entassa avec le reste. Il fit ainsi plusieurs voyages de la chapelle à la jeep avant de se rendre compte que Luella l'observait. Quand son regard rencontra celui de la jeune femme, celle-ci comprit aussitôt ce qui se passait : Jonathan Fairchild s'en allait. « Vous partez ? » demanda-t-elle sans bouger. Il vint à elle, l'air penaud, comme surpris en flagrant délit de fuite, puis il l'empoigna, la souleva de terre et l'embrassa avec violence. « Je m'en vais », fit-il. Son ton contenait beaucoup de tristesse mais aussi de l'impatience. D'un geste ample, il désigna tout alentour, le bleu froid des pins, le soleil qui coulait derrière le mamelonnement des collines, la chapelle dont le campanile ruiné, privé de cloche depuis des siècles, élevait dans un ciel vierge son mutisme pierreux. « Je ne peux plus travailler ici, le pays est trop beau, dit-il. Cette beauté me stérilise. Maintenant, il me faut de la laideur, des murs pisseux, des rues grises, du brouillard, de la saleté. Je vais vivre à Londres, je fiche le camp. »

Il l'emmena dans la chapelle, déboucha une bouteille de champagne. Luella vit briller dans l'ombre de la glacière plusieurs cols dorés, quatre bouteilles vides gisaient déjà sur le sol. Elle pensait : Il serait parti sans rien me dire, comme un lâche — et cette idée l'attristait bien davantage que le départ de Fairchild. « Tu viendras à Londres, je te trouverai un logement, je t'apprendrai à peindre. Il ne faut pas rester là, ce n'est pas bon pour toi. » Luella Capodilista tressaillit. Il ne m'a jamais embrassée, pensa-t-elle, il a fallu attendre ce moment pour qu'il le fasse... Elle éleva sa coupe de champagne, la vida d'un trait. « Vous êtes un hypocrite, comme tout le monde », dit-elle. Puis quelque chose se durcit dans sa poitrine, il lui sembla que ses larmes se pétrifiaient au bord des paupières. Je ne pleurerai plus jamais, se jura-t-elle en tendant sa coupe à Fairchild qui la remplit à ras bord. Le visage du peintre exprimait à présent une telle désolation qu'elle faillit en rire. « Je viendrai à Londres quand j'aurai vendu la villa Strizzi. Quelqu'un veut l'acheter pour la transformer en hôtel. Il faut que je m'en occupe avant que Bembo épouse ma mère. Le reste, je m'en fiche... » dit-elle sèchement. Puis elle prétendit qu'elle avait un rendez-vous, qu'il lui fallait partir. Rien ni personne ne l'attendait mais elle ne pouvait rester un instant de plus en compagnie de cet homme. Fairchild l'accompagna jusqu'à sa voiture, à pied car la place manquait dans la jeep. Là, avant qu'elle ait pu esquisser un geste de défense, il la saisit à nouveau dans ses bras.

Luella Capodilista laissa la voiture à la grille, marcha jusqu'à la villa Strizzi. Dans l'allée de cyprès, l'air était plus chaud et plus dense, le midi s'y attardait et stagnait à hauteur d'homme comme l'eau d'un bain tiède. Elle fit halte devant l'escalier, observa la façade de la villa attentivement. Derrière les grillages des fenêtres, l'ombre s'approfondissait immensément, la maison se tenait tapie dans les rumeurs du crépuscule et les lions légendaires, rosés par le couchant, présentaient l'écu des Dini comme le témoignage d'un figement de toute vie. Inaltérable, une douceur d'autrefois flottait cependant dans l'atmosphère avec le souvenir d'anciens bonheurs, des parfums de femme éventés, des destinées fauchées par le meurtre ou la passion, et la musique sans âge du piano s'inscrivait encore légèrement dans la profuse nostalgie de la nature. Luella contourna la villa, descendit jusqu'au miroir d'eau. La surface presque noire, fibreuse mais étale, reflétait à nouveau la maison, plus nettement encore semblait-il que dans l'eau claire. Ce sera bientôt une piscine..., songea-t-elle. Puis elle se dirigea vers un cèdre colossal où, enfant, elle aimait à grimper et dont une partie du tronc semblait avoir été foudroyée : dernière victime des tirs d'obus et des combats qui s'étaient livrés ici en août 1944, ce géant estropié que Fiora ne voulut jamais laisser abattre trônait au milieu des arbres fruitiers et des pins. De là, Luella descendit jusqu'à la petite porte de fer, hésita à l'ouvrir, se contenta de la frôler du bout des doigts. La clé était sur la serrure, elle en donna deux tours, la jeta au loin avant de remonter la pelouse sans se presser. Puis elle se rendit directement à la galerie des ancêtres.

Elle alluma, demeura sur le seuil un moment. La dague reprise à Fairchild et oubliée là lors de sa dernière visite luisait sur un lambris. Elle la saisit, se mit au travail avec des gestes précis et ennuyés, comme si elle accomplissait une corvée quotidienne mais nécessaire, sans y penser vraiment. Son regard n'exprimait aucune passion, elle allait de portrait en portrait, plantait la lame dans la toile sous le coin supérieur du cadre, ouvrait d'un angle à l'autre, en diagonale, une blessure mortelle. Puis elle pratiquait de même dans l'autre sens, dessinant un X dont le point de jonction était le visage de l'aïeul. Quand la toile résistait, elle tirait plus fort, avec une grimace de contrariété. L'incision devenait alors une large déchirure qui découvrait, comme l'os sous la chair, le bois du châssis. Dans son dépit de gâcher l'ouvrage, Luella poussait un grognement puis finissait le travail à la main, arrachant à pleines poignées les faces poudrées des ancêtres. Parvenue devant son propre portrait inachevé, elle lui accorda à peine un regard, s'en détourna sans y toucher. Puis parcourant une fois encore la longueur de la galerie, elle reposa la dague sur le lambris et sortit.

Quand, après avoir suivi la via Maggio entre ses boutiques aux rideaux de fer abaissés, il parvint sur le pont San Trinita désert, le soleil commençait de monter entre les collines de Sesto Fiorentino. Il était un peu plus de six heures, il lui restait donc trois heures pour parcourir quelques centaines de mètres jusqu'au palais de Justice de la Piazza San Firenze. Cela lui paraissait à la fois considérable et très peu. Même en marchant lentement, il disposait d'assez de temps pour traverser la ville ; et cependant, bien que n'ayant pas fermé l'œil de la nuit, son humeur demeurait si sereine qu'il eût aimé voir cette aube se prolonger indéfiniment. S'arrêtant au milieu du pont, il se pencha contre le parapet sur les eaux jaunes de l'Arno. Elles coulaient ainsi qu'il les avait vues couler du même endroit soixante années plus tôt — comme elles coulaient au XVIe siècle quand Silvestro Aldobrandini se penchait sur elles, avec la même paresseuse puissance montagnarde qui emporta la dépouille du poète antiochien Publius Optatianus Porphyrius et faillit détruire, en quelques heures, quatre siècles d'expression humaine. Il n'entendait et ne voyait que l'Arno. Lorsqu'il recula, le trafic du matin circulait bruyamment sur le pont et le soleil était déjà haut.

Il acheta le journal, entra dans une cafétéria de la via Porta Rossa. Un entrefilet mentionnait le procès en ces termes laconiques qui lui semblèrent offensants à force de discrétion : « Le procès pour dommage à la propriété de l'État que la municipalité de Florence intente au prince Aldobrandini après seize mois d'instruction s'ouvrira ce matin. Les débats auront lieu à huis clos. S'il est reconnu coupable, le prince risque une peine de prison de trois à cinq ans avec sursis et il sera tenu de rembourser les frais que les dégâts ont occasionnés par sa faute. » Il était froissé, mais une nouvelle source de joie vint chasser sa mauvaise humeur : l'odeur du café. Être encore capable, à son âge et qui plus est le jour où il comparaissait devant un tribunal, de savourer à ce point l'odeur du café lui parut miraculeux. Il pensa au signor Trapazzi, à son cerf-volant, et soudain, alors qu'il portait la tasse fumante à ses lèvres, il décida, malgré ce qui avait été convenu jusque-là, de plaider coupable et de prier son avocat de ne point faire appel. Il demeura pensivement au comptoir, songeant avec soulagement et bonheur à la bassesse où il n'aurait manqué de tomber en assurant sa défense par mille finasseries. Quittant la cafétéria, il revint sur ses pas jusqu'à l'Arno, longea tranquillement le quai vers le Ponte Vecchio, s'attarda un instant à regarder les joailliers ouvrir leurs boutiques.

Le prince Aldobrandini parvint au palais de Justice avec un peu d'avance. Son avocat l'attendait en haut des marches et quand il aperçut son client, il voulut descendre l'escalier à sa rencontre. Mais son élan fut brisé net par l'arrivée d'un cabriolet grand sport qui freina devant le prince. Une voix de femme qu'Aldobrandini reconnut aussitôt le héla, il se retourna et vit Dada Saltabecca sauter de sa voiture, entrer dans le soleil comme une déesse endeuillée ceinte de ses voiles noirs et venir à lui, portant à la main un objet blanc si éblouissant dans la lumière matinale qu'il semblait éclairé de l'intérieur. Le prince la regardait avancer avec un air d'ébahissement heureux. « Je suis venue vous souhaiter bonne chance et vous apporter ça », dit-elle en lui tendant l'objet enveloppé dans du papier de soie. Surpris, Aldobrandini promenait son regard de l'expression émue de la femme au cadeau qu'il tenait timidement sans oser le déballer. « Ouvrez-le, vous n'êtes pas curieux ! » fit Dada Saltabecca en l'aidant à retirer le papier de soie. A présent, le prince élevait devant ses yeux incrédules une vieille réclame pour le San Pellegrino qui représentait un soleil à visage humain posé sur l'horizon marin. « J'ai pensé que cela vous ferait plaisir et vous porterait chance... » Le prince bredouilla quelques mots. Du haut de l'escalier, son avocat l'appelait. La femme lui reprit le soleil des mains : « Vous ne pouvez pas entrer là-dedans avec ça, on vous croirait fou. Je viendrai vous chercher à la fin de l'audience. Allez maintenant, on vous appelle... » Mais le prince Aldobrandini ne bougea pas. Il regardait fixement la Vénus des garages. « Pourquoi êtes-vous vêtue de noir ? » demanda-t-il enfin. Comme l'avocat s'agitait désespérément sans oser descendre vers eux, il se décida à grimper quelques marches dans l'air léger. Alors il entendit le rire de Monica Montemartini et il se retourna. « Parce que le noir me va bien ! » lança-t-elle.

Cela se passa comme d'habitude. Elle pénétra dans la chambre aux rideaux tirés où l'accueillit cette même odeur de poussière et d'homme absent depuis très long-temps, cette odeur qui toujours la prenait à la gorge et lui apportait comme l'avant-goût d'un monde où tout sauf elle-même aurait péri. Comme d'habitude lorsqu'elle referma la porte derrière elle, il lui sembla qu'elle attendait quelqu'un, quelque chose conçu d'un univers différent, dont elle n'avait aucune idée mais qui, cependant, allait surgir sous une forme inimaginable des profondeurs d'elle-même. Alors ses gestes s'alentirent, ils acquirent cette réserve déférente et maladroite qu'impose la crainte de détruire, par une façon trop brute d'exister, une construction précieuse mais délicate, près de s'effriter. Sur la table poussée contre le mur, à côté du magnétophone et des piles de bandes, la photographie dans son cadre de cuir provoqua dans les couches inférieures de son être ce remous léger, ce doux bouleversement dont elle était accoutumée et qui pourtant l'étonnait chaque fois. Il s'agissait d'un cliché identique à celui que Dino avait vu chez Dada Saltabecca le premier soir, à cette différence près qu'ici les faces des personnages posant aux côtés de Thomas Bald étaient barbouillées d'encre. Elle le porta à ses lèvres rituellement, ressentit la même émotion que d'ordinaire, une émotion qui toujours la surprenait ; le reposant avec circonspection, elle choisit une bande dans la pile où elle n'avait pas encore puisé, mit en marche le magnétophone et se laissa tomber dans ce fauteuil défoncé qui, à force de la recevoir, portait dans ses coussins l'empreinte déjetée de son corps. Un raclement de gorge la fit sursauter. La voix de Bald retentit, extraordinairement présente mais sans timbre, monocorde. Dès les premières phrases, elle pensa : Je ne dois pas écouter ça. Mais il était trop tard. L'homme dont elle humait la fragrance sous la poussière était là, devant elle encore une fois, si proche qu'elle crut sentir son souffle.

« Je m'appelle Stefan Helf, je suis né en 1914 à Rügen, en Poméranie. Quand, en 1945, il me fallut obtenir un passeport Nansen, je donnai le nom d'un camarade tombé sur le front russe, Thomas Bald. Nous

309

étions des milliers sans identité et pour moi, Stefan Helf et tout ce qu'il représentait étaient morts dans un bombardement, à Nuremberg, au printemps 1944.

» Au début de l'année 1937, alors que j'achevais mes études d'archéologie à l'université de Berlin et cherchais un sujet de thèse, un professeur m'informa de la découverte, dans la bibliothèque Braidense, d'un texte écrit par un certain Publius Optatianus Porphyrius, poète exilé en Étrurie après le règne de Julien. Le fait qu'il s'agissait d'un homme sans grande importance dans l'histoire de son temps, dont les œuvres n'avaient pas franchi les siècles, qui ne se distinguait guère que par une biographie de Julien l'Apostat — un homme parmi des millions d'autres dans cet Empire en décomposition, voilà ce qui me plut. Je profitai d'un stage pratique sur un champ de fouilles près d'Arezzo pour me rendre à Florence. Ce texte où l'auteur confessait comment et pourquoi il avait tué sa maîtresse m'intéressa. J'entrepris des recherches plus approfondies et j'appris que d'autres écrits de Publius se trouvaient vraisemblablement dans la bibliothèque du prince Aldobrandini, à Rome. Je passai l'hiver 37-38 à Berlin puis, en juin, je repartis pour l'Italie. Rosamunde Stamitz, mon amie, m'accompagnait. Je me rendis aussitôt chez le prince Aldobrandini, mais il était en voyage. Je revins à plusieurs reprises, toujours en vain. A ce moment déjà, le projet de découvrir la demeure italienne de l'Antiochien et la mosaïque du péristyle se précisait, mais j'étais loin d'en avoir les moyens. A la fin de l'année 1938, je décidai de ne pas retourner en Allemagne et j'envisageai d'aller m'installer en Suisse. Depuis les événements de Munich, je ne me faisais plus aucune illusion sur l'évolution de la situation politique et j'attendais la guerre. Je pris une chambre dans une pension romaine et fis venir mes affaires. A part mes livres, ce que je possédais tenait dans une valise. Je demandai à Rosamunde, restée à Berlin, de me rejoindre. Elle vint en effet à trois reprises, entre janvier et août 1939, mais elle refusa toujours de s'installer en Italie. Il me faudrait davantage sonder ma mémoire encore déficiente pour retrouver la vraie personnalité de Rosamunde à cette époque, ce qui se modifia imperceptiblement en elle au cours des mois, ou ce qui relevait de sa nature profonde et que la passion m'empêchait de reconnaître. Puis il y eut la Pologne et le cauchemar commença.

» L'Italie elle-même devint très vite intenable, il ne semblait pas qu'il existât encore au monde un seul pays où un homme pût vivre. L'ambassade me convoqua : on me sommait de rentrer. J'entrepris entre-temps un court voyage à Arezzo pour voir ce qu'il advenait des fouilles. Le chantier était à l'abandon, des gamins jouaient parmi les vestiges. Dans l'une de ses lettres, Rosamunde fit allusion à ma lâcheté. Je songeai à nouveau à la Suisse mais, cette fois, je n'eus pas le courage d'être lâche. Au début d'octobre, je pris le train pour l'Allemagne. En novembre, je rejoignais les troupes d'occupation en Pologne.

» Mon régiment d'infanterie cantonnait à Sandomierz, petite ville sur la Vistule où je restai un an, passant le plus clair de mon temps à traduire les textes grecs et latins copiés en Italie, à chasser dans les forêts des environs et à apprendre la langue du pays. Par je ne sais quel hasard, nul ne me contraignit jamais d'arrêter les Juifs que la population autochtone dénonçait à nos officiers ; mais quand j'appris que, dans un autre bataillon, on commanda aux soldats de fusiller un certain nombre d'entre eux, je songeai pour la première fois à déserter. C'était en décembre 1940, peu avant l'invasion des Balkans. Je retournai souvent en permission à Potsdam où Rosamunde vivait auprès de sa mère. Le père Stamitz servait en France, Hitler travail-

lait à son grand projet de détruire la puissance sovié-
tique. Puis ce fut la guerre des Balkans.

» Je partis avec mon régiment pour la Grèce, long
voyage de haine et de destruction à travers la Rou-
manie, la Bulgarie et l'Albanie où nous passâmes plus
de six mois, harcelés par les maquisards. Après m'être
montré assez lâche pour me laisser embrigader dans
cette guerre, je me fixai pour but de ne jamais tuer un
homme, quel qu'il fût, dans quelque situation que je me
trouvasse, même s'il me fallait passer en cour martiale
et être fusillé. Je pris cette décision non par respect
pour les principes du Décalogue, ni par amour de
l'humanité ou par sympathie, mais parce que l'acte de
tuer signifiait l'adhésion aux compromis guerriers de la
nature humaine et à l'engagement historique dans cette
abjecte partie où les hommes, réduits à l'état de corps,
n'ont plus rien à miser qu'une existence de peur, de
sauvagerie et de soumission. Quand la destruction
devient un acte social et naturel, que la fraternité
humaine s'établit sur le meurtre collectif, il faut se
détourner de la nature, de la société, de l'humanité. Ce
ne fut guère facile, il me fallut ruser, jusqu'au jour où la
balle d'un partisan grec me traversa l'épaule. Une blessure bénigne mais qui me valut de rester à l'arrière et de
ne pas toucher un fusil pendant plus de cinq mois. Puis
le cauchemar prit une autre dimension.

» Au début de l'été 1942, on nous envoya sur le front
russe à la conquête du bassin du Donetz. La lutte que je
menais à la fois pour respecter mon serment et n'avoir
jamais aucune solidarité avec quiconque m'épuisait
davantage que les marches et les combats. Pendant plusieurs semaines, je souhaitais chaque jour d'être tué
pour en finir, en sorte que je m'exposais au danger plus
que n'importe quel soldat. Je ne crois pas m'être jamais
senti aussi seul et solitaire, d'une solitude glaciale,

inhumaine, un vivant exilé parmi les morts. La dérision voulut alors que l'on interprétât mon attitude comme une preuve d'héroïsme. Après la prise d'une position ennemie particulièrement bien défendue pendant laquelle je m'exposai follement en réussissant à ne pas tirer un seul coup de fusil, le commandant du bataillon me cita en exemple, demanda pour moi la croix de guerre et me proposa au grade de capitaine. Je refusai le grade. Déçu et croyant ainsi me punir en m'envoyant dans un lieu sans combat, le commandant réclama mon transfert dans un régiment cantonné près d'Eupatoria, en Crimée. Quand, en janvier 1943, nous reçûmes l'ordre de remonter vers le nord jusqu'à Stalingrad où la position de la Wehrmacht devenait intenable, je désertai l'armée allemande. Alors commença une longue marche. Et parce que, à un homme qui marche il faut un but, que mon but le plus immédiat était de voir Rosamunde Stamitz, je pris le parti dangereux de regagner Potsdam.

» Il me fallut un mois pour quitter la Crimée, un autre mois pour rejoindre l'ouest de l'Ukraine. J'allais de ferme en ferme, me faisant passer pour un Polonais, et je m'arrêtais parfois plusieurs semaines pour participer aux travaux des champs. Je fis la moisson dans un village proche de Lvov et, en septembre, je travaillai dans une mine de houille. Puis je me remis en marche pour traverser la Pologne. Les troupes russes avaient atteint Kiev, elles progressaient le long du Dniepr. En Silésie, un forestier m'engagea comme bûcheron. Cet homme qui haïssait l'armée allemande devina aussitôt mon statut de déserteur, il me proposa de rester quelque temps dans son exploitation. A la mi-janvier 1944, j'arrivai à Potsdam fatigué nerveusement mais en grande forme physique et je me rendis directement chez les Stamitz.

» Il fallut vingt ans pour que les événements qui suivirent me reviennent entièrement à la mémoire. Souvent, quand le souvenir se reconstituait, il me semblait que ma tête se séparait de mes épaules, s'élevait comme un ballon transparent au-dessus de moi tandis qu'à l'intérieur de cette sphère et au-delà persistait à flotter un mystérieux visage de femme qui ne pouvait ni se préciser ni disparaître entièrement.

» Rosamunde Stamitz et sa mère n'avaient reçu aucune nouvelle depuis presque un an, elles me croyaient mort sur le front russe. Je revois maintenant distinctement la mine effarée et apeurée de la mère à l'instant où je me tins devant elle dans mes hardes ; j'entends encore le faible appel qu'elle lança à sa fille. Et Rosamunde apparut. Vêtue d'un manteau, elle s'apprêtait à sortir mais elle recula dans le corridor et, d'une distance respectable, me toisa de bas en haut. Je racontai en quelques mots ma désertion et mon voyage de retour. Rosamunde se taisait, elle hochait la tête en m'écoutant. Elle dit enfin qu'elle ne pouvait rester, qu'on l'attendait au-dehors, mais qu'elle serait bientôt de retour. Sa mère me prépara une chambre et je l'attendis. Je ne m'étais pas allongé dans un vrai lit depuis des mois, je m'endormis assez vite. Du fond de mon sommeil, je sentis qu'on me tirait par le bras. Ce n'était pas Rosamunde, mais sa mère. " Elle vous a dénoncé, il faut vous enfuir, ils vont venir vous arrêter avant l'aube, chuchota-t-elle. Rosamunde ne vous en a jamais parlé, elle est membre du parti depuis trois ans. " Elle me donna un sac à dos d'enfant où se trouvaient entassées mes affaires et de la nourriture, puis elle me poussa hors de l'appartement. Ne la croyant pas tout à fait, je me cachai à quelque distance de là. Peu de temps après, une voiture s'arrêta devant la maison et quatre hommes en sortirent.

» Je ne me souviens pas avoir éprouvé de peine ni de haine ; j'assistais pour ainsi dire à ma propre histoire et à la fin de mes espérances avec un certain détachement — ce détachement qui désormais règle ma conduite. Mais j'étais déjà résolu. J'allai chercher refuge chez un vieux professeur qui me procura des vêtements décents, puis je partis pour Berlin où je trouvai facilement ce que je cherchais. Je revins à Potsdam et, pendant trois jours, je me tins en faction devant la maison des Stamitz, un pavillon non loin du lac, où je surveillai les allées et venues de Rosamunde. Elle prit un soir la direction du lac par un petit chemin de terre qui rejoint la grand-route. L'air était cru et âpre, la neige crissait sous les pas. Je la suivis un moment, puis je la rejoignis. Elle sursauta mais, quand elle m'eut reconnu, son visage redevint impassible. Je la tenais par le bras, nous ne disions pas un mot. Puis je me plaçai devant elle, contre elle, je la regardai dans les yeux. Sans sortir le revolver de ma poche, je tirai cinq fois de suite, à bout portant. Le lendemain matin, je quittai Potsdam et pris la direction du sud.

» Mon idée était de rejoindre l'Italie par l'Autriche. J'évitais autant que possible les grands bourgs et je ne comprends pas encore ce qui me poussa à entrer dans Nuremberg. Ce fut comme si ma fuite à travers la désolation dût me conduire vers ce moyeu de feu. Dans une ville bombardée plusieurs fois par semaine, la survie des hommes s'organisait dans les décombres. L'horreur surgissait ici partout, inimaginable dans ses formes multiples. Au cours d'une alerte, je descendis me réfugier dans la cave d'un immeuble. Nous étions une quinzaine. Une bombe tomba sur la maison qui s'écroula sur nous. Une partie de la cave s'effondra. Quand je repris conscience, je me trouvais dans une vaste salle souterraine, sur un grabat, la tête enveloppée de pansements, entouré d'autres grabataires dont les gémissements emplissaient l'espace. J'ignore combien de temps je restai là avant de reprendre ma route. Je ne savais plus qui j'étais, ni d'où je venais, ni où j'allais.

» Cependant, au cours des mois et des années qui suivirent, j'eus malgré mon amnésie de mieux en mieux conscience de n'avoir point renoncé à l'espoir. Mais cet espoir, je ne le plaçais plus dans le monde, et c'est pourquoi aucune vérité concernant mon existence ne pouvait encore m'effrayer. Peu à peu, je me mis à juger les choses uniquement par rapport à mes propres exigences ; les trouvant toutes insuffisantes, je considérais sans crainte leur nature imparfaite et leur limitation, n'attendant plus rien d'elles ni de moi-même qui pût me satisfaire entièrement. Quand mon état mental me le permit et que j'eus recouvré mes forces, je quittai Nuremberg et pris instinctivement la direction du sud. »

La bande continua de se dévider à son rythme lent. Luella Capodilista demeura un instant prostrée puis elle se leva et se dirigea vers la fenêtre. D'un geste rageur, elle ouvrit les rideaux : pour la première fois depuis deux ans, le jour pénétra à flots dans la chambre. Un choc sourd fit vibrer le haut-parleur, suivi d'un souffle humain, une respiration familière, ample, presque animale. La jeune femme revint près de la table pour débrancher le magnétophone mais elle se ravisa. Pendant de longues secondes, elle regarda la bobine tourner et, à chaque révolution, sa curiosité l'emportait davantage sur sa volonté. Elle ne voulait plus rien entendre à présent et, toutefois, il lui était impossible de ne pas écouter. La voix de l'homme s'éleva à nouveau, plus chaude maintenant, vibrante.

« Mort du poète antiochien Publius Optatianus Porphy-
rius telle que je l'ai reconstituée à partir des témoignages
de l'époque, d'une missive de l'architecte Milanion
adressée à l'empereur Honorius et d'une plaquette écrite
en l'an 402 par Marcus Scudilo. »

CCCLXXXVII. « ... Dans les derniers instants de sa vie,
Publius aveuglé supporta le flamboiement du glaive qui
allait l'abattre. Il éleva tranquillement les yeux, vit que
le soleil tout entier logeait dans la lame. Celui qui brandissait l'arme conta plus tard que le visage du païen
s'était alors illuminé d'un sourire et qu'il avait hésité à
le frapper. A cette hésitation s'ajouta un écart du
cheval, prolongeant à l'infini la fraction de temps où le
poète Publius, les yeux toujours fixés sur le glaive,
considéra que le soleil lui-même mettait fin à ses
jours... »